KB089988

World's Best Short Stories

세계걸작 단편선

모파상 외 지음
유영 외 옮김

惠園出版社

그들은 돌아오지 않았다.
하느님은 자비로운 분이지만
조안나의 영혼을 불안에서 건져주지는 않았다.
그것은 아마도 젊은 날의 조안나가
자신의 양심을 저버린 대가인지도 모른다.
<아 내> 중에서

❇ 차 례 ❇

모파상 (프랑스) ——— 5
목걸이 ——— 6

트완느 ——— 19

포 (미국) ——— 31
검은 고양이 ——— 32

어셔 집안의 몰락 ——— 47

오 헨리 (미국) ——— 75
크리스마스 선물 ——— 76

되찾은 개심 ——— 86

루쉰 (중국) ——— 99
광인 일기 ——— 100

고 향 ——— 117

타고르 (인도) ——— 131
아기 도련님 ——— 132

삶이냐 죽음이냐 ——— 145

하디 (영국) ——— 165
아 내 ——— 166

아들의 거부권 ——— 198

투르게네프 (러시아) ——— 223
밀 회 ——— 224

산 송장 ——— 238

《 세계걸작단편선 》 바로 읽기 ——— 258

모파상
(Guy de Maupassant : 1850~1893)

프랑스의 노르망디에서 출생했다. 1870년 보불 전쟁 때는 20살의 나이로 군에 입대하였다가 패전의 참상을 목격했으며 이때의 체험은 그에게 전쟁에 대한 혐오감과 인간의 위선적인 모습에 대한 비판 의식을 심어 주었다.

모파상은 플로베르에게 문학 수업을 받았고 에밀 졸라를 비롯한 여러 문학가들을 사귀었다. 에밀 졸라를 포함한 6명의 작가들이 쓴 단편소설들은 《메당의 저녁》이라는 제목으로 묶어 발표했는데 모파상의 작품 〈비계덩어리〉는 플로베르를 비롯해 많은 이들의 찬사를 받았다. 이때부터 그는 작가적 명성을 얻게 되어 1880년부터 1891년까지 약 10년 동안 엄청난 양의 작품을 창작하였다.

대표적인 작품을 보면 장편으로는 《여자의 일생》, 《벨 아미》, 《피에르와 장》, 《죽음처럼 강하다》 등이 있고, 단편집으로는 《테리에 집》, 《달빛》 등이 있으며 〈귀스타브 플로베르 연구〉, 〈16세기 프랑스 시〉, 〈졸라 연구〉, 〈아프리카 여행기〉 등의 평론이 있다.

목걸이

조물주의 잘못이라고나 할까, 그녀는 아름답고 매력은 있었지만 가난한 관리 집에 태어난 처녀들 중의 하나였다. 그녀에겐 지참금이 없었다. 따라서 별다른 희망도 가질 수가 없었으며, 돈 있고 지위 있는 남자와 알게 되어 사랑을 받아 결혼하게 될 가능성도 전혀 없었다. 그래서 하는 수 없이 그녀는 교육부(敎育部)에 근무하는 보잘것없는 한 관리에게 시집을 갔다.

그녀는 계절에 따라 화려한 옷을 해입는다든지 하는 것은 생각도 못 하고 소박하게 살았다. 그래서 그녀는 세상에서 버림을 받은 듯 불행하다고 느꼈다. 하기야 여자들에겐 그들의 계급이나 혈통보다도 그들의 미모와 매력과 애교가 그들의 출신 가문을 대신한다. 고상한 천품, 우아한 취미, 민첩한 재질이 그들만의 계급을 이루며, 평민의 딸들로 하여금 귀족의 딸들과 어깨를 겨루게 하는 것이다.

그녀는 자기야말로 모든 쾌락과 사치를 누릴 자격을 가지고 이 세상에 태어났다고 생각했기 때문에 늘 마음이 아팠다. 누추한 집, 쓸쓸한 벽, 낡아빠진 의자, 빛이 바랜 커튼만 봐도 마음이 괴로웠다. 자기와 같은 신분에 있는 다른 여자들 같으면 아예 신경도 쓰지 않을 이 모든 것 때문에 가슴이 쓰리고 마음이 상했다. 자기의 초라한 살림을 맡아 하고 있는 하녀인 브르타뉴 태생의 소녀만 봐도 서글픈 유한(遺恨)과 열중했던 꿈이 다시 되살아나는 것이었다.

그녀는 동양식 벽지에 높은 청동 촛대에 불이 켜진 조용한 응접실, 그리고 난방기의 후끈한 온기에 졸음이 와서 큰 안락의자 속에 잠들어 있을 짧은 바지 차림의 뚱뚱한 두 하인을 상상해 보는 것이었다. 그런가 하면 또 옛날 비단으로 벽을 장식한 살롱, 값진 골동품들이 놓인 우아한 가구들, 모든 여성들의 선망의 대상이 되어 있는 사교계의 인기 있는 남성들과 가장 친밀한 친구들이 모여 오후 5시의 담화를 즐기도록 만든 향기롭고 아담한 밀실을 상상해 보는 것이었다.

저녁 식사 때, 사흘째 빨지 않은 식탁보를 덮은 둥근 식탁 앞에 앉아 맞은편의 남편이 수프 그릇 뚜껑을 열며,

"아, 훌륭한 수프야! 나에겐 이게 최고야……."

라고 기쁜 목소리로 소리칠 때마다 호화롭게 차린 만찬, 번쩍이는 은그릇들, 신선들이 노니는 숲 속, 기이한 새들과 고대의 인간들을 수놓은 벽지, 으리으리한 그릇에 담겨 나오는 진기한 음식들, 잉어의 붉은 살이나 들꿩의 날갯죽지를 뜯으며 은근한 미소를 띠며 정담을 속삭이는 남녀들의 모습이 그녀의 눈앞에 떠올랐다.

그녀에게는 멋진 옷도 보석도 전혀 없었다. 그런데 그녀가 좋아하는 것은 이런 것뿐이었다. 그녀는 자신이 그런 것을 위해 태어

났다고 생각했다. 그토록 그녀는 쾌락과 선망을 동경했고 남성들을 매혹시켜 구애를 받고 싶어했다. 그녀에게는 수도원 동창인 돈 많은 친구가 하나 있었다. 그녀는 이제 그 친구를 찾아보려고도 하지 않았다. 그녀에게 있어서 그 친구를 만나는 것은 매우 마음 아픈 일이었다. 그 친구를 만나고 오면 그녀는 며칠을 두고 슬픔과 뉘우침과 절망과 비관으로 눈물을 흘리는 것이었다.

그런데 어느 날 저녁 남편이 손에 큰 봉투를 하나 들고 희색이 만면해서 돌아왔다.

"자, 당신에게 주려고 가져온 거야."

그녀는 급히 겉봉을 뜯었다. 그 안에는 다음과 같이 인쇄된 한 장의 초대장이 들어 있었다.

'교육부 장관 조르즈 랑포노 부처는 1월 18일 월요일 저녁 장관 관저에서 파티를 개최하오니 르와젤 부처께서 참석하시기 바랍니다……'

그녀는 남편이 기대했던 것과는 달리 기뻐하기는커녕 오히려 기분을 상한 듯 초대장을 식탁 위에 내던지며 중얼거렸다.

"그러니 나더러 어쩌란 말예요?"

"아니, 여보, 나는 당신이 퍽 기뻐할 줄 알았는데, 당신 외출한 적도 없고 하니 참 좋은 기회잖아! 이 초대장을 얻는데도 여간 힘이 든 게 아니오. 서로 얻으려고 다투었는데 하급 직원들에게는 몇 장 주지도 않았다오. 그날 나가면 고관들을 모두 볼 수 있을 거야."

그녀는 새침한 눈초리로 남편을 쳐다보고 있더니 참을 수 없다는 듯이 이렇게 소리쳤다.

"그래, 당신은 나더러 무엇을 몸에 걸치고 가라는 거예요."

남편은 미처 거기까지는 생각하지 못했었다. 그는 이렇게 중얼거렸다.

"아니 왜, 당신 극장에 갈 때 입었던 옷 있지 않소. 내가 보기에는 좋아 보이던데……"

그는 놀라고 어이가 없어 더 이상 말을 잇지 못했다. 아내가 울고 있었던 것이다. 두 줄기 굵은 눈물 방울이 눈가에서 입 끝으로 천천히 흘러내리고 있었다. 그는 떠듬떠듬 이렇게 말했다.

"왜 그러지? 응? 왜 그래?"

그러자 그녀는 간신히 슬픔을 가라앉힌 뒤 눈물에 젖은 볼을 씻으며, 조용한 목소리로 이렇게 말했다.

"아무것도 아니예요. 그저 난 입고 갈 옷이 없으니 이 파티에는 갈 수 없다는 것뿐이에요. 초대장은 나보다 옷이 많은 부인을 가진 당신 친구분들에게 주세요."

남편은 마음이 언짢아서 이렇게 되받았다.

"이봐, 마틸드, 적당한 옷 한 벌 하는데 얼마나 들까? 때때로 입을 수 있고 과히 비싸지 않은 것으로 말이야."

그녀는 잠시 생각에 잠겼다. 값을 계산해 보기도 하고 얼마 정도나 요구해야 이 검소한 관리가 당장 거절을 하지 않고, 놀라 비명을 지르지 않을 것인가 생각해 보기도 했다.

마침내 망설이다가 그녀는 이렇게 대답했다.

"확실히는 모르겠어요. 하지만 4백 프랑이면 되지 않을까 생각해요."

그러자 남편의 얼굴이 약간 창백해졌다. 왜냐하면 그는 엽총을 사기 위해 꼭 4백 프랑을 예금해 두었던 것인데, 다가오는 여름에는 일요일이면 종달새 사냥을 즐기는 몇몇 친구와 같이 낭테르 평원으로 사냥을 가기로 되어 있었던 것이다.

그러자 그는 이렇게 대답했다.

"그러지, 4백 프랑을 줄 테니 좋은 옷을 사도록 해요."

파티 날이 가까워졌다. 옷은 준비가 되었지만 르와젤 부인의 표정은 불안과 근심에 싸여 있었다. 어느 날 저녁에 남편이 이렇게 말했다.

"왜 그러오? 요새 며칠 동안 당신 안색이 흐리니……."

그녀의 대답은 이러했다.

"나는 보석도, 패물도, 몸에 붙일 것이라고는 아무것도 없으니 딱해서 그래요. 꼴이 얼마나 궁상맞아 보이겠어요. 차라리 파티에 가지 않는 것이 낫겠어요."

그러자 남편은 이렇게 말했다.

"생화를 달고 가면 될 것 아니오. 요즘은 그것이 아주 멋있어 보이던데. 10프랑만 주면 훌륭한 장미꽃 두세 송이는 살 수 있을 거야."

그녀는 그 말에 수긍하지 않았다.

"싫어요. 돈 많은 여자들 틈에서 가난해 보이는 것같이 치욕스러운 일이 또 어디 있겠어요?"

그러자 남편이 이렇게 소리쳤다.

"당신도 참 바보야! 아, 그 당신 친구 포레스티에 부인을 찾아가서 보석을 좀 빌려 달라고 하구려. 그만한 것쯤 할 수 있는 처지가 아니오."

그러자 그녀는 기뻐서 소리쳤다.

"아! 참 그래요. 그 생각을 미처 못 했군요."

다음 날 그녀는 친구를 찾아가서 딱한 사정을 이야기했다. 포레스티에 부인은 거울이 달린 장 앞으로 가더니 큰 상자 하나를 들고 와서 열어 보이며 르와젤 부인에게 말했다.

"자, 골라 봐."

그녀는 먼저 몇 개의 반지를 보았다. 다음에는 진주 목걸이를, 다음에는 베니스제 십자가, 정묘한 솜씨로 만든 금과 보석의 패물들을 보았다. 그녀는 거울 앞에서 그것들을 번갈아 몸에 걸어 보면서 망설일 뿐 마음을 정하지 못하고 있었다. 그녀는 이렇게 말하는 것이었다.

"다른 것 없어?"

"응, 또 있어, 골라 봐. 어느 것이 네 마음에 들지 알 수가 있어야지."

검은 공단 상자 속에 눈부신 다이아 목걸이가 들어 있는 것이 언뜻 그녀의 눈에 띄었다. 그녀의 가슴은 걷잡을 수 없이 뛰기 시작했다. 그것을 쥐는 그녀의 손은 떨리고 있었다. 그녀는 그것을 목에 걸고 자기 모습에 스스로 황홀해 있었다. 그리고는 난처한 듯 망설이며 이렇게 말했다.

"이것 좀 빌려 줄 수 없겠니? 다른 건 필요 없어."

"응, 좋아, 그렇게 해."

그녀는 친구의 목을 얼싸안으며 격렬하게 입을 맞추고는 목걸이를 들고 총총히 돌아왔다.

파티 날이 되었다. 르와젤 부인은 성공했다. 그녀는 누구보다도 아름다웠고 우아하고 맵시있었으며 기쁨에 도취되어 웃고 있었다. 모든 남성들이 그녀를 바라보았고 이름을 물었으며 소개받기를 원했다. 모든 관리들이 그녀와 춤을 추고 싶어했다. 장관도 그녀를 유심히 바라보았다. 그녀는 흥분 속에서 취한 듯 춤을 추었다. 자신의 아름다움에 의기양양해지고, 자신의 성공의 영광과 모든 사람의 존경과 찬미와 깨어난 모든 욕망 등, 여자들의 마음을 완전 무결한 승리감으로 채워 주는 행복의 절정에서 다른 것은 생각해 볼 겨를조차 없었다.

그녀는 새벽 4시쯤 되어서야 무도회장에서 나왔다. 남편은 자정부터 사람도 없는 작은 응접실에서 다른 3명의 친구들과 함께 잠이 들어 있었다. 이들의 부인네들은 그 동안 마음껏 쾌락을 맛보고 있었다.

남편은 돌아갈 때를 생각해서 평소에 입던 검소한 옷을 아내의 어깨에다 걸쳐 주었는데 화려한 야회복과는 너무나도 대조적인 초라한 옷이었다. 이것을 느끼자 그녀는 값진 모피옷으로 몸을 감싼 다른 여자들의 눈에 뜨이지 않으려고 몸을 피하려 했다. 르와젤은 그녀를 붙들었다.

"잠깐만 기다려요. 밖에 나가면 감기 들 거야. 내 나가서 마차를 불러올게."

그러나 그녀는 남편의 말을 듣지 않고 급히 층계를 뛰어내려갔다. 그들이 밖으로 나왔을 때 이미 마차는 한 대도 보이지 않았다. 그들은 멀리 지나가는 마차를 소리쳐 부르며 마차를 잡기 시작했다. 그들은 낙담하여 추위에 몸을 떨며 센 강 쪽으로 걸어갔다. 마침내 그들은 강가에서 밤에나 나다니는 헐어빠진 마차 한 대를 발견했다. 파리에서 낮에는 차마 그 초라한 꼴을 보이기가 부끄럽다는 듯이 밤에만 볼 수 있는 그러한 마차였다. 마차는 마르티르 거리에 있는 그들의 집 문앞에 다다랐다.

그들은 쓸쓸하게 집 층계를 올라갔다. 그녀에게는 모든 것이 끝난 것이었다. 남편은 10시까지 직장에 출근해야 되겠다고 생각하고 있었다. 그녀는 화려한 자기 모습을 다시 한번 보려고 거울 앞으로 가서 어깨 위에 걸쳤던 웃옷을 벗었다. 그리고 그녀는 갑자기 비명을 질렀다. 목에 걸었던 목걸이가 없었던 것이다. 옷을 벗고 있던 남편이 물었다.

"왜 그래?"

그녀는 남편을 향해 돌아서며 얼빠진 듯이 이렇게 말했다.

"저…… 저…… 목걸이가 없어졌어요."

남편은 소스라치게 놀라며 벌떡 일어섰다.

"아니…… 뭐라구…… 그럴 리가 있나?"

그들은 옷 갈피 속, 외투자락, 호주머니 속을 샅샅이 뒤져 보았다. 그러나 목걸이는 보이지 않았다. 남편은 이렇게 물었다.

"무도회에서 나올 때까지 있었던 것은 확실하오?"

"그럼요, 장관 댁 현관에서도 만져 봤어요."

"그렇지만 길에서 떨어뜨렸으면 소리가 났을 텐데. 틀림없이 마차 속에서 떨어뜨렸을 거야."

"네, 그런 것 같아요. 마차 번호를 기억하세요?"

"모르겠어. 당신도 번호를 보지 않았소?"

"네."

그들은 낙담하며 서로 마주 바라보았다. 르와젤은 옷을 다시 입었다.

"혹시 길에 떨어졌을지도 모르니 우리가 왔던 길을 다시 가 봐야겠어."

그는 밖으로 나갔다.

그녀는 야회복을 입은 채, 눕지도 못하고 불을 피울 생각조차 하지 못한 채 망연히 의자에 주저앉아 있었다. 남편은 7시경에야 돌아왔다. 그는 아무것도 찾지 못했다. 그는 경시청으로, 현상을 걸기 위해 마차 회사로 뛰어다녔다. 희망을 걸만한 곳은 모조리 찾아가 보았다. 아내는 이 무서운 재난 앞에서 거의 실신 상태에 빠진 채 온종일 남편을 기다리고 있었다.

르와젤은 저녁 무렵에야 볼이 푹 꺼지고 파리해진 얼굴을 하고 돌아왔다. 그는 아무것도 발견하지 못했다.

"여보, 당신 친구에게 편지를 써야 하겠소. 목걸이의 고리가 망가져서 수선시켰다고. 그러면 그것을 돌려주는 데 시간적 여유가 생길 것 아니오."

그녀는 남편이 부르는 대로 받아썼다. 1주일이 지나자 그들은 모든 희망을 잃었다. 그 동안에 5년이나 늙어 버린 것 같은 르와젤은 이렇게 단안을 내렸다.

"똑같은 보석으로 사다 주는 수밖에 도리가 없겠어."

이튿날 그들은 목걸이가 들어 있던 상자를 들고 상자 속에 적혀 있는 상점을 찾아갔다. 보석상 주인은 장부를 들추어 보았다.

"그 목걸이는 저희가 판 것이 아닙니다. 상자만을 제공해 드린 것 같군요."

그래서 그들은 똑같은 목걸이를 찾으려고 기억을 더듬어 가며 이 상점에서 저 상점으로 돌아다녔다. 두 사람이 모두 슬픔과 근심으로 병자 같았다. 그들은 팔레 르와얄의 어느 상점에서 찾고 있던 것과 똑같아 보이는 다이아몬드 목걸이를 찾아냈다. 값은 4만 프랑이었으나 3만 6천 프랑까지 해 주겠다는 것이었다.

그들은 보석상에게 사흘 안에는 다른 사람에게 팔지 말아 달라고 사정했다. 그리고 다행히 이달 말일까지 잃었던 목걸이를 다시 찾게 된다면 상점에서 3만 4천 프랑으로 다시 사 준다는 조건으로 계약을 했다.

르와젤은 아버지에게서 물려받은 만 8천 프랑의 유산이 있었다. 나머지는 빚을 내기로 했다. 그는 이 사람에게서 천 프랑, 저 사람에게서 5백 프랑, 이곳에서 5루이, 저곳에서 3루이, 닥치는 대로 빚을 얻었다. 그는 증서를 쓰고 전 재산을 저당 잡히고 고리대금은 물론 어떤 종류의 대금업자와도 거래를 했다. 그는 돈을 얻기 위해 자기 인생의 모든 것을 걸었으며, 이행할 수 있을 것인지 알지도 못하면서 함부로 서약서에 도장을 찍었다. 그는 장차 닥쳐올 불행에 대한 걱정, 멀지 않아 엄습해 올 비참한 어두운 그림자, 앞으로 겪게 될 온갖 물질적인 압박과 정신적인 고통에 대한 생각으로 몸을 떨며, 새 목걸이를 사러 보석상으로 찾아가 3만 6천 프랑을 카운터 위에 내놓았다.

르와젤 부인이 목걸이를 가지고 포레스티에 부인을 찾아갔을 때 부인은 불쾌한 표정으로 이렇게 말했다.

"좀 빨리 갖다 주지 않고. 내가 쓸 일이 생길 수도 있잖아!"

그러면서도 그 여자는 상자 뚜껑을 열어 보지도 않았다. 그녀는 친구가 상자를 열어 볼까 봐 조마조마했다. 물건이 바뀐 것을 알았다면 친구는 어떻게 생각할까? 친구는 뭐라고 말할까? 자기를 도둑으로 생각하지는 않을까?

르와젤 부인은 가난한 사람들의 생활이 얼마나 비참한 것인지 알았다. 그러나 그녀는 곧 비장한 결심을 했다. 저 무서운 빚을 갚아야만 했다. 그녀는 어떻게 해서든 이 빚을 갚을 심산이었다. 그들은 하녀도 내보내고 집도 옮겨 지붕 밑 다락방을 새로 얻었다. 그녀는 집안일이 얼마나 힘든 일이며, 부엌일이 얼마나 귀찮은 것인지를 알게 되었다. 설거지를 하느라고 그녀의 장밋빛 손톱은 기름 낀 접시와 냄비 바닥에서 놀았다. 그녀는 세탁도 했다. 더러운 옷이나 내의, 걸레를 빨아서 줄에 널었다.

매일 아침 그녀는 쓰레기를 들고 거리까지 내려갔다. 그리고 숨을 돌리려고 층계마다 쉬며 물을 길어 올렸다. 그녀는 빈민굴의 부인네 같은 차림으로 바구니를 팔에 끼고 채소 가게나 식료품 가게나 푸줏간을 드나들며 값을 깎다 욕을 먹어가면서 비참하게 한푼 한푼을 절약했다. 그들은 매달 어음 지불을 하고 다른 어음으로 고쳐 쓸 것은 고쳐 써가며 연기해 나가야 했다. 남편은 눈코 뜰 사이 없이 일했다. 저녁에는 상인들의 장부를 정리해 주고, 때때로 밤에는 페이지당 5루이씩 받는 서류 작성을 해 주기도 했다.

이런 생활이 10년 동안 계속되었다. 10년 후에 모든 빚을 다 갚았다. 고리대금의 이자와 쌓이고 쌓인 이자의 이자까지도 모두 갚았다.

르와젤 부인은 이제는 늙은이의 꼴이었다. 그녀는 세차고 완강하고 거친 가난한 살림꾼 주부가 되었다. 머리는 아무렇게나 빗어 넘기고 치마는 그대로 걸치기만 한 채 비뚤어졌고 손은 붉었다. 물을 첨벙거리며 마룻바닥을 닦고 거친 음성으로 떠들었다. 그러나 이따금 남편이 출근하고 나면 그녀는 창가에 앉아 지난날의 그 파티, 그렇게도 자신이 아름답고 환대를 받던 그 무도회를 회상해 보는 것이었다.

'그 목걸이를 잃지 않았더라면 어떻게 되었을까? 누가 아나? 인생이란 참 이상하고 무상한 거야! 사소한 일이 파멸을 가져오기도 하고 구원을 베풀기도 하는구나!'

그런데 어느 일요일, 그녀는 1주일의 노고를 풀기 위해 샹젤리제를 한 바퀴 돌러 나가는 길에 문득 어린애를 데리고 산보하는 한 부인을 발견했다. 그녀는 변함없이 젊고 아름답고 매력 있는 포레스티에 부인이었다. 르와젤 부인은 가슴이 두근거렸다. 가서 말을 할까? 그렇지! 빚을 다 갚은 이제, 그에게 다 이야기하자. 못할 이유가 무엇인가?

그녀는 가까이 갔다.

"참 오랜만이야, 잔느!"

포레스티에 부인은 그녀를 알아보지 못하고 이런 초라한 여자가 자기를 그토록 정답게 부르는 것에 놀라 이렇게 중얼거렸다.

"그런데…… 저는 모르겠군요…… 사람을 잘못 본 게 아니예요?"

"나, 마티드 르와젤이야."

친구는 소리를 질렀다.

"아니! ……가엾어라, 마틸드…… 어째 이렇게 변했어!"

"응, 참 고생 많이 했어. 우리가 마지막 만났던 후로…… 그 심한 고생살이가 다…… 너 때문이었어!"

"나 때문이었다고? ……아니 왜?"

"내가 교육부 장관 댁 파티에 가려고 너에게 빌렸던 그 다이아몬드 목걸이 생각 나?"

"응, 그런데?"

"그것을 그때 내가 잃어버렸던 거야."

"뭐라구! 왜 나한테 돌려줬지 않아?"

"내가 돌려준 것은 똑같지만 다른 거였어. 그것을 갚느라고 10년이 걸렸지. 빈털터리였던 우리에게 그게 어떤 시련이었으리라는 것은 너도 짐작할 거야. 그러나 결국 다 해결되었어. 이젠 마음이 후련해."

포레스티에 부인은 발걸음을 멈추었다.

"그럼 내 것 대신에 다른 다이아몬드 목걸이를 사 왔단 말이야?"

"그럼 아직까지 그걸 몰랐었군. 하긴, 모양이 똑같으니까."

그녀는 순박하고 자랑스러운 미소를 지었다. 포레스티에 부인은 매우 감동되어 친구의 두 손을 붙잡았다.

"아! 가엾은 마틸드! 내 것은 가짜였는데. 기껏해야 5백 프랑밖에 나가지 않는……."

트완느

1

이 근방에서 트완느 영감을 모르는 사람은 없었다. 그는 마슈블레라고 하는 투르느방의 술집 주인이었다. 그는 몸이 뚱뚱하고 술을 무척 좋아하는 사람이었다.

이 트완느 영감 때문에 이 작은 마을이 세상에 알려지게 되었다. 이 마을은 바다를 향해 기울어진 골짜기 속에 파묻혀 있었다. 마을 앞에는 하천이 흐르고 주위에는 온통 나무들이 둘러싸고 있으며 노르망디의 몇 안 되는, 가난한 농가들로 이루어진 마을이었다.

집들은 풀과 야종 넝쿨이 온통 뒤덮인 움푹 들어간 곳에 올망졸망 자리잡고 있었는데 그곳이 바로 큰길이 굽어 돌아가는 모퉁이 뒤라고 하여 바람굽이(투르느망)라고 사람들은 불렀다. 마치 거센 바람과 빗줄기를 피해 밭고랑 속으로 숨어버리는 새들처럼 이 마을 사람들은 이곳을 마치 피난처로 여기는 것 같았다. 왜냐하면 이곳은 바다의 짠 소금기를 머금은 불길 같은 기세로 몰아치는 바닷바람 즉, 겨울 서리와 같이 모두 전멸시키는 그 사나운 바닷바람을 피할 수 있는 곳이었기 때문이다.

그런데 이 마을 전체가 꼭 트완느 마슈블레의 개인 소유인 것처럼 생각되었다. 사람들은 그를 부를 때 흔히 '부륙로'나 '트완느 마 핀느'라고 불렀다. 그것은 그가 언제나 그런 말들을 즐겨 쓰기 때문이었다.

"마 핀느가(내 것이) 프랑스에서 최고야!"

여기서 '마 핀느(내 것)'란 그의 코냑주(酒)를 가리키는 것이다.

그는 20년 이상 이 땅을 그 코냑과 부륙로(과일주)로 적셔 왔던 것이다.

"트완느 영감님, 우리 어떤 술을 마실까요?"

하고 물으면 그는 항상 이렇게 대답하는 것이었다.

"부륙로로 하지. 그 술은 몸을 따뜻하게 데워 주고 머리를 맑게 해 준다네. 그보다 더 좋은 술은 없을걸세."

그는 좀 젊은 사내들은 모두 '사위'라고 불렀다. 그에게 이미 시집을 보낸 딸이 있느냐 하면 그렇지도 않았고, 앞으로 시집을 보낼 딸도 없었다.

아무튼 트완느 부륙로 하면 이 고장 사람들은 다 알고 있었다. 그리고 또 그는 이 근처에서 가장 뚱뚱한 사나이였다. 아마 이 지방에서 가장 뚱뚱할지도 모른다. 그의 그런 몸집에 비하면 그가 살고 있는 집은 우스울 정도로 작아 보였다. 그는 하루종일 문간에 서서 시간을 보내는 일이 잦았는데, 사람들은 그가 문간에 서 있는 모습을 보면 저 몸이 어떻게 저 집안으로 들어갈 수 있을까, 하는 생각까지 들 정도였다.

그가 이렇게 문간에 서서 시간을 보내다가도 손님이 오면 그는 부리나케 집안으로 들어가곤 하였다. 손님들은 으레 트완느를 청해 들였고, 또 트완느는 손님들이 자기 집에서 술을 마실 때면 자신이 으레 한 잔씩 시음할 권리가 있는 것처럼 생각하였다.

이 술집의 간판에는 이렇게 씌여 있었다.

'친구들끼리의 만남은 이 술집에서!'

트완느 영감은 사실 이 고장 사람들에게 인기가 있었다. 페캉이나 몽티빌에서 그를 찾아오는 사람이 있을 정도였다. 그와 유쾌한 얘기를 나누면서 한바탕 웃기 위해서였다.

이 뚱보 영감은 대단히 유쾌한 사나이였다. 그는 유머 감각이 대단히 풍부해서 아무리 화가 나서 씩씩대는 사람이라도 그와 얘기를 나누면 금세 폭소를 터뜨리게 되었다. 하지만 말로만 사람들을 웃기지는 않는다. 간혹 말로 할 수 없는 이야기라면 눈짓 하나로도 충분히 대신할 수 있었고, 기분이 좋을 때면 그는 손으로 자신의 넓적다리를 치는 버릇이 있었는데 이럴 때면 사람들은 뱃속에서부터 웃음이 치밀어 오르는 것을 아무리 참으려고 해도 웃지 않고는 배길 수가 없었다. 그가 손님들의 술을 받아 마실 때의 모습 또한 가관이었다. 그는 손님들이 주는 술은 모두 받아 마시면서 눈을 가늘게 뜨고 빙그레 웃는 것이었다. 그 웃음 속에서 그는 두 가지 즐거움을 생각하고 있는 것이다. 한 가지는 이런 맛있는 술을 대접받는다는 즐거움이고, 또 한 가지는 자기 호주머니 속으로 돈이 들어온다는 즐거움이다.

마을 사람들 중 농담하기를 좋아하는 이들이,

"트완느 영감, 왜 부인은 부릴로처럼 삼켜 버리지를 못하는 거죠?"

하고 물으면 그는 이렇게 대답하였다.

"그것은 두 가지 이유가 있기 때문이지. 첫째는 맛이 별로 좋지 않고 둘째는 그냥은 못 먹고 병에다 넣어서 삼켜야 하니까. 그렇지 않나? 그 몸뚱이를 그냥 삼켰다가는 내 배가 견딜 수 있겠나?"

그리고 트완느가 그의 아내와 싸우는 광경 또한 대단한 구경거리이다. 돈을 주고 본다고 해도 아깝지 않을 만큼 훌륭한 희극이다.

두 사람은 결혼한 지 30년이 지났지만 이때까지 싸우지 않은 날이 없을 정도였다. 트완느는 아내와의 싸움을 아주 재미있어하지만 그의 아내는 화를 내며 씩씩대곤 하였다.

트완느의 아내는 농부의 딸로, 키가 크고 긴 다리로 황새처럼 성큼성큼 걸으며, 항상 성난 부엉이같이 고개를 내젓곤 하였다. 그녀는 술집 뒤에 있는 조그만 뜰에서 닭을 길렀는데 그 닭 기르는 방법이 아주 뛰어났기 때문에 유명하게 되었다. 페캉 시의 상류 가정에서 연회가 있는 날이면 항상 트완느의 아내가 기르는 암탉이 식탁 위에 올랐다. 그처럼 그녀가 기르는 닭은 맛이 있었다.

그러나 이 부인은 성격이 별로 좋지 않았으며, 항상 불만에 가득 찬 모습이었다. 그녀는 세상 모든 일에 불만이었으며, 특히 남편에 대해서는 더욱 그랬다. 항상 유쾌한 남편의 성격, 그가 유명하다는 사실, 몸이 건강하고 살이 찐 것까지도 그녀를 화나게 만들었다. 부인은 남편을 쓸데없는 사람으로 생각하였다. 그녀가 생각했을 때 남편은 별로 하는 일도 없이 돈을 벌고 있으며, 밥을 축내고 있는 것 같았다. 남편은 보통 사람들의 열 배는 먹기 때문이었다. 그녀는 이러한 것들이 너무도 화가 나기 때문에 매일 그에게 욕을 퍼부었다.

"비계덩어리 영감 같으니라구! 차라리 돼지 우리 속이 더 어울리겠다. 저 벌거벗고 있는 꼴 좀 보라지, 저런 비계덩어리에 심장이 있을 리가 있나!"

그리고 또 남편의 얼굴에 대고 이렇게 고함을 지르는 것이었다.

"이 뚱뚱보 영감아, 이제 좀 있으면 아마 터지고 말걸. 아이구참, 꼴 좋겠다."

그러면 트완느는 배를 더 내밀며 손바닥으로 그 배를 툭툭 치며 한바탕 크게 웃어젖히는 것이었다. 그리고는 이렇게 말하였다.

"이봐, 암탉 어멈! 터져도 내배 터지는 것이니까 걱정마오. 어디그 병아리들을 나처럼 살찌워 보시지. 아무나 할 수 있는 게 아니라니까."

그리고 또 그 굵고 튼튼한 팔뚝 위로 소매를 걷어올리며 이렇게 말하였다.

"엄마, 이 날개 좀 봐. 어때?"

그러면 술을 마시던 손님들은 일제히 웃음을 터뜨리는 것이었다. 그들은 탁자를 쾅쾅 두드리며 허리가 끊어질 듯이 웃었다.

늙은 부인은 약이 오르고 더욱 화가 나서 또다시 욕을 퍼부었다.

"어디 두고보자고. 곡식 자루 터지듯이 터지고 말테니, 이 돼지같은 영감아."

그리고 부인은 노기 등등한 얼굴로 술꾼들의 웃음 소리를 뒤로 하고 획 돌아서서 나가버렸다.

사실 트완느의 몸집을 보면 놀랄 만하다. 나날이 옆으로 더 커졌고 혈색은 붉어졌으며 숨이 가빠졌다. 마치 죽음의 사자가 그의 몸속에서 장난을 치는 것 같았다. 어떤 간사한 꾀를 써서 겉으로는 즐거워 보이게 하면서 속으로는 딴생각을 하며 그 파괴의 작업을 계속 하지만 다른 사람들의 눈에는 우스운 장난을 하는 것에 불과한 것처럼.

죽음이 사람에게 찾아올 때에는 흔히 흰 머리와 주름살과 쇠약함을 동반하곤 하여서, '놀라운 일이야, 어쩜 저렇게 몰골이 변할 수 있을까!' 라고 생각할 정도로 늙고 쇠약해지는 법이다.

하지만 트완느의 경우는 이와 다르다. 그의 몸 속에 있는 죽음의 사자는 그에게 오히려 살을 자꾸자꾸 찌우는 장난을 즐기고 있는 것 같았다. 그리하여 이 사나이를 괴물과 같이 우스꽝스럽게 만들어 광채가 나게 하고 공기를 불어넣어 부풀어오르게 하여, 겉으로는 마치 아주 건강한 것처럼 보이게 하는지도 모른다. 모든 사람들이 강요당하는 죽음의 비참하고 불길한 모습이 이 사나이에게만은 보는 사람으로 하여금 짓궂고 재미를 주는 것이었다.

"어디 두고보라고, 꼴이 어떻게 될지."

트완느 부인은 계속해서 이렇게 말하였다.

2

어느날 갑자기 트완느는 뇌출혈로 쓰러졌고 반신불수가 되었다. 이 거구의 사나이는 가게 뒤로 칸막이 문 하나를 사이에 둔 조그만 방에 드러눕게 되었다. 가게에서 손님들이 떠드는 말소리를 듣고 그들과 같이 얘기할 수 있게 해주기 위해서였다.

그의 큰 몸은 비록 움직일 수 없어 부자유했지만 머리만은 아주 자유스러웠다. 처음 얼마 동안은 그의 그 굵직한 다리의 기운이 소생할지도 모른다는 희망을 갖고 있었지만, 이제는 그 희망도 포기하고 트완느 마 핀느는 하루 종일 자리에 누워서 세월을 보내야 했다. 그가 누운 자리는 1주일에 한 번밖에 갈아주지 않는데 그것도 이웃 사람들의 도움을 받아서, 4명이나 힘을 합쳐서 그의 몸을 들어 주어야 가능했다. 4명의 사람들이 그의 양 팔다리를 들고 있는 동안에 또 한 사람이 그 짚으로 된 그의 요를 뒤집어 까는 것이었다.

트완느는 전보다는 조금 주춤했으나 여전히 명랑하였다. 다만 그의 부인을 마치 어린 아이처럼 무서워하게 되었다. 부인은 항상 이렇게 투덜거렸다.

"이 돼지, 밥벌레, 꼴 좋다! 정말 아무짝에도 쓸데가 없다니까. 쓸모없는 술 단지보다도 못한 인간이야!"

그러면 트완느는 아무 말도 하지 않고 늙은 아내를 등뒤로 두고 돌아누우며 눈을 껌벅거리며 벽만 바라볼 뿐이었다. 이렇게 돌아눕는 것은 그가 할 수 있는 유일한 운동이었다.

현재 이 사나이에게 유일한 즐거움은 옆방 술가게에서 떠드는 소리를 듣다가 그 중에 자기 친구의 음성이라도 발견하면 벽을 사이에 두고 같이 이야기를 나누는 것이었다. 그는 이렇게 말을 건넸다.

"아, 내 사위 셀레스랭이 왔군그래."

그러면 셀레스랭 마르와젤을 이렇게 대답하였다.

"그래, 나야. 트완느! 아직도 토끼처럼 뛸 수 없나?"

그러면 트완느 마 핀느는 이렇게 대꾸하였다.

"아직은. 조금도 살이 빠지지 않았어. 내가 워낙 기본 체격이 좋지 않나?"

그리고 그는 곧 친구들을 자신의 방으로 오게 했다.

친구들은 트완느가 함께 술을 마시지 못하는 것을 몹시 안타깝게 생각하면서 잠시 그의 말동무가 되어 주었다.

"내 고통은 술을 마시지 못한다는 거야. 다른 건 조금도 무서울 게 없다네. 하지만 술을 마시지 못한다는 것은 정말 고통스럽다네."

트완느가 친구들에게 이렇게 말하면 부엉이 같은 마누라의 얼굴이 창구멍으로 나타나면서 이렇게 소리쳤다.

"저것 좀 봐요. 아무 쓸모도 없는 비계덩어리에 불과해요. 그래도 난 밥도 먹여 주고 몸도 씻어 주고 자리도 청소해 주죠. 마치 우리 속에 있는 돼지처럼 말이죠."

그리고 늙은 마누라의 얼굴이 사라진다. 때때로 붉은 수탉 한 마리가 창가에 뛰어올라 이상한 눈초리로 방안을 들여다보고는 '꼬끼오' 하고 울기도 하였다. 또 어떤 때는 암탉 두 마리가 침대 밑까지 와서는 바닥에 떨어진 빵 부스러기를 찾곤 하였다.

트완느 마 핀느의 친구들은 매일 한낮이면 찾아와서 이 거대한 몸집이 누운 침대를 에워싸고 의논을 하곤 하였다. 희극 배우 트완느는 꼼짝 못하고 자리에 누워 있으면서도 여전히 친구들을 곧잘 웃겼다. 이 익살스러운 영감 앞에서는 악마도 웃음을 참을 수가 없었다.

매일같이 찾아오는 친구가 세 사람 있었다. 셀레스랭 마르와젤이 그 중의 한 사람인데, 키가 크고 몸이 마르고 사과나무처럼 약간 뒤틀린 사나이였다. 또 한 사람은 키가 작고 몸이 마른 사람으로 프르시페르 오르슬라빌이라는 사람이었다. 그의 코는 흰족제비처럼 생겼는데 농담을 아주 좋아하고 여우처럼 교활한 사나이였다. 또 한 사람은 세제르 포멜르라는 사나이로 입이 무거우면서도 아주 놀기 좋아하는 사람이었다.

이들은 뒷뜰에서 못쓰는 판자를 하나 주워다가 침대 끝에 놓고 오후 2시부터 5시까지 장기 두는 것을 즐겼다.

이것이 트완느 부인에게 마땅하게 여겨질 리가 없었다. 그 쓸모없는 뚱뚱보가 침대 위에 누워서도 도미노를 하며 즐거워하는 꼬락서니를 그냥 보아넘길 수가 없었다. 그녀는 그들이 도미노를 하는 것이 눈에 띨 때마다 판자를 엎어 버리고 도미노 기구를 싹 쓸어 가게 안으로 들어가서는 이렇게 소리쳤다.

"쓸모없는 이 비계덩어리를 먹여 살리려고 나는 하루 종일 뼈가 부서질 정도로 일을 하는데 내게 코웃음 치면서 노름하는 꼴을 보란 말야."

부인의 이 말에 셀레스랭 마르와젤과 세제르 포멜르는 그만 기가 죽어 고개를 수그리지만, 프르시페르 오르슬라빌은 부인의 그러한 모습을 재미있어 하며 오히려 부추기는 것이다.

하루는 부인이 몹시 화를 내는 것을 보자 이렇게 말하였다.

"부인, 만약 내가 부인이라면 말예요……"

부인은 올빼미 같은 눈으로 사나이를 바라보았다.

"남편의 몸이 아주 뜨겁군요. 항상 침대에만 누워서 꼼짝도 못하니 그럴 수밖에요. 저 같으면 댁의 남편에게 병아리를 까게 하겠어요."

부인은 무슨 소린지 몰라 눈만 껌벅거리며 서 있다가 이윽고 자신을 조롱하는 소린 줄 알고 깡마른 그 농사꾼의 교활해 보이는 얼굴을 뚫어지게 쳐다보았다.

그는 계속 말하였다.

"저 같으면 말이죠, 암탉에게 알을 맡기지 않고 주인의 양 겨드랑이에 다섯 개씩 넣어서 알을 까게 하겠어요. 그리고 그 병아리를 암탉에게 주어서 키우겠어요. 그러면 그 병아리들을 무럭무럭 자라서 큰 닭이 되겠지요? 어때요, 좋은 생각이 아닌가요?"

부인은 기가 막혀서 말했다.

"말도 안 되는 소리 하지 말아요."

농부가 말했다.

"말이 안 되는 소리라구요? 내 말 좀 들어봐요. 알을 상자에 넣고 따뜻하게 해서도 깔 수 있는데 남편의 침대 속에서 못 할 이유가 있나요?"

부인은 밖으로 나오며 곰곰이 생각해 보니 일리가 있는 말 같았다. 그렇게 생각하니 마음은 한결 가라앉았다.

그리고 1주일 후 부인은 앞치마 가득 알을 안고 트완느의 방에 들어왔다.

"지금 노란 암탉의 둥지에 알 10개를 넣어주고 왔어요. 나머지

10개는 당신이 맡아야겠어요. 깨지 않도록 조심해야 해요."

트완느는 어이가 없었다.

"아니 도대체 나더러 어떻게 하라는 거요?"

부인이 대답했다.

"이 쓸모없는 인간아, 병아리를 까달라는 거지."

남편은 처음에는 농담으로 알고 웃어 넘겼지만 부인이 정색을 하고 계속 고집을 피우자 화를 냈다. 자신의 팔밑에 작은 달걀을 넣고 체온으로 병아리를 까라니, 말도 안 되는 소리다.

그러나 부인은 화를 내며 아주 냉정하게 이렇게 말하였다.

"알을 까지 못하면 빵을 안 줄 거야."

그 말에 트완느는 그만 아무 말도 못하고 말았다.

시계가 정오를 가리켰다. 트완느는 큰 소리로 말하였다.

"이봐, 마누라, 점심시간이야! 수프 다 됐나?"

부인은 부엌에서 소리쳤다.

"수프가 있긴 어디 있어. 이 게으름뱅이야!"

그는 부인이 말만 그렇게 한다고 생각하고 기다렸다. 그러나 한참을 기다렸는데도 부인은 수프를 가져오지 않았다. 그는 애원하였고 몸을 뒤척이며 주먹으로 벽까지 쳐 보았지만 소용없었다.

그래서 결국 그가 단념하고 겨드랑이 밑에 달걀을 다섯 개씩 넣고 나서야 수프를 먹을 수 있었다.

친구들이 놀러 왔을 때 친구들의 눈에는 트완느의 몸이 많이 나빠진 것 같았다. 몹시 피곤해 보였으며 매일 하던 도미노 놀이가 벌어졌지만 별로 흥미를 느끼지 못하고 팔도 잘 움직이지 못하는 것 같았다.

"이봐 트완느, 팔을 묶어 놓았나?"

하고 오르슬라빌이 물었다.

"어깨가 아파서 꼼짝을 할 수가 없구먼."

트완느가 대답하였다.

그때 누군가 가게로 들어오는 소리가 들렸고 놀음꾼들은 조용해졌다. 이 마을 면장과 서기가 들어왔던 것이다.

두 사람은 술 두 잔을 주문하고 자리에 앉아서 마을에 대한 이야기를 하기 시작했다. 트완느는 두 사람이 얘기하는 소리를 좀 더 잘 듣기 위해 귀를 벽쪽으로 대며 겨드랑이에 알을 품었다는 사실은 까맣게 잊어버린 채 몸을 돌리는 바람에 달걀은 모두 깨져서 침대를 온통 오믈렛으로 만들어 버렸다.

트완느는 원망이 섞인 비명을 질렀고 곧 부인이 들어왔다. 그녀는 사태를 짐작하고 이불을 걷어냈다. 남편의 한쪽 옆구리에 누런 계란 반죽을 온통 뒤집어쓴 것을 보고 말문을 잃고 말았다.

그녀는 분노로 몸을 떨었고 이 반신불수의 불쌍한 사나이의 배를 후려치기 시작하였다. 마치 냇가에서 빨래를 할 때 방망이를 휘두르듯이 두 손을 번갈아 펑펑 소리를 내며 힘주어 배위로 떨어뜨렸다. 그것은 또 흡사 토끼가 두 앞발로 북을 치는 모습과도 비슷했다.

트완느의 세 친구는 어이가 없어서 기침을 하고 재채기를 하고 웃음을 참지 못했다.

침대에 드러누운 거구의 사나이는 다른 겨드랑이에 넣은 다섯 개의 알이나마 깨뜨리지 않으려고 조심하면서 마누라의 매를 재주껏 피하는 것이었다.

포
(Edgar Allan Poe : 1809~1849)

아일랜드에서 온 이민의 후예로 3세가 채 못 되어 고아가 되어 무역에 종사하는 앨런 가에 입양되었다. 영리하고 쾌활한 한편 고집이 세고 감수성이 예민하여 우울한 소년기를 보내기도 했다. 1826년 포는 버지니아 대학에 입학하여 매우 좋은 성적을 거두었으나 양부와의 갈등으로 인해 술과 도박에 빠지고 결국 퇴학을 당하고 말았다. 또 육군사관학교에 입학하였다가 근무 태만을 이유로 퇴교당하기도 하였다.

1835년 「남부 문학통신원」이란 잡지에 단편소설을 기고하면서 본격적인 문학의 길을 걷게 되는 포는 27세 때 14세인 고모의 딸 버지니아와 결혼하였다. 여러 잡지의 편집인이 되어 명성을 쌓은 그는 유일한 장편 〈아서 고든 빔의 이야기〉를 비롯하여 단편 〈모르그 거리의 살인〉, 〈소용돌이 속에서〉, 〈요정의 섬〉 등을 발표하여 새로운 형식의 소설로 미국 문학계에 큰 충격을 주었으며 대중의 인기를 얻었다.

1847년, 가난 속에서 아내와 사별한 포는 스스로 건강을 돌보지 않아 1849년 10월 볼티모어의 거리에 쓰러져 40이라는 젊은 나이에 세상을 떠났다.

검은 고양이

　지금부터 내가 써 나가려는, 전혀 거짓이라고는 없는 이 기괴한 이야기를 나는 누군가가 믿어 주기를 바라지도, 또한 바라고 싶지도 않다. 사실 나 자신의 오관(五官)으로도 믿지 못하고 있는 일을 믿어달라고 한다면 그것은 이 글을 읽는 이들에겐 미치광이의 잠꼬대로나 여겨질 것이다.

　지금 나는 미친 것도, 꿈을 꾸고 있는 것도 아니다. 그러나 내일이면 나는 죽음을 맞이하게 된다. 그래서 오늘이 가기 전에 마음의 무거운 짐을 내려놓고 싶다. 아무튼 나는 지금부터 내 가정 안에서 일어난 일련의 사건을 있는 그대로 아무 설명도 덧붙이지 않고 세상 사람들에게 이야기하려 한다.

　그 사건의 결과는 나를 공포에 빠뜨리고, 번민을 안겨다 주었으며 끝내는 나를 파멸로 몰아넣었다. 그러나 나는 그것에 대해 시시콜콜 설명하지는 않겠다. 내게는 오직 공포감만 주었을 뿐인 사건이었지만, 세상의 다른 많은 사람들에게는 그저 터무니없는 괴담으로만 여겨질지도 모를 일이다.

　그리하여 마침내는 내 악몽조차도 흔히 있는 시시한 일로 넘겨

버리는 지성의 소유자가 나타날 것이 틀림없다. 그리하여 나 같은 사람보다는 냉정하고 논리적이고 훨씬 침착한 그 지성의 소유자는 내가 지금 두려움에 떨며 얽혀 있는 이 사건 속에서도 아주 당연하게 여겨지는 하나의 연속된 인과 관계를 찾아낼 수 있을 것이다.

어릴 때부터 나는 온순하고 동정심 많은 아이로 알려져 있었다. 마음이 너무도 여려서 친구들의 놀림을 받을 정도였다. 특히 동물을 좋아했던 내게 부모님은 여러 애완동물을 내가 바라는 대로 사 주셨다. 나는 날마다 그 동물들과 함께 지냈고, 그들에게 먹이를 주고 쓰다듬어 줄 때 가장 큰 즐거움을 느꼈다.

이 독특한 성격은 나이를 먹어 가며 한층 더해져 어른이 되었을 때에는 오로지 동물을 사랑하는 것만이 유일한 즐거움이 되었다. 충실하고 영리한 개에게 애정을 품어 본 적이 있는 사람들에게는 이렇게하여 얻어지는 기쁨이 얼마나 큰 것인지 구구하게 설명할 필요가 없을 것이다. 인간들의 천박한 우정과 경박한 신의를 여러 번 겪어 본 사람이라면 동물의 이기심 없는 헌신적인 애정 속에서 가슴 뭉클한 무언가를 느낄 것이다.

나는 일찍 아내를 맞았는데, 다행히 그녀의 성품도 나와 비슷했다. 내가 동물을 좋아하는 것을 보고 아내는 여러 귀여운 애완동물을 구해 왔다. 그리하여 우리 집에는 작은 새, 금붕어, 영리한 개, 토끼, 조그만 원숭이, 그리고 한 마리의 고양이와 함께 살게 되었다.

그 중 고양이는 몸집이 무척 큰 멋진 녀석으로 온몸이 새까맣고 놀랄 만큼 영리했다. 이 고양이의 영리함이 화제에 오를 때면

적잖이 미신을 믿는 아내는 검은 고양이는 모두 마녀의 화신이라고 예부터 전해 오는 말을 곧잘 입에 올리곤 했다. 그러나 아내가 '정말로' 그렇게 생각하고 있었던 건 아니며——나 또한 지금 그말이 우연히 떠올라서 쓰고 있는데 지나지 않는다.

플루토(지옥의 왕)——이것이 고양이 이름이었다——는 내가 귀여워하는 놀이동무였다. 늘 내가 먹이를 주었으며, 집 안 어디에든지 내 뒤를 졸졸 따라다녔다. 외출할 때도 쫓아 나오려고 해서 그것을 막는 것은 여간 힘든 일이 아니었다.

우리의 우정은 여러 해 동안 이어졌는데, 그 동안 내 기질과 성격은 폭음 때문에——털어놓기 부끄러운 일이지만——전날의 자취는 찾아볼 수도 없을 만큼 달라져 가고 있었다. 나는 나날이 변덕이 심해져 화를 잘 내고 다른 사람의 기분 같은 것은 염두에도 두지 않게 되었다. 아내에게도 욕설을 퍼붓고 마침내는 폭력을 휘두르기에 이르렀다.

물론 귀여워하던 동물들도 내 성격의 변화를 느끼게 되었다. 나는 동물들을 돌보는 일을 게을리했을 뿐 아니라 그들을 학대하기 시작했다. 그러나 플루토에게만은 아직 그 손길을 뻗치지 않고 있었다. 토끼, 원숭이, 개들이 우연히 또는 반가워하며 내 곁에 다가오면 사정없이 그들을 못살게 굴었다. 그러나 내 병은——아, 음주보다 더한 병벽(病癖)이 또 어디 있으랴!——점점 악화되어 마침내 플루토까지, 이제는 늙어서 얼마쯤 까다로워진 플루토까지 나의 병벽을 빠짐없이 맛보게 되었다.

어느 날 밤, 늘 다니던 선술집에서 만취가 되어 집에 돌아온 나는 플루토가 나를 피하는 기색을 느꼈다. 나는 고양이를 붙잡았다.

그러자 그놈은 나의 난폭한 태도에 놀란 듯 내 손목에 달려들어 가벼운 상처를 내고 말았다. 순간 나는 악귀와도 같은 분노의 포로가 되어 나 자신을 잊어버렸다. 나의 순수한 영혼은 단숨에 내 몸으로부터 사라지고 술에 절어 구겨진 사악한 증오가 온몸을 떨게 했다. 나는 조끼 주머니에서 조그만 칼을 꺼내 고양이의 목을 움켜잡고 한쪽 눈을 태연히 도려냈다. 이 무섭고 잔인한 행위를 써내려 가노라니 얼굴이 붉어지고 화끈해지며 몸이 떨려온다.

그 다음 날 아침 어느 정도 취기가 진정되어 이성을 되찾은 나는 내가 저지른 죄에 대해 공포와 회한이 뒤섞인 기분을 느꼈다. 그러나 그것도 결국은 미약하고 일시적인 것에 지나지 않았으며 내 마음의 뿌리를 뒤흔들 만한 것은 못 되었다. 나는 여전히 폭음으로 세월을 보내며 그 행동에 대한 모든 기억을 완전히 술 속에 파묻어 버렸다.

한편 고양이는 조금씩 상처가 나아갔다. 도려내어진 눈의 뻥 뚫린 구멍은 분명 무서운 형상이었지만 더 이상 아픔을 느끼지 않게 된 듯했다. 전과 다름없이 집 안을 이리저리 돌아다니고 있었지만 내가 가까이 가면 몹시 두려워하며 달아나 숨었다. 고양이의 달라진 태도가 처음에는 조금 슬프게 느껴지기도 했다.

그러나 이런 감정도 곧 분노로 바뀌어, 마침내 끝내 구원받을 수 없는 파멸의 구렁텅이에까지 나를 몰아넣으려는 듯 짓궂은 감정이 복받쳐올라왔다. 이러한 인간의 근성에 대해서 철학은 아직까지 아무 설명도 없다. 그러나 이런 근성이야말로 인간 마음에 내재해 있는 원초적 충동의 하나이며, 인간 성격을 형성하는 근원적 기능 또는 감정의 하나이다. 나는 그것을 내 영혼이 실제로 존재하듯 믿어 의심치 않는다. 해서는 안 된다는 것을 알면서도 이 때문에 오히려 몇 번이고 되풀이되는 어리석은 행위를 저지르는 사람이 세상에는 얼마나 많은가? 뛰어난 분별력을 지니고도 법률이기 때문에 그것을 어기고 싶은 욕구가 늘 우리에게 있는 것은 아닐까?

다시 말해 이 짓궂은 감정이 나를 파멸로 끌어들였다. 죄도 없는 동물을 계속 학대해서 결국은 파멸로까지 이르게 한 것은, 자신을 나무라며 자신의 본성을 학대하고 악업 때문에 악업을 낳는 헤아리기 어려운 영혼의 욕구였다.

어느 날 아침 나는 태연히 고양이의 목에 밧줄을 걸어 나뭇가지에 매달았다. 볼에 눈물이 흐르고, 비통한 회한에 가슴 아파하며 나는 고양이의 목을 매단 것이다.

내가 가슴 아팠던 것은 그 고양이가 나를 사랑하고 있으며 나에게 분노를 일으키게 할 만한 일을 저지르지 않았으므로 이렇게 하는 것이 죄를 짓는 것임을 알기 때문이었으며, 결국 내 불멸의 영혼을——만일 그런 게 있다면——신의 무한한 자비심으로도 구해 낼 수 없는 깊은 구렁텅이 속에 빠뜨리게 되리라는 것도 알고 있기 때문이었다.

이 참혹한 짓을 한 날 밤, 잠들어 있던 나는 '불이야!' 하는 소리에 눈을 떴다. 침대와 커튼이 불길에 휩싸이고 집안은 온통 불바다였다. 아내와 하녀와 나는 가까스로 빠져나왔지만 집은 몽땅 타 버렸다. 내 재산은 모조리 재가 되었으며 그 뒤로 나는 절망 속에서 헤어나지 못했다.

나는 이 재해와 나의 잔인한 행위 사이에 어떤 관계가 있다고 생각지는 않지만 일련의 사실을 있는 그대로 이야기하는 이 마당에 어느 한 가지 일이라도 소홀히 넘기고 싶지는 않다.

다음 날 나는 불탄 자리로 가 보았다. 담은 한쪽만 남은 채 모두 허물어져 있었다. 그런데 내 침대 머리판이 놓여 있던 칸막이 벽은 타지 않고 남아 있었다. 나는 그것이 얼마 전에 석회를 발라 새로 칠한 것이기 때문일 거라고 생각했다. 이 벽 언저리에 많은 사람이 모여들어 벽의 어느 한 부분을 아주 자세하게 열심히 바라보고 있었다.

"신기한데!"

"이상한 일도 다 있군!"

이런 소리에 이끌려 벽 가까이 가 보니 흰벽에 얕게 새긴 듯한 거대한 고양이의 모습이 나타나 있었다. 그것은 실로 놀라울 만큼 정확했으며, 고양이 목에는 밧줄이 감겨져 있었다.

이 요괴──라고밖에 여길 수 없었다──를 흘끗 본 나의 놀라움과 공포는 끔찍했다. 그러나 가까스로 냉정을 되찾았다. 그 고양이를 목매단 곳은 뜰이었음이 생각난 것이다. '불이야!' 하는 소리에 사람들이 순식간에 뜰로 잔뜩 모여들었다는데──그 가운데 한 사람이 잠든 나를 깨울 작정으로 고양이 시체를 열린 창문으로 내 방 안에 던져넣은 게 틀림없다. 그런데 다른 쪽 벽들이 무너지는 바람에 고양이 시체는 새로 바른 벽으로 밀어붙여져 벽의 석회가 화염과 시체에서 뿜어져 나온 암모니아의 작용에 의해 이같은 화상을 만들어 내었을 것이다.

여기에까지 생각이 미치자 양심이야 어떻든 나의 이성에는 납득할 만한 설명이 되었으나, 아무튼 그 사실은 내게 강한 인상을 남겼다. 여러 달 동안 나는 고양이의 환영에서 벗어날 수가 없었다. 그러는 동안 내 마음에는——회한과는 달랐지만——회한 비슷한 모호한 기분이 싹트기 시작했다. 그 고양이를 잃어버린 것이 섭섭하게 여겨져, 뻔질나게 드나들던 싸구려 술집 같은 데를 기웃거리며 대신 기를 만한 털빛이 비슷한 고양이는 없나 하고 찾아보게 되었다.

어느 날 밤, 술집에서 머리 꼭대기까지 술이 취하여 멍하게 앉아 있던 나는 문득 그 방 안의 유일한 가구라고 할 만한 진이며럼 술통 위에 무언가 검은 게 웅크리고 있는 것을 깨달았다. 그 술통 위라면 아까부터 줄곧 바라보고 있었는데, 이제야 비로소 검은 그것을 깨달은 게 참으로 이상했다.

나는 가까이 다가가 손을 대어 보았다. 검은 고양이였다. 바로 플루토와 비슷한 몸집을 한 녀석으로 한 군데만 빼놓고는 플루토와 똑같은 모습이었다. 플루토는 온몸이 새까맸으나 이 고양이는 가슴 언저리 부분 전체가 윤곽이 흐릿한 커다란 흰 얼룩점으로 덮여 있었다.

내가 손을 대자 고양이는 얼른 일어나 목을 쭉 빼고 내 손에 몸을 비비면서 아양을 떨었다.

이 녀석이야말로 내가 찾던 고양이였다. 나는 곧 가게 주인에게 그 고양이를 내게 달라고 말해 보았다. 그러나 가게 주인은 자기 것이 아니며 어디서 왔는지도 모르고 전혀 본 적도 없는 고양이라고 대답했다.

나는 잠시 고양이를 쓰다듬어 주다가 이윽고 집으로 돌아가려고 일어섰다. 그러자 고양이도 함께 따라가고 싶은 눈치를 보였다.

나는 따라오도록 내버려두었다. 걸어가며 나는 이따금 허리를 굽혀 가볍게 고양이의 등을 토닥거려 주었다. 집에 오자 고양이는 곧 길들여졌고 아내도 마음에 들어했다.

그런데 어느 날 이 고양이에 대한 혐오가 마음 깊은 곳에서부터 싹터 오는 것을 느꼈다. 고양이가 분명 나를 따른다고 여기자 그것만으로도 성가시고 마음이 초조하여 견딜 수 없었다. 그리하여 혐오와 곤혹스러움이 점점 더해져서 마침내는 극도의 증오로 바뀌게 되었다.

나는 고양이를 피했다. 일종의 치욕감과 전에 저지른 잔혹한 행위의 기억 때문인지 고양이를 못살게 굴지는 않았다. 여러 주일 동안은 때리거나 거친 행동은 하지 않았다. 그러나 서서히——아주 서서히 나는 고양이에 대해 이루 말할 수 없는 증오를 느끼게 되었고 마치 전염병 환자의 숨결을 피하듯 그 불길한 모습을 슬슬 피하게 되었다.

게다가 집으로 데려온 다음 날 아침 그 고양이도 플루토처럼 한 눈이 멀어 있음을 알게 된 것도 내 증오를 부추겼다. 그러나 한 눈이 없다는 것 때문에 아내는 한층 더 측은히 여기는 것 같았다.

앞서도 이야기했듯이 이전에는 나의 뛰어난 성품이었으며 온갖 단순 소박한 기쁨의 근원이었던 이러한 인정스러움을 아내는 많이 지니고 있었다.

그러나 내가 미워하면 할수록 고양이는 나를 더욱 사랑하는 것 같았다. 어떤 집요함을 가지고 내가 가는 곳마다 따라다녔는데, 내가 어디에 가든지 으레 쫓아와 의자 아래 웅크리고 앉거나 무릎 위로 뛰어올라 핥거나 또는 그 불길한 몸을 비벼대는 것이었다.

또, 일어나 걸어가려고 하면 두 다리 사이로 기어들어와 하마터면 곤두박질할 뻔하게 하고, 길고 뾰족한 발톱으로 옷에 매달려 가슴 언저리까지 기어오르곤 했다.

그럴 때면 단번에 내리쳐 죽이고 싶은 충동이 들지만, 무한한 인내력을 발휘하여 참곤 했다. 전에 저지른 흉포한 행위의 기억이 아직 생생한 것도 한 까닭이었으나, 실은 그보다도——뚜렷이 말해 두지만——고양이가 무서워 견딜 수 없었기 때문이었다. 이 공포감은 꼭 육체적 위해에 대한 것은 아니었다——그러나 달리 부를 수도 없다. 고백하기도 부끄러운 일이지만——그렇다, 이 중죄수 감방에 있는 지금도 여전히 고백하기 부끄러운 기분이지만——그 고양이가 나에게 안겨 준 공포와 전율은 실로 어리석기 그지없는 망상에 의해 부채질된 것이었다.

전에 내가 죽인 고양이와 지금의 이 얄미운 고양이 사이에 단 하나 다른 점인 흰 얼룩점에 대해 아내는 여러 번 내 주의를 환기시켰다. 이 얼룩점은 크지만 아주 희미한 것이었다. 그런데 서서히, 거의 눈에 띄지 않을 만큼 서서히——내 이성은 오랫동안 그것을 부정해 왔지만——윤곽이 뚜렷해졌다.

그것은 입에 올리기에도 몸서리쳐지는 형태를 나타내고 있었다. 그 때문에 무엇보다도 그 고양이가 미웠고 무서웠으며 할 수만 있다면 그 괴물을 죽여 버리고 싶었다. 지금 그 얼룩점은 보기에도 소름끼치는, 등골이 오싹해지는 교수대——무섭고도 불길한 공포와 죄과의 고민과 죽음의 형구(刑具)인 교수대 모양을 나타내고 있었던 것이다.

이제 나의 비참함은 이 세상에 존재할 수 있는 비참함을 훨씬 넘어선 것이었다. 더욱이 겨우 한 마리의 짐승이——내가 그 동류(同類)를 진심으로 경멸하여 죽여 버린 짐승이——하느님의 모습과 똑같이 창조된 인간인 나에게 이렇게도 헤어날 길 없는 괴로움을 주다니! 아! 이미 나는 밤에도 낮에도 안식의 기쁨을 찾지 못했다. 낮 동안에는 잠시도 그 고양이가 내 곁을 떠나지 않았으며 밤은 밤대로 이루 말할 수 없이 무서운 꿈에 시달려 거의 한 시간마다 잠에서 깨어나야만 했다. 깨어 보면 그 불길한 짐승의 뜨거운 입김이 내 얼굴에 덮쳐왔으며, 묵직한 무게가——나로서는 뿌리칠 힘 없는 악마의 화신이——내 가슴 위에 떡하니 얹혀 있는 것을 느꼈다.

이러한 고통에 짓눌려 내 마음 속에 남아 있던 아주 작은 선언조차 무너져 버렸다. 사악한 생각——몹시 시꺼멓고 흉악한 생각——이 내 유일한 마음의 반려가 되었다. 여느 때의 까다로운 성격은 점점 심해져 모든 것, 모든 사람들을 향한 증오로 바뀌었다. 그리하여 이제는 맹목적으로 몸을 내맡기게 된 듯한 나의 돌발적이고 잦은, 억누를 수 없는 격노의 발작에 누구보다도 괴로워하고 누구보다도 참을성 있게 견디어 준 피해자는——아, 불평 한 마디 하지 않는 나의 아내였다.

어느 날, 가난으로 어쩔 수 없이 살고 있던 낡은 집의 지하실까지 볼 일이 있어 아내는 나를 따라 내려왔다. 고양이도 나를 따라 가파른 층계를 내려왔는데 그 때문에 하마터면 거꾸로 나뒹굴 뻔했던 나는 갑자기 몹시 흥분하게 되었다. 저도 모르게 손도끼를 집어든 나는 너무나 격분한 나머지 그때까지 나를 억누르고 있던 어린애 같은 공포도 잊고 고양이를 향해 대번에 찍어내리려 했다.

만일 생각대로 내려쳤다면 고양이는 물론 그 자리에서 숨이 끊어져 버렸을 것이다. 그러나 그 일격(一擊)은 아내의 말리는 손길에 멈춰졌다.

이 간섭으로 말미암아 악마도 당하지 못할 만큼 격노에 휩싸인 나는 아내의 손을 뿌리치고 대신 아내의 머리 한복판에 도끼를 박아 넣었다. 아내는 비명 소리도 지르지 못하고 그 자리에 푹 쓰러졌다.

이 무서운 살인이 끝나자 나는 곧 신중하게 이 시체를 감출 방법에 골몰했다. 하지만 낮이건 밤이건 이웃 사람 눈에 띄지 않게 시체를 집에서 밖으로 내가는 일은 도저히 불가능했다.

여러 가지 방법이 머리에 떠올랐다. 시체를 잘게 썰어 불에 태워 버리려고도 생각했다. 또한 지하실 바닥을 파고 그곳에 파묻어 버릴까도 생각했다. 아니면 뜰의 우물에 던져 버릴까——상품처럼 보이도록 상자에 담아 그럴 듯하게 포장하여 인부를 시켜 집에서 지고 나가게 하는 일도 궁리해 보았다.

그리하여 결국 그 어느 것보다도 훨씬 훌륭한 방법이 머리에 떠올랐다. 시체를 지하실 벽 속에 넣어 발라 버리기로 결심한 것이다——중세의 사제들이 희생자를 벽 속에 넣고 발라 버렸다는 기록이 있듯이.

이러한 목적에는 안성맞춤인 지하실이었다. 벽을 아무렇게나 쌓아올린 채 최근에 회칠을 슬쩍 한 번 했을 뿐인데 그것이 습기찬 공기 때문에 아직 굳지 않고 있었다. 더욱이 벽 한쪽은 장식용 연통과 난로였던 곳을 메워 다른 부분과 똑같이 보이게 한 돌출부가 있었다. 그곳의 벽돌을 들어내고 시체를 집어넣은 다음 누가 보아도 의심스럽지 않도록 벽을 완전히 바르는 것은 쉬운 일임이 틀림없었다.

과연 내 예상대로였다. 쇠지렛대로 아주 쉽게 벽돌을 떼어내고 시체를 조심스럽게 안쪽 벽에 세워 그대로 버티어 놓은 다음, 그리 힘들이지 않고 본래대로 벽돌을 쌓아올렸다. 그리고 모르타르와 모래와 머리칼을 되도록 조심스레 손에 넣어 전과 조금도 다름없는 회를 반죽한 다음 새로 쌓아올린 벽돌 위에 골고루 발랐다.

일이 다 끝났을 때 나는 이제 다 되었다는 만족감을 느꼈다. 벽은 조금도 손댄 것처럼 보이지 않았다. 바닥에 떨어진 티끌 하나도 낱낱이 주웠다. 나는 의기양양하게 주위를 둘러보며 혼잣말을 했다.

"자, 적어도 헛수고는 아니었어."

다음에 할 일은 이 참극의 원인이 된 고양이를 찾는 것이었다. 그 고양이를 죽여 버리기로 굳게 결심했기 때문이다. 만일 그때 내 눈에 띄기만 했다면 고양이의 운명은 끝나 버렸을 것이다. 그러나 이 교활한 동물은 지난번의 내 격렬한 분노에 겁을 먹었는지 이러한 기분으로 있는 내 앞에 얼씬도 하지 않았다.

그 불길한 고양이가 없어져 얼마나 홀가분하고 통쾌한 안도감을 느꼈는지는 도저히 글로 표현하거나 상상도 할 수 없었을 정도다. 고양이는 그 날 밤새도록 모습을 나타내지 않았고——덕분에 고양이를 집으로 데리고 온 뒤 처음으로 하룻밤 내내 편안히 잠들 수 있었다. 그렇다, 분명 살인을 했다는 중압감이 마음을 억누르고 있는데도 편안히 잠을 잘 수 있었다.

이틀이 지나고 사흘이 지나도 나를 괴롭히던 고양이는 여전히 나타나지 않았다. 나는 다시금 자유로운 몸이 되어 숨쉴 수 있었다. 두려움을 주던 괴물은 영원히 이 집에서 달아난 것이다. 이제 두 번 다시 그 고양이를 보게 될 리 없다고 생각하자 더할 나위 없는 행복이 느껴졌다.

내가 저지른 죄의 두려움에 양심이 아픈 것도 그리 없었다. 두세 차례 심문을 받았지만 문제없이 대답할 수 있었다. 집도 수색되었지만 아무것도 발견될 리 없었다. 이로써 앞날의 행복은 확보된 것이라고 나는 생각했다.

아내를 죽인 지 나흘째 되는 날, 뜻밖에도 한 무리의 경관이 몰려와 다시 엄중히 가택 수색을 시작했다. 그러나 시체를 감춘 곳을 제아무리 찾아본다 해도 찾을 리 없다고 확신한 나는 조금도 당황하지 않았다.

경관의 명령으로 나도 함께 수색하게 되었다. 집 안 구석구석까지 샅샅이 조사했다. 그리하여 드디어 세 번인가 네 번째로 지하실에 내려갔다. 나는 얼굴빛 하나 달라지지 않았다. 내 심장은 마치 천진난만하게 잠든 아이처럼 조용히 뛰고 있었다. 가슴 위로 팔짱을 끼고 유유히 돌아다녔다.

경관들은 완전히 의심이 풀려 집을 떠나려 했다. 나는 기쁨을 억누를 수 없었다. 나는 승리의 표적으로 한 마디라도 하여 내 무죄를 그들에게 한층 더 확신시켜 주고 싶어 견딜 수 없었다.

참다 못한 나는 층계를 올라가는 경관들에게 마침내 말을 건넸다.

"여러분, 의심이 풀려 무엇보다도 기쁩니다. 여러분의 건강을 빌며 그와 더불어 앞으로는 좀 예의있게 행동해 주기를 바랍니다. 그런데 여러분 어떻습니까——이 집은 그 구조가 썩 잘 되어 있답니다."

아무 이야기나 마구 지껄여대고 싶은 격렬한 욕망에 싸여 나는 뭘 말하고 있는지조차 몰랐다.

"참으로 잘 지어진 집이라고 할 수 있지요. 무엇보다도 벽 밀인데——아니, 여러분들 그만 돌아가시렵니까?——어떻습니까, 이 벽의 견고함은⋯⋯."

이렇게 말한 나는 완전히 흥분하여 미치광이처럼 들고 있던 막대기로 아내의 시체가 들어 있는 바로 그 부분을 힘껏 내리쳤다.

그러자 아, 하느님, 악마의 독니로부터 나를 구해 주소서!

내리친 소리의 메아리가 채 가시기도 전에 무덤 속에서 대답하는 듯한 소리가 들려 왔다!——처음에는 어린아이의 울음 소리처럼 짓눌린 채 간간이 끊어지는 소리였는데, 곧이어 사람 소리라고는 도저히 여길 수 없는 길고 높으며 끊어짐이 없는 아주 괴상한 비명으로 바뀌었다. 그것은 지옥에 떨어진 죽은 이와 그 파멸에 기뻐 날뛰는 악마의 목구멍에서 동시에 흘러나오는, 지옥에서만 들을 수 있는 공포와 승리가 반반씩 섞인 울부짖음이었다.

순간 나는 정신이 아득해지며 반대쪽 벽으로 쓰러질 듯 비틀거렸다.

한동안은 층계 위의 경관들도 공포와 놀라움으로 우두커니 서 있었다. 다음 순간, 대여섯 명의 억센 팔이 달려들어 벽을 무너뜨리기 시작했다. 벽은 와르르 무너져내렸다.

이미 거의 썩고 핏덩어리가 말라붙은 시체가 사람들의 눈앞에 우뚝 나타났다. 그리고 그 머리 위에는 시뻘건 입을 크게 벌리고 불 같은 외눈을 커다랗게 뜬 그 무서운 고양이가——나로 하여금 살인을 하도록 감쪽같이 꾀어들이고 지금은 그 비명 소리로 나를 교수대로 이끈 고양이가 앉아 있었다. 나는 이 괴물을 무덤 구멍 속에 시체와 함께 넣고는 그대로 발라 버렸던 것이다!

어서 집안의 몰락

그의 마음은 걸어 둔 비파, 대기만 해도 둥둥 울리네.
——드 베랑저

    그해 가을 어느 날의 일이었다. 하늘에는 구름이 무겁게 내리덮여 온종일 흐리고 어둡고 소리 하나 없이 고요했다. 나는 홀로 하루 종일 말을 달려 이상하게도 황량한 시골길을 지나, 어둠이 내리기 시작할 무렵에야 겨우 음침한 어서 저택이 보이는 곳에 이르렀다.

    이유는 알 수 없었지만, 그 저택을 한 번 바라본 순간부터 견딜수 없는 침울한 기분이 내 마음 속에 스며들었다. 견딜 수 없다고한 것은 그 침울함의 정도가, 황량하고 무서운 자연의 경치라도늘 시적이며 얼마쯤 유쾌하게 받아들여지는 여느 때 감정으로도전혀 누그러지지 않았기 때문이다.

    나는 내 앞에 펼쳐진 경치를——다만 한 채의 서택과 그 언저리의 보잘것없는 풍경, 황폐한 담, 멍하니 크게 뜬 눈처럼 보이는창, 몇 줄의 사초더미, 몇몇 썩은 나무의 흰 줄기들을——무어라 말할 수 없는 침울한 기분으로 바라보았다. 그때의 내 기분은 마치 아편 중독자가 아편 기운이 사라졌을 때 느끼는 달콤한 꿈이 깨지는 듯한 기분——현실로 또다시 돌아올 때 느끼는 비통한 타락의 느낌, 지붕을 덮은 장막이 머리 위로 무시무시하게 떨어질 때의 절망감, 그것 말고는 이 세상의 어떤 감정에도 비교할 수 없는 것이었다.

마음 속이 얼음처럼 싸늘해지고 기운이 쭈욱 빠지며 속이 메스꺼워지는 것 같았다. 그것은 아무리 강렬한 상상력을 펼쳐도 도저히 밝은 마음으로 돌아갈 수 없는, 견딜 수 없는 적막감이었다.

나는 숨을 돌리며 생각했다.

'웬일일까?'

어셔 저택을 바라보는 내 마음을 이토록 어지럽게 하는 것은 대체 무엇일까? 그것은 아무래도 풀 수 없는 수수께끼였으며, 그것을 생각하는 동안 수없이 몰려드는 어두운 환상들을 쫓아낼 수가 없었다.

그곳에는 아주 단순한 자연의 물상들이 엉켜 있을 뿐이었다. 하지만 그것이 이같이 우리들을 괴롭히는데도, 그 힘 자체를 분석하는 것은 우리들로서는 도저히 어찌할 수 없는 일이라는 불만스러운 결론에 이르지 않을 수 없었다. 하나하나의 경치나 또는 그림을 좀 다르게 배열해 보면 얼마쯤 슬픈 인상을 주는 힘을 융화시키거나 아주 없앨 수도 있으리라고 생각해 보았다.

이러한 생각에서 나는 저택 옆의 잔잔한 수면 밑으로 시커멓고 무시무시하게 빛나는 늪이 있는 절벽으로 말을 몰고 가 그곳을 내려다보았다. 그러나 오히려 회색 사초와 무시무시한 나무줄기와 멍하니 뜬 눈 같은 창들이 재구성되어 거꾸로 물 위에 비치는 모습은 더욱 몸서리쳐지는 그 무엇이 있었다.

나는 이 음산한 저택에서 몇 주일간을 머물 예정으로 왔다. 이 저택 주인 로드릭 어셔는 내 어릴 때 친구였지만, 서로 헤어진 뒤 오랫동안 만나지 못했었다. 그런데 한 통의 편지가 먼 시골에 떨어져 살고 있는 나에게——어셔가 보낸 것이었다——왔는데 그 사연이 너무도 심각했으므로 내가 직접 와 보는 수밖에 별다른 방법이 없을 것 같았다.

그의 필적은 신경이 몹시 흥분 상태에 놓여 있음을 뚜렷이 드러내 주고 있었다. 그의 편지에는 몸이 몹시 쇠약해졌고 정신이상에 시달리고 있으므로 그가 가장 사랑하는 하나뿐인 벗인 나를 만나 다정하게 대화라도 나눔으로써 얼마쯤이나마 병고를 덜고 싶다고 적혀 있었다. 편지에 씌어진 이러한 사연과 그에 대한 사랑, 또 그의 간청과 아울러 표시된 그의 열성이 나에게 머뭇거릴 틈을 주지 않았다. 그러므로 무척이나 이상한 초청이라고 생각하면서도 나는 대번에 받아들였다.

우리는 어렸을 때 무척 친한 사이였지만 그에 대해서는 그리 아는 게 없었다. 그는 말수가 무척 적은 편이었다. 가문의 내력이 긴 그의 집안은 오랜 옛날부터 아주 민감한 성품의 사람들로 유명했으며, 그 기질은 대대로 많은 우수한 예술품이 되어 나타났고, 최근에 와서는 너그러우면서도 겸허한 자선사업으로 나타나고 있다. 더불어 그의 집안 사람들은 음악에 있어서도 성통적이고 알기 쉬운 음계보다 오히려 복잡한 음에 대해 열렬한 열정을 나타냈다.

어셔 집안은 꽤 오래 되었음에도 불구하고 어느 시대든 한 번도 오래도록 뻗어나간 분가를 내놓지 못했다. 모든 일족이 직계이며, 아주 하찮은 일시적인 변천은 있었지만 언제나 그러했다는 특기할 만한 사실도 나는 알고 있다.

왠지 저택 모습의 특징이 세상에 알려진 가족의 특징과 완전히 일치한다는 것을 느끼고 몇 세기라는 긴 세월이 지나는 동안에 그 모습이 가족들에게 끼쳤을 영향을 추측해 보면서 나는 생각했다.

이 집안에 분가가 없다는 결점과 아울러 집안 이름과 상속재산이 대대로 변함없이 아버지에게서 아들에게로 전해지는 사실이 결국은 이 둘을 같은 것으로 해 버려서 어서 집안이라는 기묘하고도 애매한 명칭——이 명칭을 쓰고 있는 농부들은 그 명칭 속에 가족과 건물이 함께 포함되고 있는 것처럼 여기는 듯 보였다——속에 그 집안 본래의 명칭을 혼돈해 버린 게 아닌가 하는 생각이 들었다.

나의 좀 어리석은 경험——늪 속을 들여다본 것——이 내가 느낀 맨처음의 기괴한 인상을 더욱 강하게 해 주었다는 것은 앞서도 말한 바와 같다. 물론 나의 미신이——미신이라고 불러서 안될 이유가 어디 있겠는가——갑자기 강해졌다는 착각이 도리어 그 미신을 더욱더 강하게 믿게끔 한 것은 사실이다. 나의 오랜 경험을 통해 이미 알고 있는 일이지만, 공포의 모든 감정은 모두 이와 같이 모순된 경로를 밟는다.

그리고 내가 늪 속에 비친 저택의 그림자로부터 눈을 들어 실제 저택을 쳐다보았을 때, 내 마음 속에 이상한 공상이——사실 싱겁기 짝이 없는 공상이었으므로, 다만 그때 나를 괴롭혔던 감각의 위력을 나타내기 위해 기록하는 데 지나지 않는다——선뜻 머리에 떠오른 것도 어쩌면 이런 까닭에서였는지도 모르겠다. 나는 내멋대로 이리저리 궁리해 본 결과, 저택과 그 언저리의 특유한 대기——하늘의 대기와는 딴판인 썩은 나무와 흰 벽과 잠잠한 늪으로부터 증발된 대기——희미하고 완만하여 겨우 그 속의 사물을 알아볼 수 있는, 우중충한 빛깔을 띤 독기어린 증기가 집 주위를 떠돌고 있다고까지 믿게 되었다.

아무래도 악몽으로밖에 생각되지 않는 이러한 망상을 내 마음속으로부터 쫓아내 버리려고 나는 더 한층 자세히 저택 모양을 살펴보았다. 굉장히 오래 되었다는 것이 그중 뚜렷한 특징이었는데, 오랜 세월을 지내오는 동안 건물은 퇴락한 듯했다. 겉은 온통 무성한 곰팡이로 뒤덮여 그것이 섬세하게 뒤얽힌 거미줄처럼 추녀 끝에 축 늘어져 있었다. 그러나 그렇다고 해서 거의 황폐되었다고는 할 수 없었다. 주춧돌의 어느 부분도 허물어져 있지는 않았지만 손질을 한 완전한 부분과, 퍼석퍼석 바스러진 한개한개 쌓아올린 돌 사이에 큰 부조화가 있는 것처럼 보였다. 이러한 모양은 사용되지 않은 채 오랫동안 광 속에서 썩어 버린 겉모양만 번드르르한 낡은 세목공의 겉을 보는 것 같은 연상을 나에게 불러일으켰다.

이같이 이것저것 모두가 황폐한 빛을 띠고 있었지만, 집이 넘어질 염려는 없어 보였다. 더욱 조심해서 바싹 들여다보니 눈에 띌까말까한 균열이 건물 앞쪽 지붕으로부터 담까지 꾸불꾸불 내려와 늪 속으로 사라져 버린 게 보였다.

이것들을 바라보며 나는 포석이 깔린 짧은 길을 지나 저택 쪽으로 말을 몰았다. 기다리고 있던 하인에게 말고삐를 건네주고는 고딕 풍 현관의 아치 문 안으로 걸어 들어갔다. 그리고는 발소리를 죽이며 걷는 하인이 아무 말 없이 몇 개의 어둠침침하고도 복잡한 복도를 지나 주인의 서재로 나를 안내했다.

도중에서 눈에 띈 여러 건물들은 내가 이미 말한 그 적막감을 한층 더 강하게 해 주었다. 주위의 물건들――천장의 조각, 벽에 걸려 있는 어둠침침한 벽모전, 마루의 꺼먼 흑단, 또는 발을 옮길 때마다 덜커거리는 환영을 새겨넣은 것 같은 문장의 전리품 갑옷 등, 어렸을 때부터 내 눈에 익어온 이러한 물건들이 새삼스레 기이한 환상을 불러일으키는 것은 참으로 이상한 일이었다.

어느 층계에서 나는 이 집안의 주치의를 만나게 되었다. 그의 얼굴에는 오랜 경험에서 오는 교활함과 당황의 표정이 반반씩 감돌고 있었다. 그는 당황한 태도로 나에게 인사를 하고 지나가 버렸다. 얼마 안 되어 하인은 어느 방문을 열고 나를 그의 주인 앞으로 안내했다.

내가 들어간 방은 굉장히 넓고 천장도 높았다. 창문들은 길고 좁고 뾰죽했는데, 그것은 시커먼 떡갈나무 마루로부터 높이 떨어진 곳에 나 있어 방 안에서는 좀처럼 거기까지 닿을 수 없을 것 같았다.

가느다란 진홍빛이 격자창으로 흘러들어와 그런 대로 주위에 떠오르는 것들을 알아볼 수 있었다. 그러나 아무리 눈을 크게 뜨고 보아도 먼 방 쪽의 구석과 반원형의 완자무늬로 장식한 천장 구석 쪽은 보이지 않았다. 벽에는 칙칙한 벽모전이 걸려 있고, 가구는 대체로 지나치게 많으나 모두 우중충하고 낡아빠지고 무늬가 떨어져 있었다.

많은 책과 악기들이 어지럽게 여기저기 흩어져 있었지만 방에 활기를 주지 못했다. 이것들을 바라보았을 때 나는 슬픈 마음이 솟구치는 것을 억누를 수 없었다. 엄숙하고 쓸쓸한, 어찌해야 좋을지 모를 침울한 기분이 방 안에 떠돌며 모든 곳에 깊이 스며들어 있었다.

내가 안으로 들어가자 어셔는 온몸을 쭉 뻗고 누워 있던 소파에서 일어나, 진정으로 나를 반가이 맞아 주었다. 처음에는 억지로 만들어 낸 진심——인생에 대해 권태를 느낀 사람이 흔히 만들어 내는 가면적 노력——에서 나온 것이 아닌가 싶었지만, 그의 얼굴을 흘끗 쳐다본 순간 나는 그것이 진정한 열성에서 나온 것임을 알았다.

우리들은 앉았다. 그리고 잠시 그가 말이 없는 동안 나는 연민과 두려움을 함께 느끼며 그를 쳐다보았다. 로드릭 어셔처럼 짧은 시일 안에 이같이 무서운 모습으로 갑자기 바뀌어 버린 사람도 드물 것이다. 지금 내 눈앞에 앉아 있는 이 핼쑥한 남자가 오랜 옛날, 소년시절의 내 동무였다고는 도저히 믿어지지 않았다.

그러나 그 얼굴의 특징은 조금도 달라진 데가 없었다. 누런 얼굴빛, 크고도 부드러우며 유난히 번쩍이는 두 눈, 좀 얇고 핼쑥하지만 무척 아름다운 곡선을 이루고 있는 입술, 우아한 헤브라이형이면서도 그러한 형에서는 드문 콧구멍이 넓은 코, 잘생겼지만 쑥 들어간 탓으로 도덕적 정력이 부족해 보이는 턱, 거미줄보다 더 부드럽고 가느다란 머리칼 등의 갖가지 특징들과 함께 또 한 가지, 귀밑 뼈 위쪽이 남달리 넓게 생긴 점이 쉽사리 잊혀지지 않는 특이한 인상을 주고 있었다.

하지만 이러한 생김새의 주요한 특징에도 불구하고 외모에 나타난 표정의 너무나도 커다란 변화가 내가 지금 누구와 이야기하고 있는지를 의심하게 될 만큼 나를 놀라게 했다. 그 소름이 끼칠 만큼 핼쑥한 피부 빛깔이며 이상한 빛을 내는 그의 두 눈은 무엇보다도 나를 놀라게 하며 공포감마저 주었다. 비단결 같은 머리칼 역시 제멋대로 자라서 굵게 짠 명주처럼 얼굴 주위에 떨어져 있었는데 아니, 오히려 두둥실 떠 있다는 편이 좋을 형상이었다. 그러므로 나는 이 아라비아 풍 용모를 여느 사람의 것이라고는 도저히 믿을 수 없었다.

나는 곧 친구의 태도에 앞뒤가 맞지 않는 모순이 있는 것을 대번에 알아챘다. 그리고 이것은 습관적인 경련——극도의 신경 흥분——을 억누르는 연약하고 쓸데없는 노력의 결과에서 비롯된 것임을 알았다. 하긴 이러한 것들은 그의 편지며 소년시절에 대한 회상, 그리고 그의 특유한 체질이며 기질로 미루어 이미 각오하고 있었던 것이긴 했지만.

그의 태도는 쾌활하다가도 갑자기 침울해지곤 했고, 목소리는 모든 것이 다 성가신 듯 부들부들 떨리다가도 갑자기 곤드레만드레가 된 주정꾼과 처치곤란한 아편 중독자가 몹시 흥분했을 때 버럭 지르는 그 급하고도 무게 있는 태평스러운 굵은 목소리——침울하고 침착하여 완전히 조절된 후음——로 바뀌는 것이었다. 이러한 말투로 그는 나를 부른 목적과 나를 만나고 싶어한 그의 열망과 내가 그에게 줄 거라고 기대하고 있던 위안들에 대해 대강 말한 다음 그의 병의 본질로 생각되는 점에 화제를 돌려 꽤 길게 이야기했다.

그의 병은 유전적으로 내려오는 것이므로 치료 방법이 전혀 없어 단념하고 있다면서, 그러나 간단한 신경 계통의 병세에 지나지 않으니 틀림없이 곧 나을 거라고 그는 말이 끝나기 무섭게 덧붙이는 것이었다. 그의 병세는 많은 부자연스런 감각으로 나타나——그가 자세히 그것을 이야기하고 있는 동안 그 어떠한 감각이 어쩌면 그의 말투와 말하는 태도에도 적지 않게 관계가 있었겠지만——나를 재미있게도, 당황하게도 만들었다.

그는 병적인 과민성으로 무척 고통받고 있었다. 음식물은 아주 깨끗해야 했고, 옷도 일정한 빛깔의 것이 아니면 안 되었다. 꽃향기는 그 어떤 것이든 숨이 막혔고, 약한 빛에도 눈이 아팠다. 그리고 그에게 공포심을 일으키지 않는 것은 특수한 어떤 음향뿐이었으며, 그것도 다만 현악기 정도였다. 그가 일종의 변태적인 공포에 늘 시달리고 있음을 나는 깨달았다.

그는 말했다.

"나는 이런 통탄할 만큼 우스운 병으로 죽지 않으면 아니될 걸세. 그밖에 아무 까닭도 없이 나는 이 모양으로 죽어 버릴 것일세. 내가 무서워하는 것은 미래에 일어날 사건 그 자체가 아니라 그 결과지. 비록 하찮은 사건이라도 그것이 내 영혼에 이런 참을 수 없는 충동을 일으킨다는 걸 생각하면 소름이 끼치네. 나는 위험 따윈 두려워하지 않아. 다만 공포를 일으키는 절대적 영향을 무서워하는 것일세. 이렇게 기진맥진한 가련한 상태에 빠져 '공포'의 무시무시한 환영과 싸우는 동안 생명도 이성도 모두 내버려야 할 시간이 머지않아 꼭 올 것만 같아."

그 밖에도 나는 때때로 터져나오는 한토막 한토막의 애매한 암시로부터 그의 정신상태의 또 다른 기이한 특징을 발견했다. 여러 해 동안 살면서 한 걸음도 문밖에 나가 보지 않은 그의 저택에 관한 이야기가 너무도 애매했기 때문에 여기서 또다시 설명하기에는 퍽 힘드는, 실제적으로는 있을 수 없는 어떤 힘의 영향——대대로 살아온 그의 저택 모습과 그 내적인 분위기가 오래 살아오는 동안 그의 영혼에 끼친 영향——회색 벽과 지붕의 작은 탑 또는 이 두 물체가 내려다보고 있는 어둠침침한 늪 수면이 마침내 살아 있는 그의 정신에 끼친 영향에 관해 그는 일종의 기이하고도 미신적인 착각의 포로가 되어 있었다.

그러나 그는 이같이 그에게 번민을 안겨 준 특수한 우울증을 대부분 보다 더 자연스럽고 알기 쉬운 근원——여러 해 동안 그의 유일한 친구며 세상에 단 하나밖에 없는 핏줄인 누이동생의 오랜 병과 그녀의 죽음이 확실히 눈앞에 닥쳐왔다는 사실 때문이라고 또다시 머뭇거리며 고백했다.

"누이동생이 죽으면 내가, 절망적이고 허약한 내가 유서 깊은 어서 집안의 마지막 살아남은 사람이 되는 것일세."

그 말투는 결코 잊을 수 없을 만큼 비통했다. 그가 이렇게 말하고 있는 바로 그때 매들라인——이것이 그녀의 이름이었다——이 내가 있는 것도 알아차리지 못하고 조용히 방 저쪽을 걸어 그대로 사라져 버렸다.

나는 공포감이 뒤섞인 큰 놀라움을 느끼며 그녀를 지켜보았다. 그러나 왜 그토록 놀라고 두려움마저 느꼈는지는 도저히 알 수 없었다. 저쪽으로 사라지는 발소리를 머리 속에서 쫓고 있는 동안

나는 정신이 아득해짐을 느꼈다. 마침내 그녀 모습이 문 뒤로 사라져 버렸을 때 나는 본능적으로 어셔의 표정을 열심히 살폈다. 그러나 더욱더 여위어 버린 손가락 사이로 뜨거운 눈물이 뚝뚝 떨어지는 것밖에 볼 수 없었다.

메들라인의 오랜 병에 대해서는 아무리 능숙한 의사들도 혀를 내둘렀다. 고질이 되어 버린 무감각증, 신체의 점진적인 쇠약, 짧은 동안이지만 빈번히 일어나는 부분적인 강직 현상 등이 그녀의 이상한 증세였다.

지금까지 그녀는 꾹 참으며 누우려고도 하지 않았지만, 내가 와 닿은 그날 저녁 무렵——어셔가 말할 수 없이 흥분한 말투로 그날 밤 내게 이야기한 바에 따르면——끝내 병마의 무서운 힘에 쓰러지고 말았다고 한다. 그러므로 그때 슬쩍 쳐다본 모습이 마지막으로, 적어도 그녀가 살아있는 동안에는 다시 볼 수 없을 것 같았다.

그 뒤 며칠 동안은 나도 어셔도 그녀의 이름을 입밖에 내지 않았다. 그 동안 나는 열심히 친구의 우울증을 위로해 주려고 애썼다. 우리들은 함께 그림을 그리고 책도 읽었다. 그리고 그가 즉흥적으로 격렬하게 뜯는 교묘한 기타 소리에 꿈꾸듯 귀기울이기도 했다.

이렇게 우리 두 사람 사이가 친밀해져 감에 따라 그는 자기 마음 속을 보다 허물없이 털어놓게 되었는데, 그럴수록 그의 마음을 즐겁게 하려는 나의 모든 노력이 헛일임을 더욱 비통하게 깨닫지 않을 수 없었다. 그의 마음으로부터 끝없는 어둠이, 마치 선천적으로 타고난 확고한 본질과도 같이 모든 물질과 마음의 세계 위에 우울하게 끊임없이 방사되어 나왔기 때문이다.

어셔 집안 주인과 단둘이 지낸 그 수많은 엄숙한 시간들의 기억은 영원히 내 머리 속에서 사라지지 않을 것이다. 그러나 그와 내가 어떤 연구를 했고 또 어떤 일에 골몰했는지, 그리고 그가 나에게 무엇을 당부했는지는 아무래도 도무지 정확하게 전달할 수 없을 것 같다.

흥분된, 본성을 잃은 극도의 상상력이 모든 것 위에 인광과 같은 퍼런 빛을 던지고 있었다. 그가 만든 몇 편의 긴 즉흥 비가만은 언제까지나 내 두 귀에 쨍쨍 울릴 것이다. 특히 무엇보다도 폰 베버(독일 작곡가)의 마지막 왈츠, 그 격렬한 음조에 그가 덧붙인 기묘한 전곡과 변곡이 마음 아프게도 내 가슴에 되살아나곤 한다.

치밀한 공상에서 시작되어 한붓한붓 칠해 나감에 따라 더 한층 몽롱한 느낌을 불러일으키는 그의 그림은 웬일인지 무척 무서웠다. 이 그림은 아직까지도 내 눈앞에 뚜렷이 아물거리지만, 여기서는 도저히 무어라 표현할 길이 없다. 극도의 단순성과 그의 의도가 노골적으로 나타나 있는 점이 보는 사람의 주의를 끌며 위압감을 느끼게 했다.

만일 어떤 하나의 사상을 그림에 정확하게 나타낸 사람이 있다면 그는 바로 이 로드릭 어셔이리라. 적어도 나에게는, 그때 나를 둘러싸고 있던 환경 속에서 이 우울병자가 캔버스 위에 그리려고 했던 순수한 추상 관념으로부터 프겔리(스웨덴 화가)의 그 타오르는 듯하면서도 구체적인 환상화를 조용히 내려다보았을 때에도 느끼지 못했던 참을 수 없는 공포가 느껴졌다.

어셔의 환상적 그림 가운데 희미하게나마 말로 표현할 수 있는 게 하나 있다. 그것은 한 장의 소품으로, 그 안에는 평평하고 아무 변화도 장식도 없는 긴 벽이 있었고 끝없이 긴 장방형 천장과 동굴 안이 그려져 있었다. 의도적으로 굴을 땅바닥보다 썩 낮은 곳에 있는 것처럼 보이게 했다. 넓은 안쪽의 어느 곳에도 문이 없고, 횃불 또는 인공적인 빛이 보이지는 않았지만, 넘칠 듯한 강렬한 빛이 방 안에 충만하여 모든 것을 무섭고 이상한 광휘 속에 똑똑히 드러나게 하고 있었다.

어셔의 병적인 청신경(聽神經)이 현악기를 뺀 다른 악기 소리는 참을 수 없을 만큼 그를 괴롭혔다는 것은 앞에서도 말한 바 있다. 이같이 제한된 좁은 범위 안의 곡목으로만 그가 기타를 연주했다는 것은 도리어 기이한 특징을 주었다.

그러나 그가 흥에 겨워 즉흥적으로 작곡해 내는 그 재주는 참으로 놀라운 것이었다. 그의 환상적인 곡이며 가사——그는 가끔 기타를 뜯으며 운율적 즉흥시를 읊었다——는 최고의 예술적 감격에 취했을 순간에나 볼 수 있는 강렬한 정신적 통일과 집중의 소산이었다.

이러한 즉흥시의 한 구절을 지금 나는 쉽사리 욀 수가 있다. 그가 읊은 그 즉흥시에 내가 더욱 강렬한 인상을 받은 것은, 그 시의 의미 속에서나 그 신비로운 흐름 속에서 어셔가 그의 옥좌 위에서 자기의 고고한 이성이 비틀거리는 것을 완전히 의식하고 있음을 처음으로 깨달은 듯한 느낌이 들었기 때문이다.

그가 읊은 〈유령궁〉이라는 시는 정확하지는 않으나 내략 다음과 같았다.

푸른빛 짙은 골짜기에
천사들 깃들여 살던
아름답고 웅장한 궁전,
빛나는 궁전 우뚝 솟아 있도다.

'사상'의 제국에
거기 궁전은 솟아 있노라!
천사도 이같이 아름다운 궁전에는
내려온 적 없으리라!
노랗게 빛나는 황금빛 깃발들
지붕 위에 휘날렸도다.
'이는 모두 아주 먼 옛적'
그리운 그날
엄숙하고 창백한 보루를 스쳐
솔솔 부는 부드러운 바람
향기로운 깃을 달고 살며시 스쳤노라.

행복의 골짜기를 헤매는 방랑의 무리들
빛나는 두 개의 창으로부터
은은히 들리는 비파 소리에 따라
춤추며 옥좌를 돌고 도는
신들을 보네.
옥좌에는 남빛 옷 입은 하늘나라 임금!
그럴듯한 위엄을 띠고

하늘나라 임금, 내려오심이 보이도다.

아름다운 궁전의 문은
진주와 루비 빛으로 비치고
그 문으로 흐르고 흘러
또 영원히 번쩍이는
산울림의 무리 뛰어들어오도다.
세상에도 드문 아름다운 소리로
임의 크신 공덕을
찬미함을 오직 하나의 의무로 삼고,
악마들은 슬픔의 옷을 입고
하늘나라 임금의 옥좌를 부수었도다.
'아, 슬프도다,
하늘나라 임금을 다시는 보지 못하리.'
궁터에 떠도는
빨갛게 피어오른 영광도
이제는 다만 묻힌
남은 옛추억의 한 줄기.

골짜기를 지나는 여행자 무리들
이제는 다만
빨강빛 비치는 창으로부터
미친 듯 터져나오는
음악 소리에 맞춰

희미하게 흔들리는 커다란 그림자를 볼 뿐
무서운 급류와도 같이
파리한 문을 지나
괴물의 무리 영원히 터져나와
큰 소리로 웃는다.
미소는 벌써 볼 수도 없구나.

지금도 머리 속에 똑똑히 남아 있지만, 이 짧은 시가 준 암시는 나에게 여러 가지 생각을 불러일으키고 마침내는 어셔가 지닌 견해까지 뚜렷이 알 수 있게 했다. 그 견해는——신기하기 때문이기보다(그런 견해를 가진 사람이 그 외에도 또 있었다) 그가 거기에 너무도 집착하고 있었기 때문에 언급하는 것이지만——모든 사물이 감각성을 가지고 있다는 것이었다.

그의 무질서한 공상 속에서 이 같은 생각은 일단 더 대담하게 되고 어떠한 조건 아래에서는 무기체에까지도 적용된다고 믿고 있었다. 나는 이제 그의 모든 신념과 열성을 표현할 수는 없으나, 그 신념——앞에서도 잠깐 암시했지만——은 선조로부터 대대로 내려온 이 집의 잿빛 돌담과 무슨 관계가 있는 듯 싶었다.

그런 것이 감각성을 지닌 증거는 주춧돌이 배열된 양식에 있다고 그는 상상했다. 돌 또는 돌들을 덮고 있는 수많은 곰팡이며, 돌담 가까이 서 있는 썩은 나무들의 배열순서——특히 이 순서가 오랫동안 파괴되지 않고 그대로 있다는 것과 그 자태가 늪의 고요한 물 위에 되비치고 있다는 사실로써 알 수 있다는 것이었다.

그 증거로, 즉 감각성이 있다는 증거는 물과 벽 가까이 있는 대기가 저절로 서서히 그러나 확실히 굳어지는 것으로도 알 수 있다고 그는 말했다——이 말을 듣고 나는 깜짝 놀랐다. 여러 세기 동안 그 저택의 운명을 좌우하고, 또 자기를 이러한 인물로 만들어 버린 것은 그 어둡고 무서운 힘의 결과라고 그는 덧붙였다. 이러한 그의 견해는 그리 설명을 필요로 하지 않으므로 이에 대한 설명은 하지 않겠다.

책의 경우도——여러 해 동안 이 환자의 정신생활을 대부분 지배해 온 책——물론 이러한 환상적 생활에 꼭 알맞는 것들 뿐이었다. 그레세(프랑스 시인)의 《베르베르와 샤르틀즈(베르베르는 수도원 수녀와 앵무새 이야기, 샤르틀즈는 캘빈 파 교회 이야기를 쓴 시)》, 마키아벨리의 《벨프고르》, 스베덴보리(스웨덴의 신학자며 철학자)의 《천국과 지옥》, 홀베르그(덴마크 극작가)의 《니콜라스 클림의 지하여행》, 로버트 플러드(영국의 의사며 신학자), 장 댕다지네(16세기 독일의 신부), 드 라 샹브르 등의 《손금법》, 티크(독일의 시인이며 극작가)의 《창공의 여행》, 캄파넬라의 《태양의 도시》를 우리들은 탐독했다.

도미니카 파 신부 에이메릭 드 지롱느(스페인의 종교 재판관)의 소형 8절판 《종교 재판법》도 우리가 즐겨 읽는 책 가운데 하나였으며, 폼포니우스 멜라(서기 43년 즈음의 로마 지리학자)의 작품 가운데 고대 그리스의 사튀로스(위는 사람이고 아래는 양의 다리를 가진 산신) 또는 이지판(빵을 주는 신, 그리스 어로 산양이라는 뜻)에 관한 부분은 어셔가 몇 시간이고 꿈꾸듯 취해 딤독하는 것들이었다.

그러나 그가 가장 심취해서 탐독한 책은 4절 고딕 서체판의 진

귀한 책《메인츠 교회 성가대에 의한 사자에게 드리는 밤샘 기도》라는 것이었다. 나는 이 책에 기록된 광포한 의식과 그것이 이 우울병자에게 끼친 영향을 생각하지 않을 수 없었다.

그러던 어느 날 밤 갑자기 그는 누이동생 메들라인이 죽었다는 것을 알리고——마지막으로 매장하기 전에——2주일 동안 시체를 안방 벽 뒤에 있는 지하실 속에 가매장할 작정이라고 말했다.

그런 별난 방법을 취하는 현실적인 이유는 내가 반대할 만한 성질의 것이 못 되었다. 죽은 이가 앓았던 병의 이상한 성질과 의사들이 어떤 사실을 주제넘게 꼬치꼬치 캐물을 일, 또 가족 묘지가 멀고 황폐한 것 등을 고려해서 이렇게 정한 것이라고 어셔는 말했던 것이다. 그리고 나 역시 내가 이 집에 온 첫날, 층계에서 본 그녀의 불길한 생김새를 떠올려 볼 때, 조금도 해로울 것도 부자연스러울 것도 없는 조처라고 생각되는 이 방법에 반대하고 싶은 마음이 조금도 없었던 것이 사실이다.

어셔의 간청으로 나는 이 가매장 준비를 직접 도와 주었다. 시체를 관에 넣은 다음 우리 둘은 관을 메고 가매장할 곳으로 갔다. 우리가 관을 내려놓은 지하실——너무도 오랫동안 닫혀 있었던 탓으로 손에 든 횃불의 연기와 숨이 막힐 듯한 공기에 반 질식되어 도무지 주위를 분간할 수 없는——은 좁고 축축하며 빛 한 줄기 들어올 틈조차 없는 곳으로, 내 침실 바로 밑의 꽤 깊은 곳에 있었다.

먼 옛날 봉건시대에는 지하 감옥으로 쓰였고, 그 뒤에는 화약 또는 그와 같은 불붙기 쉬운 물질의 저장소로 쓰인 듯 마루의 한쪽과 우리들이 들어온 아치 문 내부가 빈틈없이 동판으로 싸여 있었다. 큰 철문도 그러했다. 그 철문은 무척 큰 무서운 돌쩌귀 위에서 움직일 때마다 삐걱삐걱 소리를 냈다.

이 슬픈 짐을 무시무시한 방 안에 마련되어 있는 안치대 위에 올려놓고 우리들은 못박지 않은 관 뚜껑을 한쪽만 살짝 열고 죽은 이의 얼굴을 들여다보았다. 나는 처음으로 이 두 남매의 얼굴이 너무도 꼭 닮은 데 주의가 끌렸다. 내 마음 속을 짐작했던지 어셔도 뭐라고 몇 마디 중얼거렸는데, 나는 그의 말에서 그들이 쌍둥이였으며, 그들 사이에는 뭐라고 설명할 수 없는 교감이 늘 존재했음을 알았다.

그러나 우리들은 오랫동안 이 시체를 내려다보지는 않았다. 무서워서 내려다볼 수가 없었다. 꽃 같은 청춘 시절에 그녀의 생명을 빼앗아 버린 병은, 강직 현상에서 으레 볼 수 있는 증세로서 가슴과 얼굴에 아직도 희미한 붉은 점을 남겨 놓았고, 입술 위에는 죽은 사람이라고 보기에는 너무도 무섭고 끔찍한 미소가 감돌고 있었다.

우리는 뚜껑을 맞추어 못을 박은 뒤 철문을 꼭 닫고, 겨우 토굴과 다름없는 음침한 그곳에서 위층 방으로 돌아왔다.

이럭저럭 슬픈 며칠이 지나가자 어셔의 신경병 증세에는 뚜렷한 변화가 나타났다. 그의 여느 때 태도는 어디로 갔는지 사라져 버리고, 여태까지 하던 일도 등한히 여기거나 잊어버리기 일쑤였다. 그는 걷잡을 수 없이 바쁘게 비틀거리며 아무 할 일도 없이 괜히 이방 저방으로 돌아다녔다. 파리한 얼굴은 더 한층 무섭게 핼쑥해지고, 눈은 썩은 생선처럼 아무 윤기도 없었다. 그의 쉰 목소리는 이제 들을 수 없고 극도의 공포에서 나오는 듯한 떨리는 소리가 그 목소리의 특징이 되었다.

걷잡을 수 없이 흔들리는 그의 마음은 아마도 어떤 참을 수 없는 비밀과 맹렬히 싸우며 그것을 고백하기에 필요한 용기를 지금 찾고 있는 게 아닐까 하고 나는 가끔 생각했다. 또 어떤 때에는 환상에 쫓기는 미친 사람이라고밖에 생각할 수 없는 행동도 했다. 그는 아무 소리도 들리지 않는데도 무슨 소리가 들리는 것처럼 귀기울이고 허공을 멍하니 바라보았다. 이러한 어셔의 행동은 나에게 공포감을 주었고 마침내는 나에게까지 그 기분이 전염되었다. 나는 어셔 자신의 환상적이면서 인상 깊은 미신의 무서운 영향이 점점 그리고 확실히 나에게로 스며들어오는 것을 느꼈다.

내가 이런 느낌을 특히 강하게 받은 것은 메들라인을 지하실에 가매장한 뒤 7, 8일째 되던 날 밤늦게 잠자리에 들었을 때였다. 잠은 내 침상으로 찾아와 주지 않았다. 그리고 시간은 흐르고 또 흘러갔다. 나는 나를 지배하고 있는 신경과민증을 이성으로 이겨보려고 애썼다.

내가 느낀 것은, 전부는 아니지만 그 대부분이 방 안의 침울한 가구——스며들어오는 바람을 받아 벽 위에서 건들거리며, 침대 장식 부근에서 바스락바스락 음침하게 흔들리는 컴컴하게 빛바랜 벽모전의 정체 모를 영향에서 온 것이라고 구태여 믿어보려 했다. 그러나 헛수고였다. 어떻게 할 수 없는 전율이 온몸에 번져 마침내는 까닭 모를 공포의 악마가 괴롭게도 내 심장을 꽉 눌렀다.

헐떡거리며 애써 이 공포를 박차 버리고 나는 겨우 베개 위에서 머리를 들어 방 안 어둠 속을 뚫어지게 바라보며——나의 본능이 이렇게 시켰다는 것밖에는 아무런 까닭도 없이——폭풍우가 그친 뒤 한참 있다가 알 수 없는 곳에서 들려 오는 나지막하고 막연한 소리에 귀기울였다. 무언지 알 수 없지만 참을 수도 없는 격렬한 감정에 사로잡혀 나는 갑자기 옷을 걸치고——잠이 올 것 같지 않았기 때문에——방 안을 이리저리 서성이며 이 처참한 상태로부터 벗어나려고 애썼다.

이러한 모습으로 방 안을 두서너 번 오락가락했을 때 바로 문밖 층계를 올라오는 듯한 가벼운 발소리가 문득 들려 왔다. 나는 곧 어셔의 발소리임을 깨달았다. 다음 순간 그는 가볍게 내 방문을 두드리더니 한 손에 램프를 들고 방 안으로 들어왔다. 얼굴빛은 여전히 시체같이 핼쑥했지만 두 눈에는 이글이글 타오르는 기쁨의 빛이 떠돌고, 온몸의 거동에는 확실히 히스테리 발작을 억지로 참고 있는 듯한 기색이 보였다.

나는 그의 태도에 놀랐지만 그때까지 참고 있었던 적막감에 질려 있었으므로 하늘이 돌보신 듯 그가 온 것을 기쁘게 맞아들였다.

잠시 그는 주위를 휘 둘러보더니 갑자기 말했다.

"자네는 그것을 못 보았나? 그것을 보지 못했어? 가만히 있게, 보여 줄 테니."

그리고 조심스럽게 램프를 가려놓은 다음 창문 쪽으로 달려가 창문을 하나 활짝 열어젖혔다. 갑자기 불어들어온 폭풍은 거의 우리 두 사람을 날려보낼 듯했다. 폭풍이 온하늘을 뒤흔들고 있었지만, 그날 밤은 엄숙하고도 아름다운 밤——공포와 아름다움이 뒤섞인 이상한 밤이었다.

회오리 바람은 확실히 이 집 언저리에 세력을 집중시키고 있었다. 바람은 시시각각 맹렬한 기세로 방향을 바꾸고 있었으며, 지붕 위의 작은 탑을 짓누를 듯 얕게 내리덮은 안개도 구름들이 사방에서 서로 맹렬한 속도로 달려들어 부딪치는 것을 보지 못하게 하지는 않았다. 구름들은 그러면서도 서로 멀리 달아나거나 흩어지지 않았다. 그렇다고 해서 달이나 별이 떠 있던 것도 아니고, 또 천둥이 치거나 번개가 번쩍인 것도 아니다. 그러나 우리들을 둘러싸고 있는 삼라만상은 물론 바람에 흔들리는 수증기의 커다란 덩어리 아래쪽까지도, 집을 둘러싸고 떠도는 희미한 가스체의 방사 광선을 받고 있었다. 창으로부터 조심스럽게 그러나 억지로 어셔를 끌어다 앉히며 나는 말했다.

"안 돼, 이런 것을 봐선 안 돼. 자네를 괴롭히는 이러한 경치는 어디서든지 흔히 볼 수 있는 전기 현상에 지나지 않네. 또는 늪의 썩은 독기가 발산되는 것일지도 몰라. 자, 창문을 닫게! 바람이 차가워서 자네 몸에 해로울 테니까. 여기 자네가 좋아하는 소설책이 있네. 자, 내가 읽어 줄 테니 듣고 있게. 그리고 이 무서운 밤을 같이 보내기로 하세."

내가 손에 든 한 권의 옛 서적은 랜슬럿 캐닝 경의 《어지러운 회합(지은이와 작품 모두 포 자신이 가공적으로 만들었음)》이었다.

그러나 나는 진심으로 그런 게 아니라, 오히려 농담으로 어셔가 즐겨 읽는 책이라고 한 것이다. 사실 이 책의 미숙하고도 비상식적인 이야기에는 그의 고상한 영혼의 이상에 감흥을 줄 만한 게 아무것도 없었기 때문이다. 하지만 그때 손 가까이 있던 책이 이것뿐이었으므로 혹시나 이 우울증 환자의 흥분이 내가 이제 읽으려는 싱거운 이야기에서라도 좀 가라앉지나 않을까 하는 막연한 기대가 머리에 떠올랐다――이러한 좀 색다른 것도 어떤 때에는 정신이상자의 마음을 가라앉게 할 수 있으니까. 사실 내가 읽는 이야기에 그가 귀를 기울였고, 분명 긴장하여 하나하나 빼놓지 않고 귀담아듣는 듯한 태도로 미루어 내 계획은 일단은 성공한 듯 싶었다.

나는 이 소설의 주인공 에들레드가 은자의 집에 들어가려고 공손히 그가 찾아온 뜻을 말했으나 받아 주지 않으므로 마침내 폭력으로 침입하려는 그 유명한 구절에 이르렀다.

"……천성이 용맹스러운 에들레드, 들이킨 술기운으로 고집스럽고도 짓궂은 자와 이 이상 더 담판해도 소용없음을 깨닫고, 마침 그때 빗방울이 뚝뚝 떨어져 폭풍우가 일어날 기세를 보인지라, 선뜻 쇠메를 들어 문 널빤지를 몇 번 후려갈기니 순식간에 수갑 찬 손이 들어갈 만한 구멍이 생기더라. 구멍에 손을 틀어넣고 닥치는 대로 잡아채며 꺾고 분지르니, 바싹 마른 널빤지 깨지는 소리는 하늘을 진동하며 방방곡곡 미치더라……"

이 구절 끝까지 읽었을 때 나는 깜짝 놀라 숨을 멈췄다. 그때――흥분된 공상이 나를 속인 것으로 추측은 했지만――저택 안 먼 구석으로부터 랜슬럿 경이 그토록 자세하게 묘사한 그 찢어발기는 듯한 소리가 희미하게 들려 오는 것 같았기 때문이다.

물론 내가 그렇게 생각한 것은 우연의 일치에 지나지 않았다. 창문틀이 덜커덕대는 소리며 아직까지도 계속해서 불어오는 요란한 폭풍 소리에는 확실히 내 주의를 끌어 마음을 산란케 할 만한 게 아무것도 없었기 때문이다.

나는 계속 읽어나갔다.

"……용사 에들레드가 문 안으로 들어가 보니, 흉악한 은자는 꼬리도 보이지 않으므로 버럭 화가 나고 한편 놀랐다. 있어야 할 그 자리에 은자는 없고, 비늘이 번쩍이고 불타는 듯한 혀를 가진 어마어마한 용 한 마리가 쭈그리고 앉아 은마루 깔린 황금 궁전 앞을 지키고 있더라. 벽에는 찬란한 놋쇠 방패가 걸려 있고, 그 속에 이런 명이 새겨져 있었다.

　　여기 들어온 자는 정복자니라.
　　용을 죽이는 자는 이 방패를 가져라.

그것을 본 에들레드, 쇠메를 용의 머리에 내리치니 용은 그 앞에 푹 쓰러져 독기를 내뿜으며 울부짖더라. 그 음침하고 무서운 소리는 귀를 꿰뚫을 듯, 장사 에들레드도 그 소리에는 그만 두 손으로 귀를 막더라. 참으로 이러한 소리는 전대 미문(前代未聞)이라 하겠으니……"

여기서 나는 갑자기 또다시 깜짝 놀라 입을 다물었다. 바로 그 순간——어디서 들려 왔는지는 알 수 없으나——확실히 먼 곳에서 낮게 들려 오는 날카롭고 길게 외치는 듯하면서도 애원하는 듯한 소리——이 소설의 지은이가 그린 용의 기괴한 울부짖음이란 이런 게 아닐까——내가 상상하던 것과 조금도 다름없는 소리를 확실히 들었기 때문이다.

나는 이 두 번째의 기괴한 우연의 일치에 몹시 놀라며 크나큰 공포를 느꼈지만, 어셔의 과민한 신경을 자극시켜서는 안 되겠다고 여겨 꾹 참으며 마음을 가라앉혔다. 나는 어셔가 이 이상한 소리를 들었는지는 확실히 알 수 없었다.

하지만 마지막 몇 분 동안 그의 태도에 이상한 변화가 나타난 것은 분명했다. 처음에는 나와 마주앉아 있던 그가 차츰 의자를 돌려 나중에는 방문 쪽으로 돌아앉게 되었고, 그 때문에 그가 뭐라고 중얼대는 것처럼 입술을 부들부들 떠는 게 보이긴 했지만 그의 모습 한 부분밖에 볼 수가 없었다.

그는 머리를 가슴에 푹 틀어박고 있었으나 얼핏 옆모습을 보았을 때 눈을 크게 뜨고 있는 것으로 미루어 그가 자고 있는 게 아닌 것만은 알 수 있었다. 그는 조용히 쉴새없이 일정하게 몸을 양옆으로 흔들고 있었다. 이런 모습을 흘끗 바라본 다음 나는 그 책을 계속 읽었다. 이야기는 다음과 같았다.

"……이제 무서운 용의 격노를 벗어난 용사 에들레드, 그 놋쇠 방패를 생각하고 그 위에 씌어진 마력을 없애 버리려고 눈앞에 있는 용의 시체를 한쪽에 치워놓은 뒤 배에 힘을 주고 용감하게도 성의 은마룻바닥을 쿵쿵 울리며 방패 걸린 벽 쪽으로 달려드니, 그가 가까이 오기도 전에 놋쇠 방패는 쿵 하는 무서운 소리를 내며 장사의 발 언저리 마루 위에 떨어지더라……"

이러한 구절이 내 입술 사이로 흘러나오자마자 바로 그때 놋쇠 방패가 정말로 은마룻바닥에 무겁게 떨어진 것 같은 뚜렷하고도 무거운 금속성이 눌러덮치는 듯한 울림이 들려 왔다. 나는 깜짝 놀라 급히 일어났다.

그러나 어셔의 태도에는 조금도 변화가 없었다. 나는 그가 앉아 있는 의자로 달려갔다. 그의 두 눈은 뚫어지도록 앞을 바라보고 있고, 얼굴에는 돌 같은 엄숙한 빛이 떠돌았다.

내가 그의 어깨에 손을 얹자 그는 온몸을 부들부들 떨며 병적인 미소를 입가에 떠올렸다. 내가 있는 것도 모르는 듯 그는 들리지 않는 낮은 목소리로 뭐라고 다급하게 중얼거렸다. 그에게 바싹 허리를 구부리고 나서야 겨우 그가 하는 말의 무서운 의미를 이해할 수 있었다.

"저 소리가 안 들리나? 아냐, 들리네. 아직까지도 들리는걸. 오랫동안, 오랫동안, 많은 시간, 많은 날——그 소리가 들렸어. 그러나 나는 감히 입밖에 내지 못했네——이 비참한 녀석을 가엾게 여겨주게! 나는, 나는 감히 입밖에 내지 못한 거야! 나는 누이동생을 생매장해 버렸단 말일세! 내 감각이 날카로운 것은 자네도 잘 알겠지? 알겠나, 그 텅 빈 관 속에서 누이동생이 꿈틀거리는 희미한 소리가 들려 왔네. 며칠 전에 벌써 그 소리를 들었어. 그러면서도 나는, 나는 감히 말을 못 한 거야! 그러나 이제, 오늘 밤——에들레드, 하! 하! 은자의 집 문이 터지는 소리, 용이 죽는 소리, 방패가 쿵 울리며 떨어지는 소리! 아니, 오히려 그것은 누이동생의 관이 터지는 소리, 지하실 철문의 돌쩌귀가 삐걱거리는 소리, 굴 속의 동판 깐 마룻바닥에서 그애가 기를 쓰는 소리라고 하는 게 옳을 것일세! 아! 어디로 달아나야 할까? 그애가 곧 이리로 오지나 않을까? 내 조급한 행위를 탓하러 달려오는 게 아닐까? 층계를 올라오는 그애의 발 소리가 들리지 않느냔 말야! 그애 심장이 무겁고도 무섭게 뛰는 것을 모르겠나? 응, 이 미친 녀석아!"

여기까지 말하고 그는 갑자기 후닥닥 일어나 있는 힘을 다해 한마디 한마디 버럭 소리를 질렀다.

"이 미친 녀석아! 누이동생이 이제 바로 문 밖에 와 서 있어!"

어셔의 초인간적인 외침의 기세에 마치 마법이라도 걸린 것처럼, 그가 가리킨 커다란 오래 된 벽판이 갑자기 무거운 흑단 한모퉁이를 서서히 뒤로 열어젖뜨렸다. 확 불어들어온 폭풍 탓이겠지만.

그 문 밖에 수의를 몸에 감은 키크고 호리호리한 메들라인이 서 있었다. 흰 옷에 피가 묻었고 여인의 몸 군데군데에는 격렬한 몸부림의 자취가 역력히 보였다.

잠시 그녀는 문턱 위에서 몸을 부들부들 떨며 이리저리 비틀거리더니 나지막한 신음 소리와 함께 방 안에 있는 오빠에게로 쾅 쓰러졌다. 격렬한 단말마(斷末魔)의 고통으로 오빠를 마룻바닥에 내던지니, 그는 그만 시체가 되어 버렸다. 어셔는 그가 예기(豫期)하고 있던 바와 같이 공포의 희생이 되고 만 것이다.

나는 질겁하여 그 방으로부터 달아났다. 오래된 포석이 깔린 길을 건너고 있을 때 폭풍이 한층 더 심해져 사방을 온통 휩쓸었다. 갑자기 한 줄기의 이상한 빛이 길 위에 번쩍였다. 어디서 이런 빛이 갑자기 흘러나왔을까 하고 나는 뒤돌아보았다. 내 뒤에는 다만 황량한 한 채의 큰 저택과 그 그림자밖에 아무것도 없었기 때문이다. 그것은 막 가라앉고 있는, 피가 흐르듯 새빨갛고 둥그런 보름달 때문이었다. 달빛은 전에 내가 이야기한, 그전에는 보일까말까했던 벽의 갈라진 틈새로 밝게 비치고 있었다.

우두커니 서서 바라보고 있노라니, 이 갈라진 부분이 점점 넓어지더니 회오리바람이 한번 휙 불고 지나가자 달 모양이 갑자기

내 눈앞에 둥그렇게 나타났다.

거대한 벽이 무너지며 산산조각 쏟아져내리는 것을 보았을 때 나는 머리가 아찔했다. 거센 파도 소리와도 같은 길고 요란한 고함소리가 들리더니, 내 발 밑의 깊고 어둠침침한 늪이 소리도 없이 음침하게 어서 저택의 파편을 삼켜 버렸다.

오 헨리
(O. Henry : 1862~1910)

'미국의 모파상'으로 일컬어지는 오 헨리는 어려서 양친을 잃고 다양한 직업을 전전하였다. 1887년 그는 25세에 17세의 소녀와 결혼하였다. 1894년에는 주간지를 발행하였고 지방 신문에 기고하면서 문필 생활을 시작하였다. 은행에 근무할 때 공금 횡령 혐의로 체포되어 3년간 옥중 생활을 하기도 하였다. 그러나 이 체험은 그에게 작가적 성장을 가져다 주었다.

그는 옥중에서 자신의 풍부한 경험을 소재로 12편의 단편소설을 발표하였다. 출옥 후 뉴욕에서 집필 생활을 하면서 첫 단편집 《양배추와 임금님》을 비롯하여 단편소설 〈20년 뒤〉, 〈경관과 찬송가〉, 〈크리스마스 선물〉, 〈정신없는 브로커의 로맨스〉 등 수많은 걸작들을 발표하면서 작가적 명성을 쌓았다.

오 헨리는 선영적인 단편 작가로서 10년이 채 안 되는 작가 생활 동안에 단 1편의 장편도 없이 13권의 단편집과 1권의 시집을 포함해 총 300여 편의 작품을 남겼다.

크리스마스 선물

1달러 87센트, 그것이 전부였다. 그리고 그 중에서도 60센트는 1센트짜리 동전이었다. 이 동전은 식료품 가게와 채소 가게와 고깃간에서 억지로 값을 깎아, 그렇게도 쩨쩨하게 물건을 사다니 이런 인색한 사람이 어디 있을까 하는 무언의 비난에 얼굴을 붉히면서 한푼 두푼 모은 것이었다. 델라는 세 번이나 돈을 세어 보았다. 1달러 87센트. 그런데 내일은 크리스마스였다.

초라하고 조그만 침대에 엎어져서 엉엉 우는 수밖에 어찌할 도리가 없었다. 그래서 델라는 울고 말았다. 그러면서 인생이란 흐느낌과 훌쩍거림과 미소로 성립되어 있으며, 그 중에서도 훌쩍거리며 우는 일이 제일 많다는 생각을 했다.

이 집 안주인이 흐느끼는 단계에서 훌쩍이는 단계로 서서히 진정되어 가는 동안, 이 가정을 한번 구경해 보자.

1주일에 8달러의 세를 내는 가구가 딸린 아파트 방이다. 말도 못할 정도로 심하지는 않아도, 확실히 떠돌이들을 단속하는 경찰대가 뛰어들어올까 봐 걱정이 될 만큼 가난했다.

아래층 현관에는 아무리 봐야 편지가 들어갈 것 같지 않은 우편함과 어떤 손가락이 눌러도 울릴 것 같지 않은 벨이 있었다.

또 거기에는 '제임스 딜링검 영 씨'라고 새겨진 명패가 붙어 있었다.

이 '딜링검'이라는 이름은 그 소유주가 1주일에 30달러나 받고 있던 경기가 좋던 지난날에는 산들바람에 늠름히 펄럭이고 있었다. 그러나 수입이 1주일에 20달러로 줄어든 지금은, '딜링검'이라는 글자도 겸손하고 눈에 띄지 않게 D자 하나로 오므라들어 버릴까 하고 진지하게 생각하고 있는 것처럼 흐릿해 보였다. 그러나 제임스 딜링검 영 씨가 귀가해서 2층 셋방으로 들어가면 이미 델라라는 이름으로 여러분에게 소개한 제임스 딜링검 영 부인이 '짐!'이라고 부르며 뜨거운 포옹을 해 준다. 이건 매우 좋은 일이다.

델라는 울음을 그치고 분첩으로 얼굴에 분을 발랐다. 그녀는 창가에 서서 잿빛 뒷마당의 잿빛 산울타리 위로 잿빛 고양이가 걸어가는 것을 멍하니 바라보았다. 내일은 크리스마스, 그러나 짐에게 줄 선물을 살 돈은 불과 1달러 87센트밖에 없었다. 몇 달 동안이나 1센트도 허비하지 않고 모아왔으나, 1주일에 20달러로는 써볼데도 없다. 지출은 예산을 훨씬 넘었다. 으레 그런 법이다. 짐의 선물을 살 돈은 불과 1달러 87센트. 그녀의 소중한 짐인데. 짐에게 무언가 근사한 것을 선물할 계획을 세우면서 얼마나 즐거운 시간을 보냈던가! 무언가 훌륭하고 순수하면서 흔치 않은 것, 조금이라도 짐의 것이라는 명예에 알맞은 것을 선물하고픈 마음으로……

방의 창문과 창문 사이에 거울이 있었다. 주세 8달러의 아파트 같은 데서 흔히 볼 수 있는 거울이다.

몹시 야위고 민첩한 사람이라면 자기의 모습을 세로로 길쭉한 단편으로 재빨리 차례로 비추어 봄으로써, 꽤 정확히 자신의 모습을 알 수 있을 것이다. 델라는 몸이 호리호리했으므로 그런 기술은 몸에 배어 있었다.

갑자기 그녀는 창문에서 홱 몸을 돌려 거울 앞에 섰다. 눈은 반짝반짝 빛났지만 얼굴은 20초도 안 되어 창백해졌다. 그녀는 재빨리 머리를 풀어헤쳐 길이대로 늘어뜨려 보았다.

그런데 제임스 딜링검 영 부부에게는 두 사람이 몹시 자랑하는 소유물이 두 가지 있었다. 하나는 일찍이 할아버지 대부터 물려 내려오던 짐의 금시계였고, 또 하나는 델라의 머리였다. 만일 시바의 여왕이 통풍 공간 저편의 아파트에 살고 있어서 어느 날 델라가 머리채를 창 밖에 늘어뜨려 말리고 있는 것을 봤다면 자신의 보석과 보물도 가치가 없는 것으로 여겼을 것이다. 만일 솔로몬 왕이 보화를 지하실에 산더미처럼 쌓아 놓고 이 아파트를 관리하고 있었다면, 짐이 지날 때마다 금시계를 꺼내 보는 것을 보고 부러워서 턱수염을 쥐어뜯었을 것이다.

지금 델라는 신경질적으로 재빨리 머리를 땋아올렸다. 그러다 잠깐 망설이며 가만히 서 있더니, 이윽고 눈물을 한방울 두방울 낡고 붉은 융단 위로 떨어뜨렸다.

그녀는 낡은 갈색 재킷을 걸치고, 낡은 갈색 모자를 썼다. 스커트 자락을 펄럭이며, 두 눈에 아직도 반짝이는 눈물 방울을 담은 채 문 밖으로 뛰어나가 층계를 내려가서 한길로 나섰다.

그녀가 걸음을 멈춘 곳에는 '마담 소프로니 머리 치장품 일체'라는 간판이 걸려 있었다. 그녀는 층계를 단숨에 달려올라가서 헉

헉 숨을 몰아쉬며 마음을 가라앉혔다.

몸집이 크고 피부가 너무 흰데다가 태도가 냉랭한 여주인은 아무리 보아도 '소프로니(우아한 미인을 연상시키는 말)'라는 이름에는 걸맞지 않았다.

"내 머리카락을 사시겠어요?"

하고 델라가 물었다.

"사죠."

하고 여주인은 대답했다.

"모자를 벗고 머리 모양을 좀 보여줘요."

갈색 폭포수가 잔잔한 파도를 일으키며 흘러떨어졌다.

"20달러 드리지."

익숙한 솜씨로 머리채를 걷어올리면서 여주인이 말했다.

"돈은 빨리 주세요."

하고 델라는 말했다.

아아, 그 뒤의 두 시간은 장밋빛 날개를 타고 가볍게 날아갔다. 이런 엉터리 비유는 잊어주기 바란다. 그녀는 짐에게 줄 선물을 찾아서 가게를 샅샅이 뒤지고 다녔다.

마침내 그녀는 그것을 발견했다. 확실히 그것은 짐을 위해서 만들어진 것이며, 다른 누구를 위한 것도 아니었다.

어떤 가게에도 그런 물건은 없었다. 가게란 가게를 모조리 들추어본 것이다. 그것은 디자인이 산뜻하고 고상한 플라티나 시곗줄이었는데, 지저분한 장식에 의해서가 아니라 품질만으로 그 진가를 정당하게 인정받을 만한 것이었다. 무릇 좋은 물건은 다 그래야 하지만, 그것은 '그 시계'에도 썩 잘 어울릴 만한 물건이었다.

그것을 보는 순간 그녀는 이거야말로 짐의 것이어야 한다고 생각했다.

그것은 짐에게 꼭 맞았다. 품위와 가치, 이 표현은 짐과 시곗줄 양쪽에 적합했다. 그녀는 시곗줄에 21달러를 지불하고 87센트를 들고 부랴부랴 집으로 돌아왔다. 그 시계에 이 줄을 단다면 짐은 누구 앞에서나 떳떳이 시계를 꺼내 볼 수 있을 것이다. 시계는 훌륭했지만 쇠줄 대신 헌 가죽끈에 달아놓고 있었으므로 짐은 몰래 시계를 들여다보는 일이 많았다.

집으로 돌아온 델라는 흥분이 좀 가라앉아 이성과 분별심이 되살아났다. 그녀는 머리를 지지는 인두를 꺼내어 가스에 불을 붙이고 애정에 보탠 관용 때문에 엉망이 되어 버린 머리의 수리 작업을 시작했다.

이런 것은 언제나 대단한 작업이라오. 친애하는 여러분, 무서운 대작업이라오.

40분이 안 되어 델라의 머리는 촘촘하게 찬 조그만 고수머리로 덮이고, 학교를 빼먹는 개구쟁이를 놀랍도록 닮은 얼굴이 되어 버렸다. 그녀는 거울에 비친 자신의 모습을 오랫동안 뚫어지게 들여다보았다.

"짐은."
하고 델라는 혼자 중얼거렸다.

"나를 첫눈에 보고 죽이진 않더라도 아마 코니아일랜드의 합창대 소녀 같다고 할 거야. 하지만 하는 수 없었는걸. 아아! 1달러 87센트로 무얼 할 수 있었겠어?"

7시에 커피가 끓고, 스토브 위의 프라이팬은 뜨거워져서 언제라도 고기 도막을 요리할 수 있게 되었다.

　짐은 늦게 돌아온 적이 없다. 델라는 시곗줄을 둘로 접어 손에 쥐고, 그가 언제나 들어오는 문 가까운 탁자 끝에 앉았다. 이어 그녀는 층계의 첫 단을 밟는 그의 발자국 소리를 들었으며, 한순간 하얗게 핏기를 잃었다. 그녀는 매일매일 아주 사소한 일이라도 반드시 짧은 기도를 드리는 버릇이 있었다. 그래서 지금도 이렇게 중얼거렸다.

　"오오 하나님, 제가 여전히 곱다고 그이가 생각하게 해 주세요."

　문이 열리고, 짐이 들어와서 문을 닫았다. 그는 야윈 체구에 매우 성실해 보이는 사람이었다. 가엾게도 그는 이제 겨우 22살이다. 그런데도 가정이라는 무거운 짐을 지고 있는 것이다. 외투도 낡을 대로 낡았고 장갑도 없었다. 짐은 문 안쪽에 들어와서 메추라기의 냄새를 맡은 세터처럼 꼼짝도 않고 서 있었다. 그의 눈은 델라에게서 떨어지지 않았으며, 그 눈에는 델라가 읽을 수 없는 표정이 떠올라 있어서 그녀는 무서워졌다. 그것은 노여움도, 놀라움도, 책망도, 공포도 아니었으며, 그녀가 각오하고 있던 그 어떤 감정도 아니었다. 그는 그 기묘한 표정을 얼굴에 띤 채 꼼짝도 않고 그녀를 응시하고 있을 뿐이었다.

　델라는 몸을 꿈틀거리며 탁자에서 떨어져 남편 앞으로 다가섰다.

　"여보, 짐."

하고 그녀는 외쳤다.

　"절 그렇게 보지 마세요. 당신에게 선물도 드리지 않고 크리스마스를 보낼 순 없어서, 머리카락을 잘라서 팔았어요. 제 머리는 금방 자라요. '메리 크리스마스!'라고 해 주세요, 짐. 그리고 유쾌하게 지내요. 당신은 내가 당신께 드리려고 얼마나 근사하고……얼마나 아름답고 멋진 선물을 사왔는지 모르실 거예요."

"머리를 잘랐다구?"

짐은 아무리 열심히 생각해 봐야 그 명백한 사실이 아직 납득이 가지 않는 것처럼 간신히 물었다.

"잘라서 팔았어요."

하고 델라는 대답했다.

"어쨌든 당신은 전과 다름없이 절 사랑해 주시겠죠? 머리카락이 짧아졌어도 전 역시 저예요. 그렇잖아요?"

짐은 이상한 듯이 방 안을 둘러보았다.

"당신 머리카락은 이제 없어졌단 말이지?"

하고 그는 넋이 나간 표정으로 멍청하게 말했다.

"찾아보실 것도 없어요."

하고 델라가 말했다.

"팔아버렸다니까요. 팔아서 이제 없어진걸요. 오늘 밤은 크리스마스 이브예요, 여보. 저한테 다정하게 대해 주세요, 그건 당신을 위해서 없어진걸요. 제 머리카락은 하느님이라면 셀 수 있을지도 몰라요."

갑자기 그녀는 정답게 그리고 진지하게 말을 이었다.

"하지만 당신에 대한 제 사랑은 아무도 셀 수 없어요. 고기를 불에 올려놔요, 짐?"

짐은 그 순간 제정신이 든 것 같았다. 그는 델라를 껴안았다. 우리는 한 10초쯤 점잖게 이들과 관계없는 다른 방면의 그리 중요하지 않은 일이나 살펴보기로 하자. 1주일에 8달러거나 1년에 1백만 달러거나, 그게 무슨 차이가 있을까? 수학자나 재담꾼에게 물어봐야 옳은 대답은 얻지 못할 것이다. 동방의 현자들은 값진 선물을 갖고 왔지만, 이 대답은 그 선물 속에도 없었다. 그 애매한 말의 뜻은 나중에 알게 될 것이다.

짐은 외투 주머니에서 조그만 꾸러미 하나를 꺼내어 탁자 위에 던졌다.

"나를 오해하지 말라구, 델라."

하고 그는 말했다.

"머리카락을 잘랐거나 면도로 밀었거나 감았거나 당신에 대한 내 사랑은 달라지지 않아. 아무튼 그걸 끌러 보라구. 그러면 왜 내가 아까 넋이 나갔었는지 알 수 있을 테니까."

하얀 손가락이 재빨리 끈을 풀고 종이를 펼쳤다. 그리고 황홀한 기쁨의 탄성이 터져나왔다. 그리고 아아! 그것은 금방 여자다운 신경질적인 눈물과 통곡으로 변하고, 이 방의 주인은 즉시 모든 힘을 다하여 달래지 않으면 안 되게 되었다.

왜냐하면 짐의 선물은 머리빗이었기 때문이다. 델라가 오랫동안 브로드웨이의 진열창에서 보고 동경하던 옆빗과 뒷빗 한 세트. 가장자리에 보석을 아로새긴 진짜 별갑으로 만든 아름다운 빗이었으며, 지금은 잃어버린 그녀의 아름다운 머리에 꼭 어울리는 빛깔이었다. 비싼 물건이라는 것을 그녀는 알고 있었으며, 그러기에 그저 가슴속으로만 열망했지 자신이 갖는다고는 꿈에도 생각지 못하고 동경하던 빗이었다. 그런데 지금 그것이 그녀의 것이 된 것이다. 그러나 그 동경의 장식품을 장식할 삼단 같은 머리채는 이제 간 곳이 없는 것이다.

그러나 그녀는 빗을 가슴에 꼭 안고, 마침내 눈물이 글썽한 눈을 들어 방긋이 웃으면서 말할 수 있었다.

"내 머리는 아주 빨리 자라요, 짐!"

그리고 델라는 털이 그을은 고양이 새끼처럼 팔짝 뛰어오르면서 소리쳤다.

"어머나, 어머나!"

짐은 아직도 자기의 아름다운 선물을 보지 못했다. 델라는 그것을 손바닥 위에 얹어 진지하게 그 앞에 내밀었다.

둔한 빛깔의 귀금속은 그녀의 밝고 열렬한 정신을 반영하여 반짝이는 것같이 보였다.

"멋있죠, 짐? 온 시내를 다 쏘다니면서 찾은 거예요. 앞으로는 하루에 백 번도 더 시계가 보고 싶어질 거예요. 시계 이리 주세요. 이 줄이 그 시계에 얼마나 잘 어울리는지 보고 싶어요."

그러나 짐은 침대에 벌렁 드러눕더니 두 손을 머리 밑에 베고는 빙그레 웃었다.

"델."

하고 그는 말했다.

"우리들의 크리스마스 선물은 당분간 잘 간직해 둡시다. 당장 쓰기에는 너무 고급이야. 나는 머리빗을 사는 데 돈이 필요해서 시계를 팔아버렸지. 자, 이제 고기를 불에 올려 놓지 그래?"

여러분도 다 알다시피 동방 박사들은 현명한 사람들이었다——말구유의 갓난아기에게 선물을 들고 온——놀랍게 현명한 사람들이었다. 크리스마스에 선물을 하는 것은 그 사람들로부터 비롯되었다. 현명한 사람들이었으므로 그 선물도 틀림없이 현명한 선물이었으며, 아마도 중복되었을 때는 바꿀 수 있는 특전을 갖고 있었을 것이다. 그런데 여기서 나는 자신들의 가장 소중한 보물을 서로를 위해서 가장 현명하지 않은 방법으로 희생시켜 버린 아파트 방에 사는 이 두 어리석고 유치한 사람들의 별로 신통치도 않은 이야기를 불충분하지만 늘어놓았다. 그러나 마지막으로 한마디, 선물을 하는 모든 사람들 중에서 이 두 사람이야말로 가장 현명한 사람들이었다고 오늘날의 현명한 사람들에게 말하고 싶다. 선물을 주고 받는 사람들 중에서 이런 사람이 가장 현명하다. 어디를 가거나 이런 사람들이 가장 현명하다. 이들이야말로 현자인 것이다.

되찾은 개심

　　교도소 구두 공장에서는 지미 발렌타인이 열심히 구두를 꿰매고 있었다. 그때 간수 한 사람이 들어와서는 지미를 바깥 사무실로 데리고 나갔다. 그곳의 교도소장은 그날 아침 지사가 서명한 사면장(赦免狀)을 건네주었다. 지미는 그다지 내키지 않는다는 얼굴로 그것을 받았다. 그는 4년의 형을 언도받았는데 지금까지 거의 10개월을 보냈다. 그는 아무리 길어야 한 3개월만 있으면 되리라 생각했는데 늦어도 한참은 늦은 것이었다.

　　지미 발렌타인처럼 많은 사람을 알게 되면 교도소에 들어와서도 굳이 머리를 깎을 필요가 없었다. 곧 나가게 될 테니까.

　　"이봐, 발렌타인!"

　　소장이 말했다.

　　"자네도 내일 아침이면 출옥이야. 이제부턴 마음을 단단히 고쳐먹고 착한 사람이 되어야 하네. 자넨 근본이 나쁜 사람이 아니야. 금고털이 같은 것에서 손썻고 정직하게 살게."

　　"저를 두고 하시는 말씀인가요?"

　　지미는 깜짝 놀란 듯이 대답했다.

"전 여지껏 살면서 금고 같은 건 털어본 적이 없습니다."

"아, 그렇겠지."

소장은 웃으면서 말했다.

"물론 그럴테지. 그러면 왜 자네가 스프링필드 사건에 연루되어 왔지? 높은 지위에 계시는 어떤 분을 위해서 일부러 알리바이를 대려고 하지 않기 때문이란 말인가? 아니면 그저 자네를 미워하는 늙은 배심원들의 비겁한 행동 때문이었다고 말할 텐가? 자네같이 희생자라고 떠들어대는 사람들은 한결같이 전자가 아니면 후자에 속하더군."

"제가요?"

지미는 계속해서 시치미를 떼고 말했다.

"소장님, 전 이제껏 스프링필드엔 한 번도 가본 적이 없다구요!"

"이봐 크로닌, 이 자를 도로 데려가게."

그리고 소장은 웃으면서 말했다.

"그리고 이 자가 출옥할 때 입을 옷을 찾아봐 주게. 내일 아침 일곱시에 출옥시키고 대기실로 데려와. 발렌타인, 모쪼록 아까 내가 말해준 충고를 잘 생각해 보기를 바라네."

다음 날 아침 7시 15분에 지미는 소장실에 서 있었다. 그는 죄수들이 출옥할 때 국가가 내주는 몸에 끼는 기성복 한 벌과 뻣뻣한 가죽 구두 한 켤레를 받아들었다.

그는 또 국가에서 그에게 선량한 시민으로 돌아가 성실하고 행복하게 살기를 기원하는 의미에서 지급하는 기차표와 5달러짜리 지폐 한 장을 교도소 서기로부터 받았다. 소장은 그에게 시가 한

대를 주며 악수를 청하였다.

죄수 9762번 발렌타인은 '주지사에 의하여 사면을 받았음'이라는 기록을 명부에 남기고 빛나는 햇살 속으로 걸어나올 수 있었다.

새들의 노래 소리나 바람에 나부끼는 푸른 나뭇잎들, 꽃향기 따위에는 아랑곳없이 지미는 곧장 음식점으로 향했다. 그는 그곳에서 닭고기와 백포도주를 청해서는 자유가 된 첫 기쁨을 즐겼다. 그리고는 아까 소장이 그에게 준 시가보다 더 고급품인 시가를 한 개비 피워 물었다.

음식점에서 나와서 그는 천천히 역으로 향했다. 역전에 앉아 있는 장님의 모자 속에 25센트짜리 한 닢을 던져 주고는 기차에 올라탔다.

3시간 후 그는 주 경계선에 가까운 어느 작은 마을에서 내렸다. 그리고 마이크 돌런이라는 사람의 카페로 찾아가서 한쪽에 혼자 앉아 있는 마이크와 악수를 했다.

"좀더 빨리 손쓰지 못해서 미안하네."

마이크가 말했다.

"스프링필드에서 항의를 제기해서 말야. 그래서 주지사도 어쩔 수가 없었다네. 그래, 건강은 어떤가?"

"괜찮아."

이렇게 말하고 지미는 물었다.

"내 열쇠는 갖고 있지?"

그는 마이크에게서 열쇠를 받아서 이층으로 올라가서 가장 안쪽에 있는 방의 문을 열었다. 모든 것은 그가 떠나기 전 그대로였다. 그가 체포될 때 경찰들이 여럿 몰려들어 그를 덮쳤는데 그때 유능한 형사 벤 프라이스의 셔츠에서 떨어진 칼라 단추가 바닥에 그대로 있었다.

지미는 벽에서 접어올리는 침대를 끌어내리고 벽의 판자 한 장을 빼내어 먼지가 뿌옇게 내려앉은 가방 하나를 꺼냈다. 그는 가방을 열고 동부(東部)에서 제일가는 금고털이 도구들을 황홀하게 바라보고 있었다. 특수 강철로 만들어낸 최신형 드릴, 송곳, 망치, 지레, 꺾쇠 등 완벽한 세트였다. 이 중에는 지미 자신이 직접 고안해낸 것도 몇 가지 있었는데 이는 그의 자랑거리이기도 했다. 그는 자신의 일을 위해서 이 도구들을 만드는 데 약 900달러 이상이 들었다.

30분쯤 후 지미는 아래층으로 내려왔다. 그는 자신의 취향에 맞는, 멋진 옷차림을 하고 손에는 먼지를 깨끗이 닦아낸 그 가방을 들고 있었다.

"왜 무슨 일이라도 생겼나?"

마이크 돌런은 조용히 물었다.

"나 말인가?"

지미는 어리둥절해하며 물었다.

"무슨 말인지 잘 모르겠구먼. 나는 뉴욕의 쇼트 스넵 합명 제과 회사의 사원이라구."

이 말은 마이크를 매우 유쾌하게 만들었다. 마이크는 지미에게 셀처 밀크를 한 잔 주었다. 지미는 독한 술에는 절대로 입을 대지 않았다.

9762번 발렌타인이 석방된 지 1주일만에 인디애나 주 리치먼드에서 단서 하나 남기지 않고 아주 기막힌 솜씨로 금고를 털어간 사건이 발생했다. 800달러의 돈이 깨끗이 사라졌던 것이다. 그로부터 두 주일 후에는 역시 인디애니 주 로건즈포트에서 누군가 개량형 도난 방지용 금고를 무난히 열고 1500달러라는 돈을 털어갔다. 그러나 증권이나 은(銀)에는 손도 대지 않은 상태였다. 이것은 형사들의 흥미를 끌기에 충분했다. 그리고 제처슨 시의 어느 은행의 구식 금고가 마치 화산처럼 열려 그 분화구에서 5천 달러나 되는 현금을 내뿜고 말았다. 이제 그 피해 정도가 상당한 만큼 형사 벤 프라이스가 이 사건을 맡게 되었다.

각 사건의 조사서를 비교해 볼 때 이 도난 사건의 방법에는 대단히 유사한 점이 있었다. 도난 현장을 직접 조사하고 나서 벤 프라이스는 이렇게 말했다.

"이번 사건들은 저 유명한 지미 발렌타인의 짓입니다. 녀석이 또 일을 시작했군요. 그 솜씨를 보세요. 마치 비오는 날 무를 뽑듯이 아주 쉽게 열어버렸단 말예요. 저런 일은 지미의 연장밖에는 할 수가 없어요. 그리고 금고의 쇠판에 뚫려있는 단 한 개의 구멍을 보세요. 그만이 단 한 개의 구멍을 뚫고서 열 수가 있지요. 그는 결코 그 이상의 구멍을 뚫는 일이 없어요. 놈의 짓이 분명해요. 이번에야말로 놈을 잡아서 단기형이나 사면따윈 안 통하게 해줄 거예요."

벤 프라이스는 스프링필드 사건을 조사하는 사이에 지미의 수법을 알게 되었다. 항상 단독으로 일을 저지르며 일을 저지르는 즉시 멀리 달아난다는 것, 그리고 점잖은 사교계에 취미를 가지고 있다는 것, 이런 것들이 그를 언제나 형벌로부터 교묘하게 몸을 피할 수 있도록 하였고 그래서 더 유명해졌다.

벤 프라이스가 이 유명한 금고털이를 추적한다는 소문이 퍼지자 도난 방지용 금고를 가지고 있는 많은 사람들은 비로소 안심하게 되었다.

어느 날 오후 발렌타인은 그의 가방을 들고 아컨소 주 블랙 잭을 지나는 철도에서 5마일이나 떨어진 작은 도시인 엘모어에서 내려서 호텔을 향해 걸었다. 그는 마치 방금 방학을 맞아 귀가하는 대학생같았다.

그가 길 모퉁이를 지날 때 한 젊은 여자가 길을 건너와 그를 지나쳐서 '엘모어 은행'이라는 간판이 붙어 있는 건물로 들어갔다. 지미와 그녀는 잠시 눈이 마주쳤는데 그순간 지미는 마치 자신이 아닌 딴사람이 되어 버린 것 같았다. 그녀도 눈을 내리깔고 얼굴을 붉혔다. 그 고장에서 지미와 같은 옷차림과 외모를 가진 사람도 드물었던 것이다.

지미는 은행의 주주(株主)라도 되는 양 은행의 층계를 서성거리고 있는 한 소년을 붙잡고 돈을 쥐여 주면서 이 고장에 관한 질문을 하기 시작했다. 그리고 잠시 후에 젊은 여자는 은행문을 나와서 이 청년에 대해서는 안중에도 없는 듯 가 버렸다.

"저 아가씨는 포리 심프슨 아냐?"

지미는 능청스럽게 말했다.

"아니에요."

소년은 말했다.

"저 여자는 애너벨 아담스예요. 저 여자의 아버지가 이 은행을 운영하죠. 아저씬 무슨 일로 이 엘모어에 오셨어요? 그거 진짜 금으로 된 시곗줄이에요? 아저씨, 난 불독을 사고 싶은데, 돈 더 없으세요?"

지미는 브란더즈 호텔로 향했다. 숙박부에 랄프 D. 스펜서라고 쓰고 방을 잡았다. 그는 프런트에 기대어 호텔 직원에게 말했다.

"나는 장사할 마땅한 장소를 찾아 이 엘모어까지 왔소. 구두 매장을 내려고 하고 있는데, 어떨 것 같소?"

호텔 직원은 지미의 옷차림과 태도에 감동했다. 그 자신도 엘모어의 젊은이들 사이에서는 유행의 첨단을 걷고 있었지만 이제 그는 자신의 결점을 알 수 있었다. 그는 지미의 독특하게 멘 넥타이를 유심히 바라보며 친절하게 대답해 주었다.

"구두 전문 매장이라면 전망이 있지요. 이 고장에는 구두 매장이 없고 잡화상에서 구두를 취급하고 있으니까요. 이곳 사람들은 대부분 씀씀이가 적지 않거든요. 그리고 좀 지내시면 아시게 되겠지만 사람들도 무척 친절하고 아주 살기 좋은 고장이랍니다."

스펜서는 며칠 머물면서 실정을 살피기로 작정했다. 직원이 미처 호텔 보이를 부를 사이도 없이 손님은 손수 자신의 가방을 들고 올라가는 것이었다.

지미 발렌타인이라는 잿더미——갑작스런 애정으로 인해 타오른 불길로 탄 잿더미——에서 일어난 불사조 랄프 스펜서 씨는 엘모어에 정착해서 양화점을 열게 되었고 그것은 성공을 거두었다.

그는 많은 친구들을 사귀게 되었고 그의 소원도 이루게 되었다. 그는 애너벨 아담스 양과 사귀게 되었고 그녀의 아름다움에 점점 더 사로잡히게 되었다.

엘모어에 온 지 1년이 지났을 때 랄프 스펜서 씨는 가게도 번창했으며 그 고장 사람들의 존경도 받게 되었다. 그리고 그는 이제 애너벨 양과 두 주일 후에는 결혼을 하게 될 것이다. 성실하고 전형적인 시골 은행가인 아담스 씨는 스펜서 씨에게 결혼 승낙을 했던 것이다. 애너벨 또한 그를 사랑했고 긍지에 차 있었다.

그는 아담스 씨의 집이나 애너벨의 결혼한 언니의 집에도 마음껏 드나들면서 벌써 가족의 일원이 된 것 같았다.

어느 날 지미는 자신의 방에서 편지를 한 장 써서 세인트루이스에 있는 옛친구에게 부쳤다.

그리운 친구에게

오는 수요일 밤 9시에 리틀 로크의 설리번 상점에서 만나고 싶네. 나는 자네의 도움을 필요로 하고 있다네. 그리고 나의 연장들도 모두 자네에게 선물하고 싶네. 물론 기꺼이 받아 주리라 생각하네. 천 달러를 들인다 해도 이것과 같은 것은 만들 수 없을 테니까.

빌리, 나는 예전에 하던 일에서 손을 씻었다네. 벌써 1년이 되었다네. 나는 그럴듯한 가게를 차려 놓고 이제는 착실하게 살아가고 있네. 그리고 2주일 후에는 이 세상에서 가장 아름다운 여자와 결혼을 한다네. 보통 사람들처럼 성실하고 평범하게 사는 것, 이것이 가장 바른 길이 아니겠나?

이제는 100만 달러가 그저 굴러온다고 해도 남의 것엔 한 푼도 손대지 않겠네. 결혼을 하면 가게를 정리해서 서부로 갈 생각이야. 그곳이라면 예전의 잘못을 모두 잊고 살 수 있을 테니까.

빌리, 그녀는 천사야. 그녀는 나를 굳게 믿고 있지. 온 세상을 다

준다고 해도 나는 그녀를 실망시키는 일은 하지 않을 것이네.

꼭 와주기 바라네. 연장은 그때 가져가겠네.

옛친구 지미로부터

지미가 편지를 부치고 난 월요일 밤 벤 프라이스 형사는 마차를 타고 몰래 엘모어로 왔다. 그리고 항상 그렇듯이 조용히 거리를 돌아다니며 지미에 대해서 모두 알아냈다.

스펜서 양화점의 건너편에 있는 약국에서 그는 랄프 스펜서를 응시하고 있었다.

'지미, 은행가의 딸과 결혼한다고?'

벨은 마음 속으로 중얼거렸다.

'과연 그럴 수 있을까?'

다음 날 아침 지미는 아담스 씨의 집에서 식사를 했다. 이날은 결혼식에 입을 옷을 맞추고 애너벨에게 선물을 사 주려고 리틀 로크로 가게 되어 있었다. 그가 이 정도 먼 곳으로 나가는 것은 엘모어에 와서 처음 있는 일이었다. 예전의 일에서 손을 뗀 지 1년이 넘었기 때문에 이제는 조금 멀리 나가도 괜찮다고 생각했다.

아침 식사가 끝난 후 가족들 모두——아담스 씨, 애너벨, 지미, 결혼한 애너벨의 언니와 그녀의 5살, 9살 난 두 딸——거리로 나섰다. 그들 일행은 지미가 묵고 있는 호텔 근처에까지 왔다. 지미는 자신의 방으로 뛰어올라가 가방을 가지고 왔다. 그리고 그들은 은행으로 갔다. 지미를 태우고 갈 마차와 마부 돌프 깁슨이 그곳에서 대기하고 있었다.

지미와 가족들은 은행 안의 조각품이 진열되어 있는 홀을 지나 사무실 안으로 들어갔다. 아담스 씨의 장래 사위인 지미는 어디에서나 환영을 받았다. 은행의 직원들은 애너벨 양과 결혼하게 될 멋지고 상냥한 청년에게 인사를 받고 모두들 즐거워했다. 지미는 가방을 손에서 내려놓았다. 행복감과 젊은 혈기로 마음이 들떠 있는 애너벨은 지미의 모자를 쓰고는 가방을 들었다.

"어때요? 멋진 외판원으로 보이지 않나요?"

그리고 애너벨은 덧붙여 말했다.

"어머! 굉장히 무겁군요. 금 덩어리라도 잔뜩 들어있는 것처럼 말예요."

"니켈로 만든 구둣주걱이 잔뜩 들어있으니까요."

지미는 아무렇지도 않게 말했다.

"도로 반품을 해야겠소. 직접 가지고 가면 운송비가 절약될 테니까요. 이젠 나도 꽤 경제적으로 산다구요."

엘모어 은행은 최근에 새로운 금고를 설치하였다. 이것은 아담스 씨의 굉장한 자랑거리였고 따라서 누구에게나 그것을 보여주고 싶어했다. 금고는 비록 작았지만 최근에 특허를 받은 문이 달려 있었다. 3개의 단단한 강철 볼트로 닫히게 되어 있으며 하나의 손잡이로 동시에 조종하게끔 되어 있는 것으로서 시한 장치가 된 자물쇠까지 달려 있었다.

아담스 씨는 눈을 반짝이며 그 조작법을 스펜서에게 설명했다. 스펜서는 예의상의 흥미만 나타냈을 뿐 전문적인 관심은 보이지 않았다. 애너벨의 언니의 두 딸인 메이와 아가사는 번쩍이는 금속과 장난감 같은 시계, 손잡이들을 보면서 몹시 재미있어했다.

그들이 이러고 있는 사이에 벤 프라이스는 은행 안으로 슬쩍 들어와 목책 간막이에 팔꿈치를 기대고 안쪽을 엿보았다. 안내인에게는 아는 사람을 기다리고 있는 중이라고 말했다.

갑자기 여자들의 날카로운 비명 소리가 들리더니 안에서는 대소동이 벌어졌다. 어른들이 한눈 파는 사이에 9살의 메이가 아가사를 금고 안에 가둬 버렸던 것이다. 조금 전 아담스 씨가 했던 것처럼 볼트를 채우고 손잡이까지 돌렸던 것이다.

늙은 은행가는 얼른 뛰어가서 손잡이를 돌려 보았다.

"이 문이 열릴 리가 없지."

그는 신음하듯 말했다.

"시한 장치도 맞춰놓지 않았고, 자물쇠도 맞춰져 있지 않으니까."

아가사의 어머니는 미친 듯이 울부짖었다.

"진정하거라."

아담스 씨는 떨리는 손을 쳐들며 말했다.

"모두들 잠시 조용히 있어요. 아가사!"

하고 그는 크게 불렀다.

"애야, 할아버지가 하는 말이 들리냐?"

모두들 숨을 죽이고 있는 가운데 캄캄한 금고 안에서 공포에 질려서 마구 울부짖는 어린 아이의 음성이 어렴풋이 들려왔다.

"아가사! 내 딸아!"

어머니는 딸을 부르며 울부짖었다.

"저앤 아마 겁에 질려서 죽을 거예요. 어서 문을 열어줘요. 아니면 문을 부숴요. 남자들이 그래 아무것도 못 한단 말이에요."

"이 금고 문을 열 수 있는 사람은 리틀 로크에 있어."

아담스 씨는 떨리는 목소리로 말했다.

"큰일이로군! 스펜서, 어떻게 하지? 저 아이는 오래 견디지 못할 거야. 공기도 부족하고 겁에 질려 아마 기절하고 말 거야."

아가사의 어머니는 마치 미친 사람처럼 금고문을 두 손으로 두드려댔다. 어떤 사람은 다이너마이트를 써보면 어떠냐고 제안했다.

애너벨은 지미를 쳐다보았다. 그녀는 근심에 가득차 있었지만 아직 절망적이지는 않았다. 여자들이란 자기가 사랑하는 남자의 힘으로 불가능한 것은 없다고 생각하게 마련이다.

"랄프, 방법이 없을까요, 네? 어떻게 해보세요."

그는 입술과 날카로운 눈에 기묘한 미소를 띠며 그녀를 바라보았다.

"애너벨, 당신 옷에 꽂고 있는 그 장미꽃을 내게 주시오."

갑자기 무슨 엉뚱한 얘긴가 의심하면서도 그녀는 지금 그런 것을 따질 여유가 없었다. 지미는 그것을 조끼주머니 속에 넣고는 저고리를 벗어던지고 셔츠의 소매를 걷어올렸다. 그러자 랄프 스펜서는 어디론가 사라지고 말았다. 그는 이제 지미 발렌타인이 되었다.

"모두들 금고 문에서 떨어져 주시오."

그는 짧게 명령했다.

그리고 테이블 위에 가방을 올려놓고 그것을 열었다. 이제 그는 주위 사람들은 전혀 의식하지 않았다. 그런 일을 할 때 항상 그랬듯이 그는 조용히 휘파람을 불며 번쩍거리는 괴상한 연장을 빼르고 질서있게 펼쳐 놓았다. 사람들은 아무말도 하지 못했다. 마치 무엇에 홀린 듯이 꼼짝도 하지 않고 그를 바라보았다.

얼마 되지 않아 지미가 애용하는 드릴이 강철문을 미끄러지듯이 파고 들어갔다. 그리고 10분만에 빗장을 젖히고 문을 열었다. 이 기록은 지금까지의 그의 기록을 깨뜨린 것이었다.

아가사는 기진맥진해 있었으나 생명에는 별 지장이 없었다. 아가사는 어머니의 품에 안겼다.

지미 발렌타인은 저고리를 입고 은행 정문을 향해 걸어나갔다. 도중에 귀에 익은 목소리가 '랄프!' 하고 부르는 것 같았다. 그러나 그는 조금도 머뭇거리지 않고 걸어나갔다.

덩지 큰 사나이가 길을 가로막듯이 문 앞에 서 있었다.

"아니, 벤 아닌가? 안녕하시오?"

지미는 야릇한 미소를 띤 얼굴로 말했다.

"드디어 만나게 됐군. 자, 같이 가야지. 이제 난 무슨 일이 닥쳐도 상관없으니까."

그러자 벤 프라이스는 전혀 엉뚱한 태도로 말했다.

"스펜서 씨, 사람을 잘못 보신 것 같군요. 난 당신을 잘 몰라요. 저기 당신의 마차가 기다리고 있는 것 같군요."

그리고 벤 프라이스는 거리 저쪽으로 사라졌다.

루 쉰
(魯迅 : 1881~1936)

　　루쉰은 19세기 말에서 20세기 초엽의 격동기인 중국의 지성을 대표하는 사람으로서 뛰어난 문학가이자, 위대한 사상가, 교육자였다.

　　루쉰은 1902년 관비 학생으로 일본에 파견되어 고분(弘文)학당을 거쳐 센다이 (仙臺) 의학 전문학교에 입학했으나 당시의 낙후된 중국인들에게는 건장한 체격보다는 강한 국민 정신이 필요함을 통감하였고, 국민운동을 개조하는 데는 문예를 통한 방법이 최선이라고 판단하였다.

　　그는 다양한 서양 문학을 중국인들에게 소개하는 한편 1917년 문학 혁명을 주도하고 있던 잡지 「신청년」을 통하여 중국 최초의 신소설 〈광인일기〉를 발표하였다. 그 이후 구지식인의 몰락과 나태한 근성을 지적하여 경향심을 불러일으켰던 〈쿵이지〉(1919), 미신과 무지로 인한 중국인의 병폐를 일깨워 준 〈약〉과 〈명천〉(1919), 농촌 생활의 암담함과 피폐함을 적나라하게 묘사한 〈고향〉(1921) 등과 함께 그의 이름을 중국 근대문학의 선구자로서 후세에까지 길이 남을 수 있게 해 준 대표작 〈아Q정전〉(1921) 등을 발표하였다.

광인 일기

　지금 그 이름을 밝힐 수는 없지만, 모(某)씨 형제는 내 지난 날 중학 시절의 친구들이었다. 떨어져 산 지가 여러 해 되고 보니 자연 소식도 뜸하게 되었다. 얼마 전에 우연히 그 중 한 사람이 중병을 앓고 있다는 소식을 들었다. 마침 고향을 찾아가던 참이라 길을 돌아가 그들 중 형을 만나게 되었는데, 병을 앓던 이는 동생이었다고 했다. 먼 길을 오느라고 수고했으나 동생은 벌써 병이 다나아 어느 곳에 후보(候補)로 부임했다고 하며 크게 웃고 일기장 두 권을 꺼내 내게 보여 주며 말하기를,

　"이걸 보게, 당시의 병상을 알 수 있을 걸세. 옛 친구에게 주어도 상관이 없겠지."

했다. 가지고 돌아와 한 번 읽어 보니, 대충 그 병이 '피해망상증'의 한 종류임을 알았다. 내용이 아주 난삽한데다 줄거리와 순서가 없었으며 황당한 소리도 많았다.

　달과 날은 적히지 않았으나 먹물 색깔과 글자 모양이 같지 않은 것으로 보아 그것이 일순간에 씌어진 것이 아님은 분명했다. 이따금 어느 정도 맥락을 갖춘 곳이 있기에 지금 이것을 뽑아 내

어 한 편으로 만들어 의학도의 연구 재료로 제공하려 한다. 일기 가운데 말이 틀린 것이 있어도 한 글자도 정정하지 않았다. 다만 인명만은 세상에 알려진 사람들이므로 그 이름을 바꾸었다. 또 책 이름은 원래 본인이 완쾌한 뒤에 제목을 붙인 것인만큼 구태여 고치려 하지 않았다.

민국(民國) 7년 4월 2일 적음

1

오늘 밤은 달이 무척 밝다.

나는 그토록 밝은 달을 보지 못한 지 30년도 더 된다. 오늘은 보았기 때문에 기분이 정말 좋다. 그러고 보면 지금까지 30년 이상이나 전혀 제정신이 아니었던 것이다. 하지만 그대로 조심하지 않으면 안 된다. 그렇지 않다면, 저 자오(趙)의 집 개가 왜 나를 유심히 쳐다보는 것일까.

나는 위세에 떨고 있는 건 아니다.

2

오늘은 달이 뜨지 않았다. 나는 좀 우울했다. 아침에 조심하여 집을 나오니 자오구이(趙貴) 노인의 눈초리가 이상했다. 나를 무서워하고 있는 것도 같고, 나를 없애 버리려고 하는 것도 같다. 그 밖에도 소곤소곤 귀엣말로 내 험담을 하고 있는 놈이 칠팔 명 있다. 그런 주제에 내게 들키는 것이 무서운 것이다. 거리에서 만난 놈들이 다 그렇다. 그 중에도 제일 험상궂게 생긴 놈이 큰 입을 쩍 벌리고 날 보며 웃어댔다. 나는 정수리에서 발끝까지 소름이 끼쳤다. 놈들이 완전히 준비를 갖추었구나 하고 생각했다.

그러나 나는 무섭지 않았다. 태연히 걸어갔다. 저쪽에는 아이들이 모여 있었는데 이놈들도 내 욕을 하고 있었다. 눈초리는 자오구이 노인과 마찬가지였고 얼굴빛도 거무칙칙했다. 나는 무슨 원한이 있어 아이들까지 이런 흉내를 내는가 하고 생각하니 참을 수가 없어서 "뭐가 어째!" 하고 호통을 쳐 주었다. 그랬더니 달아나고 말았다.

나는 생각했다.

자오구이 노인은 내게 무슨 원한이 있는 것일까? 지나가는 사람들은 내게 무슨 원한이 있는 것일까? 있다고 한다면 20년 전에 꾸자유(古久) 선생의 헌 장부를 꽉 밟아서 그의 얼굴을 찌푸리게 한 것뿐인데.

자오구이 노인이 꾸자유 선생의 친구는 아니지만, 틀림없이 지나가는 사람들을 부추겨 나를 미워하게끔 만들고 있는 것이리라.

한데 아이놈들도 말하자면 그때 생겨나지도 않았잖은가. 그런데 어째서 오늘은 나를 무서워하고 있는 듯, 나를 없애 버리려고 하는 듯한 이상한 눈초리로 노려보는가? 이거야말로 무서운 일이다. 이상한 일이요, 슬픈 일이다.

그렇다, 알았다.

애비, 어미가 가르친 것이다.

3

밤, 아무리 애를 써도 잠이 오지 않는다. 사물은 모두 연구해 보지 않으면 모른다.

놈들——그 중에는 현지사(縣知事)에게 걸려서 칼을 쓴 놈도 있다. 두목에게 두들겨 맞은 놈도 있다. 관리에게 계집을 빼앗긴 놈도 있다. 애비, 어미를 빚쟁이에게 시달려 죽게 만든 놈도 있다. 그러나 그 당시의 놈들의 얼굴 표정도 어제처럼 무섭고 처참하지는 않았다.

그 중에서도 이상한 것은 어제 거리에서 만난 그 여자다. 자기 자식을 때려 주면서 "빌어먹을 애비란 놈! 난 네놈을 물어 뜯어야 속이 풀리겠다."고 한 것이다. 그러면서도 눈은 나에게로 향해 있었다. 나는 너무 놀라 당황하고 말았다. 그러자 그 퍼런 얼굴에 이빨을 드러낸 녀석들이 와아 웃어대는 것이다. 천라오우(陳老五)가 급히 달려와서 억지로 나를 끌고 집으로 데리고 갔다.

끌려서 집으로 돌아오자 집안 사람들이 모두 서먹서먹한 눈치를 보였다. 놈들의 눈초리도 다른 녀석들과 마찬가지이다. 서재로 들어가자 밖에서 자물쇠를 걸어 버렸다. 마치 닭이나 오리라도 물고 들어온 것처럼. 이 한 가지 일로 나는 더욱 놈들이 하는 짓을 알 수 없게 되었다.

이삼 일 전에 랑쯔춘(狼子村)에서 소작인이 와서 흉년이라고 불평을 늘어놓다가 형에게 이런 얘기를 했다. 그들 마을에 아주 못된 놈이 있어서 사람들에게 맞아 죽었는데, 그놈의 내장을 꺼내서 기름에 볶아 먹은 놈이 있다는 깃으로, 그렇게 하면 간이 커진다는 이야기다. 내가 옆에서 좀 말참견을 했더니 소작인과 형이 유심히 나를 노려보았다. 오늘에야 겨우 알았다. 놈들의 눈초리는 마을에 있는 녀석들의 눈초리와 똑같았다.

생각만 해도 나는 머리 꼭대기에서 발끝까지 오싹해진다. 놈들은 사람을 먹어치운다. 그러고 보면 나를 먹지 않는다는 보장도 없다.

그렇다. 그 여자가 "네놈을 물어 뜯겠다"고 말한 것과 퍼런 얼굴에 이빨을 드러낸 녀석들이 웃은 것과 얼마 전 그 소작인이 지껄인 것은 틀림없이 암호인 것이다. 그렇다, 알았다. 놈들이 하는 말은 전부가 독이다. 웃음 속에는 칼이 있다. 놈들의 이빨은 모두 희고 번쩍번쩍한다. 그것이 사람을 먹는 연장인 것이다.

나는 나 자신을 못된 놈이라고 생각진 않지만 꾸(古) 씨 집 장부를 밟고 난 뒤로는 조금 이상해졌다. 놈들은 뭔가 생각하고 있는 모양이지만 나로서는 알 수가 없다. 더구나 놈들은 사이가 나빠지면 금세 사람을 못된 놈이라고 욕하곤 하는 것이다. 나는 아직도 기억하고 있다. 형이 내게 논문 쓰는 법을 가르쳐 주었을 때, 아무리 착한 사람이라도 조금 헐뜯어주면 관주(貫珠)를 많이 준다고 했다. 악한 사람을 변호해 주면 '기상천외'라든가 '독창적'이라든가 하면서 칭찬해 준다고 했다. 놈들이 무엇을 생각하고 있는지 알 턱이 없다. 더구나 잡아먹으려고 생각하고 있는 참이니까.

사물은 모두 연구해 보지 않으면 모른다. 옛날부터 줄곧 사람을 잡아먹었다는 걸 난 알고 있지만 그리 확실하지 않다. 나는 역사를 들추어 조사해 보았다. 이 역사에는 연대가 없고, 어느 면에나 '인의도덕' 같은 글자들이 꾸불꾸불 적혀 있다. 나는 이왕 못 자게 되었으므로 밤중까지 열심히 조사해 보았다. 그러자 글자와 글자 사이에서 겨우 그 글자를 찾아 냈다. 책에는 온통 '식인(食人)'이란 두 글자가 적혀 있었다.

책장마다 이토록 많이 적혀 있다. 소작인은 그렇게 자주 지껄였다. 주제에 히죽히죽 웃으면서 이상한 눈으로 나를 흘겨보지 않았는가.

나도 인간이다.

놈들은 내가 먹고 싶어진 것이다.

4

아침에 잠시 정좌(靜坐)를 했다. 천라오우가 밥을 들고 왔다. 나물 한 접시, 찐 생선 한 접시. 그 생선이 눈이 희고 뻣뻣하며 입을 쩍 벌리고 있는 것이 사람을 먹고 싶어하는 저 인간들과 똑같다. 젓가락을 조금 대어 보았으나 미끈미끈해서 생선인지 사람인지 알 수가 없다. 뱃속의 것을 모조리 토해내고 말았다.

"라오우, 형한테 말해 줘. 나는 갑갑해서 견딜 수 없으니까 뜰을 거닐고 싶다고."

그러자 라오우란 놈은 대답도 않고 가 버린다. 그러나 다시 와서 문을 열어 주었다.

나는 움직이지 않았다. 놈들이 나를 어떻게 처리할는지 두고 보리라 생각했다. 아무튼 나를 석방할 생각이 없는 것은 알고 있다. 그러면 그렇지! 형이 한 사람의 노인을 안내해서 천천히 들어왔다. 기분 나쁜 눈빛을 한 놈이다. 그 눈빛을 내가 눈치채지 못하도록 아래만 보고 있지 않겠는가. 그리고 안경 너머로 흘끔흘끔 내 태도를 살핀다. 형이,

"오늘은 아주 몸이 좋은 것 같구나."

하기에 "네에."하고 대답했다. 형이,

"오늘은 허(何) 선생에게 진찰을 받기로 했다."

고 하기에 "그렇습니까."하고 대답은 해주었지만, 이 노인이 망나니의 화신이란 것쯤은 다 알고 있다. 맥을 본다는 구실로 살집이 어떤가를 보는 것이다. 그 공으로 고기 한 점쯤 얻어 먹을 작정이겠지. 나는 조금도 무섭지 않다. 사람을 먹지 않았어도 간만은 놈들보다 크다. 두 주먹을 내밀고 놈이 무엇을 하는가 보고 있었다. 놈은 걸상에 앉아 눈을 감고, 한참이나 꿈지럭거리더니 한동안 멍하니 있었다. 그러고 나서 그 기분 나쁜 눈을 뜨고,

"너무 걱정할 것 없어요. 조용히 섭양(攝養)을 하면 곧 좋아질 겁니다."

하고 말했다.

걱정하지 말고 조용히 섭양을 해라! 물론 섭양해서 살이 찌면 놈들은 그만큼 더 먹게 되겠지. 하지만 내게 무슨 좋은 일이 있는가. 뭐가 "좋아질 겁니다"인가. 놈들 일당은 사람을 잡아먹고 싶으면서도 이상하게 주저주저하며 체통만을 염두에 두고 과감히 손을 내밀지 못하고 있으니 우습기 짝이 없는 노릇이다. 나는 견딜

수가 없어 큰 소리로 웃었더니 기분이 아주 좋아졌다. 이 웃음에는 용기와 정기(正氣)가 넘치고 있음을 나도 느낄 수 있었다. 노인과 형은 얼굴빛이 변하며 내 용기와 정기에 압도되고 말았다.

그러나 내게 용기가 있으니까 놈들은 더욱 나를 먹고 싶어한다. 그 용기를 얻어 갖고 싶은 것이다. 노인은 방을 나가자 이내 작은 소리로 형에게 속삭였다.

"빨리 먹어치우도록 하세요."

형은 끄덕였다. 아니 형도 그랬을 것이라고 나는 생각했다. 이 대발견은 의외인 듯했지만 실은 의외가 아니었다. 한패가 되어 나를 잡아먹으려는 사람이 내 형인 것이다. 사람을 잡아먹는 자가 내 형이다.

나는 사람을 잡아먹는 자의 동생이다. 내가 잡아먹히더라도 여전히 나는 사람을 잡아먹는 자의 동생이다.

5

나는 한 걸음 물러서서 생각해 보았다. 설령 그 노인이 망나니 화신이 아니고 진짜 의사라 하더라도 사람을 잡아먹는 사람임에는 틀림이 없다. 놈들의 선생인 이시진(李時珍)이 지은 《본초(本草)》인가 하는 책에는 사람의 고기는 삶아서 먹는다고 분명히 씌어져 있지 않는가. 이래도 놈은 '나는 사람을 먹지 않습니다.'고 말할 것인가.

나의 형 역시 그렇다. 뚜렷한 증거가 있다. 내게 글을 가르칠 때 분명히 '자식을 바꿔 잡아먹는'(〈좌전〉에 나오는 이야기)다고 말한 일이 있다. 그 무렵 나는 아직 어렸기 때문에 심장이 종일토록 두근거렸던 것이다. 이것으로 보더라도 옛날과 마찬가지로 사람의 마음이 잔인한 것을 알 수 있다. '자식을 바꿔서 잡아먹는' 일이 있을 수 있으면 무엇이든 바꿀 수 있을 것이다. 전날 량쯔춘의 소작인이 와서 간을 먹었다는 말을 했을 때도 형은 기괴하게 여기지 않고 연방 옳다고 고개를 끄덕였다. 나는 옛날에는 형의 설교를 그저 멍청히 흘려들었는데, 지금 생각해 보니 놈이 설교할 때는 틀림없이 입가에 사람의 기름을 처바르고 있었을 뿐만 아니라, 가슴 속에는 온통 사람을 먹고 싶은 욕망이 가득 차 있었음을 알 수 있다.

6

캄캄하다. 낮인지 밤인지 알 수 없다. 자오의 집 개가 또 짖기 시작. 사자 같은 사심(邪心), 토끼의 겁, 여우의 교활……

7

나는 놈들의 수법을 알아 냈다. 칼로 죽이긴 싫고 또 할 수도 없는 것이다. 뒤탈이 무섭기 때문이다. 여럿이서 연락을 취하여 교묘히 그물을 둘러 쳐 두고 좋든 싫든 나를 자살하게끔 만들고 있는 것이다. 그렇다. 전날 마을에서 본 사내와 계집의 태도나 얼마 전 형의 거동만 하더라도 틀림없다. 내가 스스로 허리띠를 풀어서는 대들보에 목을 매어 죽어 버리기를 바라겠지. 놈들은 살인이란 죄명을 쓰지 않고도 소원을 성취할 수 있다는 계산이 나오니까. 껑충껑충 뛰며 기뻐서 '우우우우' 비명을 지르며 웃게 되겠지. 그렇게까진 안 된다 해도 기껏해야 난 괴로워하며 고민하다 죽고 말 것이다. 그러면 고기는 좀 줄어들겠지만 그런 대로 그들은 만족할 것이다.

놈들은 죽은 고기밖에 먹을 수가 없는 것이다…… 그렇다. 어떤 책에선가 읽은 일이 있다. 하이에나라는 동물이 있다는데 눈이나 몸 생김새가 추악하기 짝이 없다고 한다. 그리고 언제나 죽은 고기만을 먹고, 아무리 굵은 뼈라도 아작아작 깨물어 삼켜 버린다고 한다. 생각만 해도 끔찍하다. 하이에나는 늑대 족속이고, 늑대는 개의 조상이다. 요먼저 자오의 집 개가 유심히 나를 노려본 것도 그놈 역시 한패로서 연락이 닿고 있어서 그러는 것이다. 늙은이도 눈을 내리뜨고 아래만 보았지만 그런 것으로 내가 속을 것 같은가?

가장 딱한 것은 형이다. 놈도 사람이다. 어째서 무서워하지 않는 것인가. 더구나 한패가 되어 날 잡아 먹으려 하니 그런 일에는 익숙해져 나쁘다는 생각도 못 하는 걸까, 양심을 잃고 나쁜 줄 알면서도 그러는 걸까?

나는 사람을 잡아먹는 자를 저주하는 데 있어서 먼저 형부터 저주하리라. 사람을 잡아먹는 인간을 회개시키는 데에도 우선 형부터 회개시켜야겠다.

8

그러나 이런 이치는 벌써 지금쯤은 놈들도 깨닫고 있어야 할 일인데…… 돌연히 한 남자가 찾아왔다. 나이는 고작 20세 안팎으로 얼굴은 확실히 기억나지 않는다. 싱글싱글 웃으면서 나를 보고 고개를 숙였다. 그러나 그 웃음도 진짜 웃음은 아니었다. 나는 물었다.

"사람을 먹는 것은 옳은가?"

그 사나이는 여전히 싱글싱글하면서 대답했다.

"흉년도 아닌데 어떻게 사람을 잡아먹습니까?"

나는 금방 깨달았다. 이놈도 한패여서 사람을 먹고 싶어한다. 그래서 나는 용기백배해서 끝까지 물고 늘어졌다.

"옳은가?"

"그런 걸 물어서 뭘 하시렵니까. 나리도 참…… 농담을 잘 하시거든…… 오늘은 날씨가 좋군요."

좋은 날씨였다. 달도 밝다. 그러나 나는 네게 묻고 있는 거다.

"옳은가?"

그는 그렇다고는 말하지 않았다. 애매한 말투로,

"아니……"

라고 말했다.

"옳지 않지? 그럼 놈들은 어째서 잡아먹지?"

"그런 터무니없는……"

"그런 터무니없는? 실지로 랑쯔춘에서는 잡아먹고 있다. 게다가

책에도 씌어 있다. 온통 새빨간 피투성이로."

그의 얼굴빛이 싹 변했다. 쇠빛처럼 질렸다.

"그야 있을지도…… 옛날부터 그랬으니까……."

"옛날부터 그랬으면 옳단 말이야?"

"그런 얘기라면 나리와는 하지 않겠습니다. 아무튼 나리는 그런 말을 하면 안 됩니다. 말씀하시는 것은 모두 잘못된 것입니다."

나는 벌떡 일어났다. 눈을 뜨고 자세히 보니 그 자의 모습은 없었다. 온몸에 흠뻑 땀이 배어 있었다. 그놈은 내 형보다 나이가 아래인 데도 벌써 한패거리가 됐다. 아마 애비, 어미가 가르쳐 준 것이 틀림없다. 벌써 제 자식에게도 가르쳐 주었을지도 모른다. 그러니까 아이놈들도 나를 그런 눈으로 보는 것이다.

9

자신은 사람을 잡아먹으려고 하면서, 남에게는 먹히지 않으려 하기 때문에 의심을 품고 서로 흘긋흘긋 상대를 훔쳐보고 있다……

이런 생각을 버리고 마음놓고 일을 하고, 거리를 걷고, 밥을 먹고, 잠을 자면 얼마나 기분이 좋을까. 그것은 겨우 하나의 관문만 넘어서면 되는 것이다. 그러나 놈들은 부자, 형제, 부부, 친구, 사제, 원수, 그리고 낯모를 사람들까지 한패가 되어 서로 격려하고 견제하며, 죽어도 이 한 발을 딛고 넘어서려 하지 않는 것이다.

10

　이침 일찍 형을 만나러 갔다. 형은 방문 밖에 서서 하늘을 바라보고 있었다. 나는 뒤돌아 문을 가로막고 서서 아주 조용하고 부드럽게 말을 건넸다.

　"형님, 드릴 말씀이 있습니다."

　"말해 봐."

하고 형은 곧 뒤돌아보며 끄덕였다.

　"별것도 아닌데, 그게 쉽사리 말이 안 나옵니다. 형님, 아주 오랜 옛날의 야만인들은 모두 사람을 먹으려 하지 않고 오직 착하게 되려 했기 때문에 사람이 된 거죠. 즉 참다운 사람이 되었죠. 한데 어떤 사람은 계속 사람을 잡아 먹어서, 벌레도 마찬가지죠, 어떤 것은 물고기가 되고, 새가 되고, 원숭이가 되고, 마침내는 사람이 되었죠. 어떤 것은 착해지려고 하지 않았기 때문에 지금도 벌레로 남아 있는 겁니다. 사람을 잡아먹는 인간은 잡아먹지 않는 인간에 비해 몹시 부끄럽겠지요. 벌레가 원숭이에 비교해서 부끄러운 것보다 훨씬 더 부끄러울 겁니다. 역아(易牙 : 춘추시대 제나라의 요리사)가 자기의 아들을 삶아서 걸주(桀紂 : 고대의 폭군)에게 먹인 이야기는 먼 옛날 일이었을까요? 그렇지는 않습니다. 반고(盤古 : 중국신화의 창세신)가 천지를 연 뒤로 계속하여 사람을 잡아먹어 오다가 역아의 아들에 이르고, 역아의 아들로부터 계속 잡아먹어 오다가 쉬시린(徐錫林 : 청말의 혁명가)에 이르고, 쉬시린에서부터 계속 잡아먹어 오다가 랑쯔춘에서 잡힌 사나이를 잡아먹게 된 것입니다. 지난 해 성 안에서 죄수가 처형되었을 때는 폐병 환자가 만두를 그 피에 적셔 먹었습니다. 놈들은 나를 먹으려 합니다. 그거야 형님 혼자서는 어떻게 해볼 수 없겠지요. 그러나 그렇다고 해서 한패에 끼여들 건 없지 않습니까? 사람을 먹는 자들이 무슨 짓을 못 하겠습니까? 나를 잡아먹은 다음엔 형님도 잡아먹을 것입니다. 그리고 같은 패끼리 서로 잡아먹을 겁니다. 다만 한 발만 방향을 바꿔서 지금 마음을 고치기만 하면 모두가 태평하게 됩니다. 옛날부터 그랬는지는 모르지만 우리는 오늘부터라도 전력을 다해 마음을 고쳐먹고 안 된다고 해야 합니다. 형님! 형님은 말할 수 있을 겁니다. 전에 소작인이 도조를 감해 달라고 했을 때 안 된다고 말하지 않았습니까?"

처음에 형은 냉소를 띠고 있을 뿐이었다. 그러나 이내 눈길이 험해지더니 놈들의 내막을 들추어 내는 순간 얼굴이 새파래졌다. 바깥문 밖에는 많은 사람들이 서 있었다. 자오구이 노인도, 그의 개도 섞여 있었다. 어떤 놈은 얼굴을 알아볼 수가 없다. 천을 싸감고 있는 모양이다. 어떤 놈은 예의 퍼런 얼굴에 이빨을 드러내고 히죽히죽 웃고 있다. 본 기억이 있는 놈이다. 어느 놈이나 사람을 잡아먹는 인간들이다. 놈들 사이에 의견이 맞지 않는 것도 알고 있다. 옛날부터 그랬었으니까 잡아먹는 것이 당연하다고 생각하는 놈과 잡아먹어서는 안 된다고 생각하면서도 잡아먹는 놈들과의 두 종류이다. 게다가 폭로되면 곤란하기 때문에 내 말을 듣고 노발대발 화가 났지만, 겉으론 히죽히죽 비웃고 있는 것이다.

그때 형이 갑자기 무서운 얼굴로 호통을 쳤다.

"나가! 미치광이는 구경거리가 아니야!"

이제야 나는 또 놈들의 묘한 꾀를 알아차렸다. 놈들은 마음을 고치기는커녕 벌써 함정을 만들어 놓고 있는 것이다. 미치광이라는 간판을 준비해 두었다가 내게 뒤집어 씌울 작정이다. 이렇게 하면 나중에 잡아먹어도 걱정 없을 뿐만 아니라 게 중에는 동정해 줄 사람도 있을 테니까. 소작인의 이야기 중에 여럿이서 한 명의 악한을 잡아먹었다는 것도 바로 이 수법이다. 이것이 놈들의 상투 수단이다.

진라오우도 성이 나서 달려왔다. 그러나 그가 내 입을 막을 수 있겠는가. 나는 끝까지 말했다.

"너희들 마음을 고치는 것이 좋다. 진심으로 회개하는 거다. 알겠나? 이제 사람을 잡아먹는 인간은 이 세상에서 용납될 수 없게 되는 거다. 끝내 회개하지 않으면 자신도 잡아먹히고 만다. 아무리 많이 낳아 보았자 모두 참다운 사람에게 멸망하고 만다. 사냥꾼이 늑대를 잡는 것과 마찬가지로——벌레와 마찬가지로."

그 많은 놈들은 진라오우에게 쫓겨나고 말았다. 형도 어디론가가 버렸다. 진라오우가 나를 달래서 방으로 데리고 들어갔다. 방안은 캄캄했다. 들보와 서까래가 머리 위에서 흔들리기 시작했다. 후들후들 떨고 있더니 갑자기 출렁거리며 내 위를 덮쳐 눌렀다. 무겁다. 꼼짝도 할 수 없다. 나를 죽이려 하는 것인가. 그러나 나는 놈의 무게가 속임수라는 것을 알아차렸기 때문에 발버둥치며 빠져나왔다. 땀으로 흠뻑 젖은 채 나는 호통을 쳐 주었다.

"이놈들, 지금 당장에 회개하라. 알겠나? 이제 사람을 잡아먹는 인간은 이 세상에서 용납될 수 없게 된다……"

11

해도 보이지 않는다. 문도 열리지 않는다. 매일 두 끼의 밥만 들어왔다. 나는 젓가락을 집어 들자 형을 생각했다. 누이 동생이 죽은 까닭도 놈에게 있음을 알아차렸다. 그때 내 누이는 겨우 다섯 살이었다. 귀엽고 애처로운 모습이 지금도 눈에 어른거린다.

어머니는 한없이 울며 날을 보냈다. 그러자 형은 어머니에게 울지 말라고 했다. 자기가 잡아먹었으니까 남이 울면 다소나마 양심의 가책이 되는 모양이었다. 만일 또 가책이 된다면…… 누이동생은 형에게 먹혔다. 어머니는 알고 있었을까? 나로서는 알 수 없다.

어머니도 아마 알고 있었으리라. 그러나 울면서 아무 말도 하지 않았다. 아마도 당연한 일이라고 생각하고 있었겠지. 분명 내가 네댓 살 때였다고 생각하는데, 내가 방 밖에서 바람을 쐬고 있으려니까 형이 이런 말을 했다.

"부모가 병이 들면 자식된 사람은 마땅히 자기 살을 한 조각 베어내 푹 고아서 부모에게 잡숫게 하는 것이 사람된 도리이다."라고.

그때 어머니도 나쁘다고는 말하지 않았다. 물론 한 조각을 먹을 수 있다면 통째로도 먹을 수 있을 것이다. 하지만 그때의 울던 모습은 지금 생각해도 가슴이 아프다. 정말 이상한 일이다.

12

생각할 수 없게 되었다.

4천 년 동안 계속 사람을 잡아먹어 온 고장에서 내가 오랫동안 살아왔다는 것을 오늘에야 알게 되었다. 형이 집안 살림을 맡자 누이는 죽었다. 놈이 몰래 음식에 독을 섞어서 우리들에게도 먹이지 않았다고는 말할 수 없다. 나도 모르는 사이에 누이동생의 고기를 먹지 않았다고는 말할 수 없다.

지금은 내가 먹힐 차례가 되었는가……. 4천 년이나 사람을 먹어 온 역사를 가진 우리. 처음엔 몰랐으나 이제는 알았다. 참다운 인간은 보기 어렵구나.

13

사람을 먹은 일이 없는 아이들이 아직도 남아 있을는지 모른다. 아이들을 구하라……

고 향

  나는 혹독한 추위를 무릅쓰고 2천여 리나 떨어진 곳에서 20여 년 만에 고향에 돌아가기 위해 길을 떠났다.

  때는 이미 엄동(嚴冬)이었다. 고향에 점점 가까워짐에 따라 날씨는 음산하게 흐려지고 찬 바람이 씽씽 소리를 내며 선실 안에까지 불어 들어왔다. 선창으로 밖을 내다보니 흐릿한 하늘 밑에 쓸쓸하고 초라한 마을이 활기라고는 조금도 없이 여기저기 가로 놓여 있었다. 그러자 나도 모르게 마음 속으로 슬픔이 치밀어올랐다.

  아아! 이것이 내가 20년 동안 못내 그리워하던 고향이었던가?

  내가 그리던 고향은 전혀 이렇지 않았다. 나의 고향은 훨씬 더 좋았다. 나는 고향의 아름다움을 생각해 내어 그 장점을 말하고 싶으나 도리어 영상이 사라져 버려 할 말이 없어진다. 역시 이와 같았구나 하는 마음이 든다. 그래서 나는 스스로 해석하기를, 고향은 본래 이랬었다. 전보다 나아진 것도, 내가 느낀 것 같은 슬픔도 없다. 그렇게 느낀 것은 다만 나의 심경이 변했기 때문이다. 왜냐 하면 나는 그다지 즐거운 마음으로 돌아온 것은 아니기에.

이번에 나는 고향과 이별을 하러 온 것이다. 우리 일가들이 여러 해 모여 살아온 묵은 집은 이미 상의해서 남에게 팔아 버렸다. 집을 비워 주어야 할 기한도 금년 말까지라 정월 초하루가 되기 전에 낯익은 고향집과도 영원히 이별하고, 또 정든 고향을 멀리 떠나 내가 밥벌이하고 있는 타향으로 이사를 하지 않으면 안 되는 것이다.

이튿날 이른 아침에 나는 우리집 문 앞에 다다랐다. 기와 틈으로 수많은 꺾어진 마른 풀 줄기가 바람에 떨고 서 있는 것이 이 묵은 집의 주인이 바뀌지 않으면 안 될 이유를 설명해 주는 것 같았다. 한집에 살던 일가들은 대개가 벌써 이사를 갔는지 퍽 쓸쓸했다. 내가 쓰던 방 앞에까지 이르렀을 때 어머니는 벌써 맞으러 나오셨고, 뒤따라 8살 먹은 조카 홍얼(宏兒)도 뛰어 나왔다.

어머니는 대단히 반가워하셨으나 어쩐지 처량한 심정을 숨기지 못하는 기색이 감돌았다. 나를 편히 앉혀 놓고 차를 따라 주면서도 이사하는 이야기는 입 밖에 내지 않으셨다. 홍얼은 전에 나를 본 일이 없었으므로 멀찍이 한쪽 구석에 서서 쳐다보고 있었다. 그러나 우리는 이사에 대한 이야기를 안 할래야 안 할 수가 없었다. 나는 이사갈 곳에 벌써 셋집을 얻어 두고 세간도 조금 장만했으나 그 밖의 것은 이 집에 있는 가구를 전부 팔아서 장만하자고 말했다. 어머니도 좋다고 하셨다. 그리고 짐도 대강 싸 놓았고, 운반하기 어려운 가구들은 조금 팔아버렸으나 돈은 얼마 되지 않는다고 말씀하셨다.

"2, 3일 푹 쉬어라. 그리고 일가친척들에게 인사나 한 다음에 떠나기로 하자."

"네!"

"그리고 룬투(閏土) 말이다. 우리집에 올 때마다 네 이야기를 묻곤 하였는데, 네가 매우 보고 싶은 모양이더라. 내가 벌써 네가 올 예정 날짜를 기별했으니까 아마 곧 올 것이다."

이때 나의 머릿속에 갑자기 한 폭의 이상한 그림이 번쩍 떠올랐다. 새파란 하늘에는 황금빛 둥근 달이 걸려 있고, 그 아래 해변 모래땅에는 온통 끝도 보이지 않을 만큼 파란 수박이 덩굴져 있다. 그 사이에 열 한두어 살 된 소년이 목에는 은목걸이를 걸고 손의 쇠작살을 들어 한 마리의 차(수박을 따 먹으려고 온다는 가상의 동물. 작자가 만들어낸 것임)를 향해 힘껏 찔렀으나 그 차는 몸을 홱 돌리더니 그 아이의 가랑이 밑으로 빠져 달아나 버린다.

이 소년이 바로 룬투이다. 내가 그를 알게 된 것은 불과 열 두 서너 살 때였으니 지금으로부터 30여 년 전 일이다. 그땐 아버지도 아직 살아계신데다 집안 형편도 넉넉해서 나는 어엿한 도련님이었다. 그 해는 우리집이 큰 제사를 지낼 차례였다. 이 제사로 말하면 30년 만에 한 번 돌아오는 것이기 때문에 대단히 정중한 것이었다. 정월에 조상의 상(像)에 제사를 지내는데, 제물도 퍽 많고 제기도 잘 갖추며 제관도 무척 많아서 제기를 도둑맞지 않도록 경계할 필요가 있었다. 우리집에는 망유에(忙月)가 단 한 명 있었다(우리 고향에선 남의 일을 해 주는 사람을 세 가지로 구분한다. 1년 동안 집에서 일하는 사람을 창니엔(長年)이라 부르고, 그날 그날 남의 일을 해주는 품팔이꾼을 뚜안꿍(短工)이라 하며, 자기도 농사를 지으면서 과세할 때나 단오절을 지낼 때 도조를 거둘 때에만 정한 집에서 일하는 사람을 망유에(忙月)라 한다). 그는 너무

나도 바쁜 탓으로 그의 아들 룬투에게 제기를 건사하게 하는 것이 좋겠다고 아버지에게 말했다.

우리 아버지는 그것을 허락하셨고, 나도 무척 기뻐했다. 나는 벌써부터 룬투라는 이름을 들었었고, 또 그는 나와 같은 또래라는 걸 알았기 때문이다. 그는 윤달에 나서 오행(五行) 중의 토(土)가 빠졌기 때문에 그의 아버지가 룬투라고 불렀다고 한다. 그는 덫을 놓아 참새를 잘 잡았다.

그래서 나는 날마다 설날을 기다렸다. 설날이 되면 룬투가 온다. 드디어 연말이 되었다. 어느 날 어머니께서 룬투가 왔다고 일러 주셔서 나는 바로 뛰어나가 보았다. 그는 때마침 부엌에 있었다. 붉고 둥근 얼굴에 머리에는 조그마한 털모자를 쓰고 목엔 번쩍번쩍하는 은목걸이를 하고 있었다. 이것으로 보더라도 그의 아버지가 아들을 무척 사랑하고 있다는 것을 알 수 있었다. 그가 죽을까 봐 신령과 부처님 앞에 기도하고 목걸이를 걸어 줘서 그를 보호하는 것이다. 그는 사람을 보면 퍽 수줍어했으나 곁에 사람이 없을 때는 나에게 거침없이 말을 걸었다. 한나절도 못 되어서 우리는 곧 친해졌다.

우리가 그때 무슨 이야기를 했는지는 기억나지 않으나 다만 룬투가 매우 기뻐했으며, 성내에 와서 여러 가지 못 보던 것을 보았다고 말한 것만은 똑똑히 기억하고 있다.

그 이튿날 나는 그에게 새를 잡아 달라고 했더니 그는 이렇게 말했다.

"그건 안 돼. 눈이 많이 와야지. 우리 동네에선 모래밭에 눈이 오면 한군데를 쓸고 커다란 대삼태기를 짧은 막대기로 받쳐 놓고 쌀겨를 뿌려 놓는단다. 그랬다가 새들이 와서 먹을 때쯤, 먼발치에서 작대기에 비끄러맨 줄을 당기면 그 새들은 그만 대삼태기에 갇히고 말지. 무슨 새든지 다 있어. 참새, 잣새, 비둘기, 파랑새……."

나는 그래서 눈 오기를 기다렸다.

룬투는 또 나에게 말했다.

"지금은 너무 춥지만 너 여름에 우리 동네에 와 봐라. 우리들은 낮에는 바닷가로 조개껍질을 주우러 간단다. 빨간 것, 파란 것, 도깨비조개, 관음(觀音) 손조개도 다 있어. 밤이면 나는 아버지하고 수박밭을 지키러 가는데 너도 가자."

"도둑을 지키니?"

"아니야. 길 가는 사람이 목이 말라 수박을 따먹으면 우리 동네에서는 도둑으로 치지 않는다. 지켜야 할 것은 너구리나 고슴도치, 차 같은 것이야. 달밤에 바스락바스락 소리가 나면 그것은 차가 수박을 갉아먹는 것인데, 그러면 작살을 들고 살금살금 걸어가서……."

나는 그때 차라는 것이 어떤 것인지 몰랐다——지금도 모르지만——다만 어렴풋하게 강아지같이 생긴, 아주 흉악하고 사나운 것으로 여겼었다.

"그놈이 사람을 물지는 않니?"

"작살이 있는데 뭐! 살금살금 다가가서 차를 보기만 하면 찌르는 거야. 그런데 그놈은 아주 약아서 도리어 사람한테 달려와 가랑이 밑으로 싹 빠져나가 버리는 거야. 그놈의 털은 기름처럼 매끄럽지……."

나는 이 세상에 이처럼 신기한 일이 많이 있는 줄은 그때까지 몰랐었다. 바닷가에는 이러한 오색의 조개껍질이 있고, 수박에도 이런 위험한 내력이 있을 줄이야! 나는 그때까지 수박은 과일전에서 파는 것으로만 알았을 뿐이다.

"우리 동네 모래밭에 조수물이 밀려올 때면 수많은 날치가 펄펄 뛴단다. 모두 청개구리처럼 다리가 두 개씩 달렸지……"

아아! 룬투의 가슴 속에는 무궁무진한 신기한 이야기가 가득차 있다. 모두가 내 주위의 동무들은 모르는 일이다. 그들은 이런 일을 모른다. 룬투가 바닷가에 있을 때 그들은 나처럼 안마당에서 높은 담으로 둘러싸인 네모진 하늘만 쳐다봤을 뿐이다.

섭섭하게도 설은 지나갔다. 룬투는 집으로 돌아가지 않으면 안되게 되었다. 나는 응석을 부려 큰소리로 엉엉 울었다. 그도 부엌에 숨어 울면서 나오려고 하지 않았다. 그러나 기어코 그의 아버지에게 끌려가 버렸다. 그는 후에 그의 아버지 편으로 조개껍질한 꾸러미와 썩 예쁜 새의 깃 몇 개를 나한테 보내왔다. 나도 두어번 그에게 물건을 보내 주었다. 그러나 그 후로는 다시 만나지 못하였다.

지금 어머니가 그의 이야기를 꺼내셨으므로 나는 이러한 어릴 적의 기억이 갑자기 번개처럼 되살아나 아름다운 내 고향을 앞에 본 것 같았다. 그래서 나는 대답했다.

"거 참 반가운 소식이군요. 그는…… 지금 어떻게 지냅니까?"

"그 사람? ……그 사람 형편도 말이 아닌가 보더라……"

어머니는 말씀하시면서 밖을 내다보셨다.

"누가 또 온 모양이다. 가구를 산다는 핑계로 오지만 우물쭈물

하다가 제멋대로 집어가 버리니까 내가 나가 봐야겠다."

어머니는 일어나 밖으로 나가셨다. 문 밖에서 몇 사람의 여자 목소리가 들렸다. 나는 훙얼을 불러 가까이 오라 하고 심심풀이로 그와 이야기를 했다.

"글씨를 쓸 줄 아니? 이사가는 게 좋니?"

"우리는 기차 타고 가요?"

"그래, 기차 타고 가지."

"배는요?"

"처음에는 배를 타고……."

"어머나! 이렇게 변했구려! 수염이 이렇게 자라고!"

갑자기 날카로운 소리가 들려왔다.

나는 깜짝 놀라서 얼른 고개를 들어보니 광대뼈가 쑥 나오고 입술이 얄팍한 50세 전후의 여인이 내 앞에 서 있다. 양손을 허리에 짚고 치마도 안 입은 채 두 다리를 벌리고 선 모양이 꼭 제도기구 중 다리가 가느다란 컴퍼스 같았다. 나는 깜짝 놀랐다.

"나를 몰라보겠수? 나는 그래도 곧잘 안아 주었는데!"

나는 더욱 놀랐다. 다행히 어머니가 들어오셔서 곁에서 말씀하셨다.

"애가 오랫동안 객지로 돌아다니느라고 모두 잊었나 보우. 너 생각 안 나니?"

하고 나를 향해 말씀하셨다.

"이이는 길 건너쪽의 양얼사오(楊二嫂) 아주머니다…… 누부집을 하던!"

아아, 나도 생각이 난다. 내가 어렸을 때 분명히 길 건너 두부집에 양얼사오라는 여인이 하루 종일 앉아 있었다. 사람들은 그녀를 두부 미인이라고 불렀었다. 게다가 그때에는 분을 하얗게 발랐고 광대뼈도 이처럼 쑥 나오지 않았었고 입술도 이렇게 얇지 않았으며 또 온종일 앉아 있었기 때문에 이러한 컴퍼스 같은 모습은 볼 수 없었다. 그때 사람들이 말하기를 그 여자 때문에 이 두부집의 장사가 잘 된다고 했다. 그러나 나는 나이가 어렸기 때문에 별 감정을 느끼지 못하고 까맣게 잊어버렸던 것이다. 그러나 컴퍼스는 대단히 불만인 듯 경멸하는 기색을 나타내며 프랑스 사람으로서 나폴레옹을 모르고 미국 사람으로서 워싱턴을 모르는 것을 비웃는 듯 코웃음치며 말했다.

"잊었수? 귀인은 눈이 높으시니까……"

"그럴 리가 있어요…… 저는……"

나는 당황하여 일어서며 말했다.

"그러면 내 좀 말하겠소. 쉰(迅) 도련님, 당신은 부자가 되었잖아요. 나르기도 불편할 텐데 이런 다 부서진 가구를 가져가 무엇에 쓰려우. 나나 주구려. 우리 가난한 사람들은 쓸 수 있으니."

"내가 부자가 되었다구요? 아닙니다. 나는 이런 것이라도 팔아야만 다시……"

"아이구, 세상에두! 당신은 도의 장관님이 되었다면서도 출세를 하지 않았다고요? 당신은 지금도 첩을 셋이나 두고 출입할 때는 팔인교(八人轎)를 타고 다니면서도 부자가 아니라구요? 흥, 무슨 소리로도 나는 못 속이우."

나는 말문이 막혀 입을 다물고 잠자코 서 있었다.

"하기는 부자가 되면 될수록 인색해진다더니. 인색하니 더 부자가 될 수밖에……."

컴퍼스는 성이 나 돌아서서 나불나불 중얼거리다가 어슬렁어슬렁 밖을 향해 걸어나갔다. 나가는 결에 어머니의 장갑을 허리춤에 쑤셔넣고 가 버렸다. 그 후에도 또 집 근처의 일가 친척들이 나를 찾아왔다. 나는 그들을 접대하면서 틈틈이 짐을 꾸렸다. 이렇게 3, 4일이 지나갔다.

룬투가 온 것이다. 나는 첫눈에 바로 룬투인 줄을 알았으나 내 기억 속의 룬투는 아니었다. 그는 키가 곱은 더 자랐고, 그전의 붉고 둥글던 얼굴은 이미 누렇게 변했으며, 그 위에 깊숙한 주름살이 있었다. 눈도 그의 아버지와 비슷하였으나 언저리가 모두 부어서 불그레했다. 바닷가에서 농사짓는 사람들은 온종일 바닷바람을 쐬서 대개가 이렇게 되는 줄은 나도 알고 있다. 그는 머리에는 낡은 털모자를 쓰고 몸에는 아주 얇은 솜옷을 입었을 뿐이었다. 추워서 그는 전신을 떨고 있었고 손에는 종이 봉지와 긴 담뱃대를 들었는데, 그 손도 내가 기억하고 있던 붉고 통통하게 살찐 손은 아니었다. 굵다랗고 거칠고 갈라진 게 마치 소나무 껍질 같았다.

나는 이때 매우 흥분했었으므로 무어라고 말해야 좋을지 몰라 그저 나오는 대로 외쳤다.

"아아! 룬투 형…… 왔구려……."

연달아 많은 말들이 염주처럼 무엇인가 꽉 막힌 것처럼 그 말들은 머릿속에서만 뱅뱅 돌 뿐 입 밖으로 튀어나오지는 않았다.

그는 우뚝 서 있었으나 표정에는 기쁨과 쓸쓸함이 나타나 있었다. 입술이 움직이고 있었으나 말은 되지 않았다. 그는 태도가 공손해지더니 이윽고 끝에 가서 이렇게 말했다.

"나으리!"

나는 소름이 끼치는 것 같았다. 우리들 사이에는 슬프게도 두터운 장벽이 가로막혀 있음을 나는 깨달았다. 그리하여 나도 말을 못 했다.

그는 머리를 돌려,

"수이성(水生)! 나으리께 절해라."

하고 뒤에 숨어 있던 아이를 끌어냈다. 이 아이야말로 20년 전의 룬투와 꼭 같았다. 다만 얼굴빛이 누렇고 파리하고 목에 은목걸이가 없을 뿐이었다.

"이놈이 다섯째 아이올시다. 집 밖을 모르는 아이라 수줍어하지요……"

어머니와 홍얼이 2층에서 내려왔다. 아마 우리들 말소리를 들으셨던 모양이다.

"마님! 편지는 벌써 받았습니다. 저는 어찌나 기뻤던지 나으리가 돌아오신다고 해서……"

룬투가 말했다.

"아니 왜 그렇게 어색해하나. 자네들, 전에는 형이니 아우니 부르지 않았었나? 그전처럼 쉰(迅)이라고 부르게."

어머니는 기분이 좋아서 말씀하셨다.

"원, 마님도 참…… 그런 법이 어디 있습니까? 그때는 철부지라 아무것도 몰라서……"

룬투는 이렇게 말하면서 수이성에게 절을 시키려고 하였으나 그 아이는 더욱 부끄러워하며 룬투의 등뒤로 찰싹 달라붙었다.

"얘가 수이성인가? 모두 낯선 사람들이니까 서먹서먹해하는 것도 무리가 아니지. 홍얼, 저 아이하고 나가 놀아라!"
하고 어머니는 말씀하셨다.

홍얼은 이 말을 듣고 바로 수이성한테 손짓을 하자 수이성도
선뜻 그와 함께 나가 버렸다. 어머니가 룬투에게 앉으라고 권했다.
그는 한참 망설이다가 겨우 앉으며 긴 담뱃대를 탁자에 기대 세
우고는 종이봉지를 꺼내 놓으며 말했다.

"겨울이라 아무것도 없습니다. 얼마 안 됩니다만 이 청대 콩은
제 집에서 농사 지은 거라 나으리께……"

나는 그에게 사는 형편을 물었다. 그는 머리를 흔들며 말했다.

"아주 엉망입니다. 여섯째 놈까지 거들어 주기는 하지만 입에
풀칠하기도 바쁩니다…… 또 세상도 시끄럽고…… 오나가나 돈은
뜯기죠, 법도 믿을 수 없고…… 농사도 시원찮습니다. 농사를 지어
팔러 가면 몇 번씩 세금을 바쳐야 하니 본전까지 잘리고, 그렇다
고 안 팔자니 또 썩기만 합니다그려……"

그는 그저 머리만 흔들었다. 얼굴에는 많은 주름살이 새겨져 있
었으나 조금도 움직이질 않아 마치 석상(石像) 같았다. 그는 아마
쓰라림을 느끼기는 해도 표현하질 못하겠는지 잠깐 말이 없다가
담뱃대를 들고 묵묵히 담배를 피웠다.

어머니가 물으니 그는 집의 일이 바빠서 내일 곧 가 봐야 한다
는 것이었다. 또 아직 점심도 안 먹었다고 하므로 직접 부엌에 가
서 밥을 볶아 먹도록 해 주었다.

그는 나갔다. 어머니와 나는 그의 형편을 개탄했다. 아이들은 많
고 흉년에다 가혹한 세금·병정·도둑·관리·양반…… 이 모든
것이 그를 괴롭혀 멍텅구리로 만들었다. 어머니는 나에게 가지고

갈 만한 물건이 못 되는 것들은 그의 마음대로 골라 가도록 하자고 말씀하셨다.

오후에 그는 몇 가지 물건을 골라냈다. 긴 탁자가 두 개, 의자가 네 개, 향로와 촛대가 한 쌍, 큰 저울 하나, 그리고 짚재도 모두 달라고 했다(우리 고향에서는 밥을 지을 때 짚을 때는데, 재는 모래땅의 좋은 비료가 된다). 우리가 떠나갈 때 그는 배를 가지고 와서 실어가겠다고 하였다.

밤에 우리들은 또 세상 이야기를 했으나 모두가 밑도 끝도 없는 이야기뿐이었다. 다음 날 아침 그는 수이성을 데리고 돌아갔다.

그로부터 아흐레가 지나 우리들이 떠나는 날이 되었다. 룬투는 아침에 왔다. 수이성은 데리고 오지 않고 5살 먹은 계집아이를 데리고 와서 배를 지키게 하였다. 우리는 하루 종일 바빠서 이야기할 틈도 없었다. 손님도 적지 않았다. 전송하러 온 사람도 있었고, 물건을 가져가려고 온 사람도 있었으며, 전송 겸 물건을 가지러 온 사람도 있었다. 저녁나절 우리들이 배에 오를 무렵에는 이 묵은 집에 있던 깨지고 낡은 크고 작은 물건들이 이미 하나도 남지 않고 깨끗이 치워졌다.

우리가 탄 배는 앞으로 나아갔다. 양쪽 언덕의 푸른 산들은 황혼 속에서 모두 검푸른 빛으로 변하여 연달아 뱃고물쪽으로 사라졌다.

훙얼은 나와 함께 선창에 기대서서 밖의 어슴푸레한 풍경을 바라보고 있다가 갑자기 묻는 것이었다.

"큰아버지, 우리는 언제나 돌아오나요?"

"돌아오다니? 너는 왜 아직 가지도 않아서 돌아올 생각부터 하니?"

"그렇지만 수이성이 나한테 제 집에 놀러 오라고 그랬는데 뭐……."

훙얼은 크고 새까만 눈동자를 뜨고 멍하니 생각에 잠겼다.

어머니도 나도 모두 어리둥절해졌다. 그래서 또 룬투 이야기를 끄집어냈다. 어머니 말씀은 그 두부 미인이라는 양얼사오가 짐을 꾸리기 시작할 때부터 날마다 찾아오더니, 그저께는 잿더미 속에서 대접과 접시를 10여 개나 들춰내고는 이러쿵저러쿵 따지면서 이것은 룬투가 감춰둔 것으로 그가 재를 실어갈 때 함께 가지고 가려던 것이 틀림없다고 했다는 것이다. 그리곤 이것을 발견한 것은 자기의 공이라며 개잡이〔狗氣殺 : 우리 고향에서 양계하는 기구인데, 목판 위에 우리를 치고 안에 모이를 담아 주면 닭은 목을 들이밀고 쪼아 먹을 수 있지만 개는 먹을 수 없으므로 바라만 보다가 지쳐 죽는다는 데서 생긴 이름이다〕를 가지고 나는 듯 달아났는데, 그 작은 발에 굽높은 신을 신고도 바람처럼 사라졌다는 것이다.

옛집은 나와 점점 멀어져 간다. 그러나 나는 아무런 미련도 갖지 않았다.

나는 다만 내 주위를 눈에 보이지 않는 담이 둘러싸서 나를 고독하게 만드는 것을 느끼고 몹시 마음이 괴로웠다. 저 수박 밭에서 은목걸이를 걸고 있던 소영웅(小英雄)의 그림자가 전에는 아주 뚜렷하더니 지금은 갑자기 어슴푸레해져 이것이 또 나를 몹시 슬프게 했다.

어머니와 훙얼은 잠이 들었다.

나는 드러누워 뱃전에 철썩철썩하는 물소리를 들으면서 이제 나의 갈길을 가고 있음을 깨달았다. 나는 생각했다.

　나와 룬투는 결국 이처럼 거리가 멀어져 버렸으나 우리의 후손들은 같은 기분이리라. 흥얼은 지금 수이성을 그리워하고 있지 않은가? 나는 그들이 나같이 되지 말고, 또 모든 사람이 서로 사이가 멀어지지 말기를 바란다…… 그러나 나는 또 그들이 나처럼 괴로움에 쫓기는 생활을 하는 것도 또 룬투처럼 괴로움에 마비된 생활을 하는 것도 원하지 않는다.

　그들에게는 우리들이 아직 경험해 보지 못한 새로운 생활이 있어야만 한다.

　희망이라는 것에 생각이 미쳤을 때 나는 갑자기 두려워졌다. 룬투가 향로와 촛대를 달라고 했을 때 난 그가 우상을 숭배하여 언제까지고 잊어버리지 못하는구나 하고 마음 속으로 비웃었다. 그러나 내가 지금 말하는 희망이란 것도 나 자신이 손으로 만든 우상이 아닐까? 다만 그의 소원은 가장 가까운 데 있고, 나의 소원은 아득하고 먼 데 있을 뿐이다.

　나는 몽롱해져 있었다. 눈앞에는 해변의 초록빛 모래땅이 전개되었고, 그 위의 진한 쪽빛 하늘에는 황금빛 둥근 달이 걸려 있었다.

　나는 생각한다. 희망이라는 것은 원래 있는 것이라 할 수도 없거니와 없는 것이라고 할 수도 없다. 그것은 마치 땅 위의 길과 같은 것이다. 실상 땅 위에 본래부터 길이 있는 것은 아니다. 다니는 사람이 많아지면 곧 길이 되는 것이다.

타고르
(Rabīndranāth Tagore : 1861~1941)

　인도의 세계적인 시인·철학자·극작가·작곡가인 타고르는 벵골 명문의 대성(大聖)이라 불리는 아버지 데벤드라나트의 15명의 아들 중 14째 아들로 캘커타에서 태어났다. 타고르 가(家)는 벵골문예부흥의 중심이었고 그런 분위기 속에서 자란 그는 11세경부터 시를 썼다. 1877년 영국에 유학하여 법률을 공부하며 유럽 사상과 친숙하게 되었으며 산문·희곡·평론 등을 써서 인도의 각성을 촉구하였다.

　1913년에 시집 《기탄잘리》로 아시아에서는 처음으로 노벨 문학상을 받아 세계에 알려졌다. 그는 세계 각국을 순방하면서 동서문화의 융합에 힘썼고 교육과 인도의 독립운동에도 헌신하였다. 그는 시뿐만 아니라 소설·희곡·평론·작곡에도 능했는데 그가 작사·작곡한 〈자나 가나 마나 Jana Gana Mana〉는 인도의 국가가 되었다.

　또한 그는 우리나라를 소재로 2편의 시 〈동방의 등불〉, 〈패자(敗者)의 노래〉를 썼다.

아기 도련님

1

라이챠란이 주인집에 하인으로 들어왔을 때는 나이가 12살이었다. 그는 주인과 같은 계급에 속해 있었으나 집안의 몰락으로 들어오게 된 것이었다. 주인은 그에게 어린 아들을 길러 달라고 맡기었다. 어느덧 세월이 흘러 소년은 라이챠란의 품을 떠나 학교를 갔다. 그리고 또 대학을 진학하였고, 대학을 마친 뒤에는 사법계(司法界)에 나가 일을 보게 되었다.

결혼할 때까지는 라이챠란이 유일한 그의 시종이었다.

그러나 아누쿨이 결혼한 후로는 라이챠란에게 주인이 한 분 더 생긴 셈이었다. 아누쿨에게 기울이던 정성은 이 새로 온 부인에게 옮겨 가게 되었는데 그것은 부인이 이 집에 들어온 날부터 비롯되었다. 아누쿨은 아들을 하나 낳았다. 그리하여 라이챠란은 그의 아낄 줄 모르는 성의로써 곧 이 아이를 보살폈다.

그는 어린애를 늘 품에 안아 흔들어 올리고는 어울리지 않게 어린애 말을 흉내내어 부르곤 하였다. 그리고 어린애 얼굴에다 자기 얼굴을 비비고는 다시 웃으면서 떼놓는 것이었다.

어린애는 곧 기어다니고, 문지방을 넘을 수 있게 되었다. 라이챠란이 잡으러 가면 심술궂게 웃고 소리를 지르면서 붙잡히지 않으려고 달아나는 것이었다. 그는 아기의 재롱을 보면서 그 영리함에 감탄하여 여주인에게 진지한 표정으로 이렇게 말하곤 했다.

"아기는 장차 훌륭한 판사님이 되겠습니다."

새로운 기적들이 찾아왔다. 아기가 아장아장 걷기 시작하는 것도 라이챠란에게 있어서는 한 획기적인 사건처럼 생각되었다. 아기가 아버지를 빠빠라고 부르고 어머니를 마마라고 부르며 라이챠란은 챤나라고 부를 때, 라이챠란의 기쁨은 이루 말할 수가 없었다. 그는 이런 변화를 아는 사람들에게 모두 들려 주었다.

라이챠란은 아기와 함께 여러 가지 재주를 부리지 않으면 안되었다. 예를 들면 그는 입에 고삐를 물고 발로 뛰어나가며 말노릇을 해야 했으며, 또 아기와 씨름을 해야 했다. 따라서 만일 이 아기 씨름꾼의 기술에 의하여 마침내 졌는데, 나자빠질 수가 없을 때는 아주 큰 고함을 들어야 했다.

그 무렵 아누쿨은 파드마 강둑에 있는 한 지방으로 전근을 가게 되었다. 캘커타를 지나가는 도중에 그는 아들에게 사뗑의 조끼도 사 주었고, 금술을 단 모자며, 몇 개의 팔찌와 발목 장식도 사 주었다. 라이챠란은 아기와 산책할 때면 으레 이러한 것들을 꺼내서 어린아기에게 입히고 뽐내며 산책을 하는 것이었다.

그러자 장마철이 왔다. 날이면 날마다 비가 억수로 퍼부었다. 거창한 뱀과도 같이 굶주린 강은 높은 집들이며 마을이며 논밭을 삼켜 버리고, 그 홍수로 큰 풀들이며 사주(砂洲)에 서 있는 목황마(木黃麻)들을 뒤덮어 놓았다. 이따금씩 강둑이 무너지느라고 쾅하는 소리가 났다. 큰 강의 끊임없는 함성은 아주 멀리서도 들려왔다. 급히 밀고 내려가는 수많은 거품 떼들은 강물의 빠름을 역력히 보여 주었다.

드디어 오후에 비가 개었다. 날씨는 구름이 끼었지만 냉랭하고 상쾌하였다. 라이챠란의 어린 독재자는 이런 오후에 들어앉아 있고 싶지가 않았다. 아기 도련님께서는 수레로 기어들어갔다. 라이챠란도 손잡이 사이에 들어가 천천히 강둑의 논에 이를 때까지 끌고 나갔다. 들에는 사람 하나 없고 강에는 배 한 척 없었다. 강 건너 저편에는 구름이 서편을 향해 갈라지고 있었다. 지는 해의 조용한 의식은 불타 오르는 찬란한 광명 속에 나타났다. 이 고요한 경지에서 어린애는 불현듯이 손가락으로 자기 앞을 가리키며,

"찬나, 예쁜 꽃."

하고 소리를 질렀다.

강둑 가까이에 있는 카담바 나무에 꽃이 만발해 있었다. 아기 도련님은 탐내는 눈으로 꽃을 쳐다보았다. 그래서 라이챠란은 아기의 뜻을 알 수가 있었다. 바로 조금 전에 그는 꽃뭉치로 조그만 수레를 만들어 주었었다. 그랬더니 어린애는 이것을 끈으로 매서 아주 재미있게 끌고 다녔기에, 라이챠란은 온종일 고삐로부터 해방되었다. 그는 말에서 호위하는 사람으로 승진이 된 셈이었다.

그러나 라이챠란은 이날 저녁에는 진흙 속을 무릎까지 철벅이며 꽃을 찾아가고 싶은 생각이 없었다. 그래서 그는 재빨리 맞은 편을 손으로 가리키며 이렇게 소리쳤다.

"아, 저것 봐요, 아가, 저 새 좀 봐요."

그러면서 온갖 괴상한 소리를 다 내며 그는 나무로부터 재빨리 수레를 밀고 갔다.

그러나 장차 판사가 될 팔자를 타고난 어린애는 그리 쉽사리 포기할 리가 없었다. 더구나 그날따라 어린애의 눈을 끄는 것은 아무것도 없었다. 그리고 또 거짓 새소리가 언제까지나 어린 주인을 속일 수는 없었다.

어린 주인의 마음이 움직이지 않는 데다가 라이챠란의 지혜도 바닥이 드러나고 말았다. 할 수 없이 "좋아, 아가야." 하고 그는 말하였다.

"수레에 가만히 앉아 있어요. 그러면 내가 가서 예쁜 꽃을 꺾어 올 테니. 정말 물가에 가까이 가지 않도록 조심해야 해."

이렇게 말을 하며 그는 무릎까지 바짓가랑이를 걷었다. 그리고는 질퍽질퍽하는 진흙 속을 걸어 나무 있는 데로 건너갔다.

라이챠란이 떠나간 순간에 어린 주인은 수레에서 내려서는 가지 말라는 물쪽을 향해 갔다. 아기는 물이 흘러 내달리는 것을 보았다. 마구 흘러가는 물결은 마치 말 안 듣는 수많은 어린애들이 웃음 소리를 내며 어느 더 큰 라이챠란한테서 달아나는 것같이 보였다. 이들의 장난을 보자 어린애의 마음은 흥분되고 또 불안하였다. 아기는 강으로 아장아장 걸어갔다. 가다가 그는 조그만 막대기를 집어 강둑 너머로 기울이고 낚시질 흉내를 내었다. 장난꾸러기 강의 요정들은 그 신비스러운 목소리를 내며 어린애를 자기들 놀이터로 초대하는 듯이 보였다.

라이챠란은 나무에서 꽃을 한움큼 꺾어서 옷자락에다 담아 가지고 돌아오며 얼굴에 주름잡힌 미소를 띠었다. 그런데 수레에 와 보니 어린애가 없지 않은가? 수레 뒤를 보아도 어린애가 간 곳은 없었다.

처음 겁이 나는 순간은 피가 오싹 얼어붙는 것 같았다. 눈앞의 온 누리가 마치 어두운 안개와도 같이 헤엄을 치고 도리질을 하는 것이었다. 찢어진 가슴속 깊이 째는 듯한 고함이 일었다.

"아가, 아가, 아가야."

그러나 "챤나." 하는 대답 소리가 도무지 들리지 않았다. 심술궂게 웃으며 대꾸하는 어린애도 없었다. 자기가 돌아왔다고 좋아하는 어린애의 외마디 소리도 없었다. 오직 강만이 철벅이고 콸콸거리는 소리를 내며 여전히 흘러가고 있었다——마치 강은 아무것도 모르고, 또 어린애 하나 죽는 따위의 사소한 일에는 참견할 여유도 없다는 듯하였다.

저녁이 지나감에 따라 라이챠란의 안주인은 몹시 불안하였다. 그녀는 사람을 보내어 사방팔방으로 찾아보았다. 모두들 초롱을 들고 나가서 마침내 파드마 둑까지 가 보았다. 거기에 가 보니 라이챠란이 들판을 이리저리 헤매며 마치 폭풍과도 같이 절망적인 비명으로 이렇게 소리치고 있었다.

"아가, 아가, 아가야!"

이윽고 이들이 라이챠란을 데려오자 라이챠란은 안주인의 발밑에 엎드려 넘어졌다. 모두들 그를 뒤흔들며 질문을 하였다. 어린애를 어디다 두었는지 거푸 물었다. 그러나 오직 그가 말할 수 있는 것은 자기는 도무지 모르겠다는 것뿐이었다.

누구나가 파드마 강이 어린애를 삼켜 버렸다는 생각을 하였지만 그들에게 한 가지 의혹이 머리를 스쳐갔다. 그것은 이날 오후에 집시 한떼가 마을 밖에서 보였으므로 의심은 자연 그들에게 갔다. 어머니는 미칠 듯이 슬펐기에 라이챠란 자신이 어린애를 훔쳐간 것이 아닌가 하고 생각하는 정도에까지 이르렀다. 그녀는 라이챠란을 조용히 불러서 애타게 간청을 하며 이렇게 말하였다.

"라이챠란 영감, 내 아이를 돌려주세요. 오, 내 자식을 돌려주세요. 돈은 달라는 대로 주겠으니 내 자식만은 돌려주세요!"

라이챠란은 오직 이마를 치며 대답을 다시 할 뿐이었다. 여주인은 그를 나가라고 하였다. 아누쿨은 아내가 부당한 의심을 품는 것을 보고 아내를 타이르고자 애서 보았다. 그리고 이렇게 항의도 해 보았다.

"도대체 무엇 때문에 그가 그런 죄를 저질러야 한단 말이오!"

그러면 아내는 오직 이렇게 대답할 뿐이었다.

"애기가 금패물을 몸에 지니고 있었거든요. 누가 아나요?"

그 후로는 아내를 타이를 도리가 없었다.

2

라이챠란은 자기 고향의 마을로 돌아갔다. 이때까지 그에게는 아들이 없었고, 또 이제는 어린애가 태어날 수도 없었다. 그러나 그 해가 다 갈 무렵에 자기 아내가 아이를 낳고는 그만 세상을 떠났다.

처음에 갓난애를 보자 라이챠란의 가슴에는 억누를 길 없는 감정이 솟아올랐다. 그의 마음 뒤에는 어린 주인 대신에 태어난 것 같은 생각이 들었다. 그는 또한 생각하기를 주인의 어린 아기에게 일이 일어난 후에 자기만이 자식을 낳아 가지고 행복을 누린다는 것은 무서운 죄가 되리라고 생각하였다. 사실 갓난애의 어미 노릇을 하는, 홀로 된 누이가 아니었던들 어린애는 오래 살지 못하였을 것이다.

그러나 라이챠란의 마음에 차차 변화가 생겼다. 신기한 일이 생겼다. 이 어린아이는 차츰 기어다니고 얼굴에 장난기를 띠며 문간을 넘나들기 시작했다. 이놈도 역시 살살 피하는 데는 놀랍게도 영리한 재주를 보였다. 그 목소리며 웃는 소리, 눈물, 몸짓이 모두 주인 아기와 같았다. 어느 땐가 울음 소리를 듣고 있자니까 갑자기 그의 심장이 방망이질을 치기 시작했다. 마치 그 옛날의 주인 아기가 어디선가 알지 못할 저 세상에서 챤나를 잃어버렸다고 울고 있는 듯하였다.

파일라(이것이 갓난애에게 라이챠란의 누이가 지어 준 이름이었다)는 말을 빨리 시작하였다. 역시 갓난애 말소리로 빠빠, 마마 소리를 배웠다. 라이챠란의 귀에 익은 이 소리를 듣자 갑자기 그 수수께끼가 풀리는 듯했다. 주인 아기는 챤나를 잊지 못하여 그의 집에 다시 태어난 것이다. 그가 이렇게 생각하는 데에는 그럴 만한 이유가 충분히 있었다.

첫째, 새 아기는 그의 주인 아기가 죽은 후에 곧 태어났다.
둘째, 자기 아내는 중년에 가서 아들을 낳을 만한 공덕을 쌓을 리가 없었다.

셋째, 이 어린아이가 아장아장 걸으며 그 옛날 주인 아기와 같이 빠빠, 마마 소리를 한다.

넷째, 장차 판사로서 이름을 내는 데 부족할 아무런 흠도 없다.

그러자 라이챠란은 갑자기 그 안주인의 무서운 비난이 머리에 떠올랐다. "아아"하고 그는 놀라며 혼자 중얼거렸다.

'그 안주인의 생각이 옳았다. 그분은 내가 그 아이를 훔친 것을 알고 있었구나.'

그는 한번 이러한 결론을 내리자 과거의 소홀함에 대한 가책으로 가슴이 아파왔다. 그래서 갓난아기에게 몸과 마음을 모두 바쳐 헌신적인 시종이 되었다. 마치 부잣집 자식이나 다름없이 아기를 정성들여 기르기 시작하였다. 수레도 사고, 사뗑 노란 조끼도 사고, 금으로 수를 놓은 모자도 샀다. 죽은 아내의 패물을 녹여서 팔찌도 만들고 발목 장식도 만들었다. 이웃에 있는 어느 어린애와도 함께 놀지를 못하게 하고 자기 스스로가 유일한 동무가 되어 밤이나 낮이나 시중을 들었다. 아기가 자라 소년이 되었으나, 너무도 귀염을 받고 자라서 버릇이 없고, 너무 화려하게 했으므로 동네 아이들은 이 아이를 '도련님'이라고 부르며 놀렸다. 또 어른들은 라이챠란이 자식을 지나치게 위하는 것을 보고 미친 사람이라고 하였다.

이윽고 소년이 학교에 갈 시기가 찾아왔다. 라이챠란은 조그만 땅덩이를 팔아 가지고 캘커타로 갔다. 거기서 하인으로 극히 어려운 일을 하며 파일라를 학교에 보냈다. 그는 자식에게 최고의 교육을 받게 하고, 최고의 음식과 옷을 주기 위해서는 고통을 마다

하지 않았다. 한편 자기는 겨우 한 주먹 밥으로 연명을 해 가면서 마음속으로는 늘 이렇게 말하였다.

'아! 내 주인 아기여, 그리운 주인 아기여, 네가 나를 몹시도 따라서 내 집을 다시 찾아왔구나. 내 다시는 너를 고생시키지 않으련다.'

이렇게 하여 열두 해가 지나갔다. 소년은 읽기도 쓰기도 모두 잘할 수 있게 되었다. 총명하고도 건강하고 또 잘생겼다. 그는 자기의 용모에 대해서 크나큰 관심을 보였는데, 특히 머리를 빗는 데는 몹시 정성을 들였다. 또 사치를 일삼으며 돈을 마구 썼다. 라이챠란을 전혀 아버지라고 생각할 리가 없었다. 왜냐하면 애정에 있어서는 아버지의 정을 띠었지만 하인처럼 아들의 시중을 들었기 때문이었다. 파일라가 기숙하고 있는 기숙사 학생들은 라이챠란의 촌뜨기 태도를 몹시 재미있어 하였다. 파일라는 아버지의 등 뒤에서 동무들의 놀림에 합세하였다. 그러나 학생들은 마음속으로는 모두들 이 순진하고 마음 착한 노인을 좋아하였고, 또 파일라 역시 라이챠란을 몹시 좋아하였다. 그러나 앞에 말한 바와 같이, 파일라는 그를 일종의 아랫사람을 대하는 마음으로써 좋아하였다.

라이챠란이 점점 늙어감에 따라 고용주는 그의 무능함을 자꾸 트집을 잡았다. 그는 아들 때문에 자신은 굶주리고 있었다. 그래서 몸은 점점 쇠약해지고 더 이상 일을 할 수가 없게 되었다. 물건을 잊기를 잘하고 정신은 아둔해지고 흐려지는 것이었다. 그러나 고용주는 그에게서 힘센 일꾼의 노동력을 기대하는 까닭에 더는 용납하려고 하지 않았다. 땅을 팔아서 가지고 온 돈도 다 써 버렸다.

3

라이챠란은 결심을 하였다. 하인 노릇을 하던 일자리를 포기하고 파일라에게 약간의 돈을 주며 이렇게 말했다.

"나는 내 시골집에서 할 일이 있다. 그러나 곧 돌아오마."

그는 곧 아누쿨이 치안 판사 노릇을 하고 있는 바라세트로 가 보았다. 아누쿨의 부인은 여전히 슬픔으로 기운이 없었다. 그녀는 아이를 더 낳지 못하였다.

어느 날 아누쿨은 법정에서 길고 지루한 시간을 보내고 해가 진 뒤에 뜰에서 쉬고 있었다. 그의 부인은 동냥하는 협잡꾼한테서 엄청난 값으로 약초를 사고 있었다. 그 약초가 아이를 낳게 해준다고 호언장담을 하고 있었다.

그때 뜰에서 인사말이 들려 왔다. 아누쿨은 누가 왔나 나가 보았다. 라이챠란이었다. 아누쿨의 마음은 그 옛날 늙은 하인을 보자 이제는 누그러졌다. 그는 이것저것 물어보고는 다시 와서 일을 보아달라고 제의하였다.

라이챠란은 힘없이 미소를 띠며 이렇게 대답하였다.

"저는 안주인 마님께 인사를 여쭈러 왔습니다."

아누쿨이 라이챠란을 데리고 집으로 들어가니 안주인은 옛날 주인으로서 따뜻하게 맞아 주지를 않았다. 라이챠란은 눈치챘으나 양손을 마주잡고 이렇게 말하였다.

"마님의 아기를 빼앗아 간 것은 파드마가 아니었습니다. 바로 저였습니다."

아누쿨은 흥분해서 소리를 질렀다.

"아니 저런! 그애가 그래 어디 있는가?"

라이챠란은 대답하였나.

"저하고 같이 있습니다. 모레 제가 데리고 오겠습니다."

일요일이었다. 치안 판사의 법정도 개정(開廷)되지 않았다. 두 내외는 큰 기대를 하고 길을 내다보며 이른 아침부터 라이챠란이 나타나기만 고대하고 있었다. 10시가 되자 그는 파일라의 손을 이끌고 왔다.

아누쿨의 부인은 채 물을 새도 없이 소년을 무릎에 앉히고 흥분으로 미칠 듯하였다. 울었다가 또 웃었다가 하며 소년을 어루만지는가 하며, 또 머리에 이마에 입을 맞추고 갈망하고 타오르는 눈으로 얼굴을 뚫어져라 쳐다보곤 하였다. 소년은 얼굴도 잘난 데다 옷도 신사의 자식답게 잘 입고 있었다. 아누쿨의 가슴은 갑자기 애정의 거센 물결로 넘쳤다.

그러나 역시 치안 판사인 그는 라이챠란에게 물었다.

"영감, 무슨 증거가 있소?"

라이챠란은 대답하였다.

"이런 일에 어떻게 증거를 찾아낼 수가 있겠습니까? 하느님만이 제가 댁의 아기를 훔친 줄을 알 것이지 세상 천지에 알 사람이 없을 것입니다."

아누쿨은 자기 아내가 열렬히 아이에게 매달리는 것을 보자 증거를 찾아낸다는 것이 쓸데없는 일이라는 것을 깨달았다. 믿는 것이 더 현명한 일이리라. 그리고 또——어디서 라이챠란과 같은 늙은이가 이런 아이를 얻어 올 수가 있겠는가? 왜 충실한 하인이 턱

없이 자기를 속이겠는가?

"그렇지만 라이챠란 영감은 여기에 머물러서는 안 됩니다."

하고 그는 엄중히 부언하였다.

"나리, 저는 그럼 어디로 가야 합니까?"

하고 라이챠란은 목이 메는 소리로 손을 마주잡고 말하였다.

"저는 늙었습니다. 누가 저를 하인으로 써 주겠습니까?"

안주인이 입을 열었다.

"머무르게 합시다. 우리 아이가 좋아할 거예요. 나는 용서했어요."

그러나 치안 판사로서 아누쿨의 양심은 그를 용서하려 들지 않았다.

"안 돼요, 그가 한 짓을 생각하면 용서할 수가 없소."

하고 그는 말하였다.

라이챠란은 땅에 엎드려 아누쿨의 발을 잡고 울부짖었다.

"나리, 저를 여기 있게 해주십시오. 그 짓을 한 것은 제가 아닙니다. 하느님의 짓입니다."

라이챠란이 책망을 신에게 돌리고자 하는 것을 들었을 때 아누쿨은 불끈 화가 치밀어 올랐다.

"안 돼, 나는 용서할 수가 없어. 나는 영감을 다시는 믿을 수가 없소. 영감은 배신 행위를 하였소."

하고 그는 말하었나.

라이챠란은 일어나서 이렇게 말하였다.

"이것은 제가 한 짓이 아닙니다."

"그러면 누가 했단 말이오?"

하고 아누쿨이 물었다.

"저의 팔자소관이지요."

하고 라이챠란이 대답하였다.

교육을 받은 사람이면 아무도 이러한 말을 믿을 리가 없었다. 아누쿨은 완고한 기세를 꺾지 않았다.

파일라는 자기가 부유한 치안 판사의 아들이요, 라이챠란의 아들이 아니었음을 알게 되자, 이제까지 타고난 권리를 사기당하였던 것을 생각하고 처음에는 화가 났었다. 그러나 라이챠란의 딱한 처지를 생각하고는 동정심이 솟아올라 그는 아버지에게 이렇게 간청하였다.

"아버지, 그를 용서해 주세요. 비록 우리와 같이 살게는 못할망정 매달 약간의 생활비는 받도록 해주세요."

이 말을 들은 뒤로는 라이챠란은 다시는 입을 열지 않았다. 그는 마지막으로 자식의 얼굴을 쳐다보았다. 그는 옛날 주인 내외에게 인사를 하였다. 그리고는 나가서 이 세상 무수한 사람들 속에 섞여 버렸다.

그 달이 다 가서 아누쿨은 그에게 약간의 돈을 보냈다. 그러나 돈은 되돌아왔다. 거기에는 라이챠란이란 이름을 가진 사람이 없었던 것이다.

삶이냐 죽음이냐

1

라니하트 제민달(대지주) 사라다산칼의 집에 사는 과부는 자기 친정 아버지 쪽으로 친척이라고는 하나도 없었다. 차례차례로 모두 세상을 떠났다. 또 시집에서도 자기 혈육이라고 부를 만한 사람은 남편도 자식도 하나 찾아볼 수가 없었다.

시동생인 사라다산칼의 어린아이만이 그녀가 가장 사랑하는 사람이었다. 이 아이를 낳고 그의 어머니는 오랫동안 병이 심하여 큰어머니뻘 되는 이 과부 카담비니가 그 아이를 맡아 길렀다.

여자가 남의 자식을 기르게 되면 그 자식에 대한 사랑은 더욱 더 깊어진다. 이는 자기가 그 자식에 대하여 권리 주장을 할 수가 없기 때문이다──즉 혈연을 주장할 권리는 없고 다만 사랑을 주장할 권리밖에 없다. 사랑이라는 것은 사회가 인정하는 어떤 문서상의 권리를 증명할 수 없을 뿐더러, 또 그것을 증명하기를 원하지도 않는다. 사랑은 다만 정열로 인생의 불확실한 보화를 사모할 뿐이다. 이처럼 이 과부의 깨어진 모든 사랑이 어린아이에게로 향하였다.

어느 날 저녁 스라반 카담비니가 갑자기 세상을 떠났다. 온 세상이 모두 제 길을 계속해서 가고 있는데 무슨 이유에서인지 이 여자 심장이 박동을 멈추었던 것이다. 오직 이 사랑에 굶주리던 조그맣고 얌전한 가슴에서만 세월의 시계가 멈추었다. 사람들은 경찰에게 시끄러운 소리를 듣지 않고자, 이 지주 댁 브라만 계급의 하인들 넷이서 식도 치루지 않고 시체를 끌어내어 화장을 하려고 하였다.

라니하트의 화장터는 이 마을에서 꽤나 멀었다. 거기 연못가에는 오두막이 하나 있고 큰 상인집이 근처에 하나 있을 뿐 아무것도 없었다. 지금은 아주 말라버렸지만, 전에는 냇물이 이곳으로 흘렀으므로 장례식을 올리는 데 쓰려고 물줄기 한 부분을 파서 연못을 만들었다. 사람들은 이 연못을 냇물의 한 부분이라 인정하고는 이를 몹시 숭배하였다.

시체를 오두막으로 나르고 네 하인은 나무가 오기를 기다렸다. 시간이 어찌나 걸리는지 네 사람 중의 두 사람은 안절부절못하면서 나무가 오는지 보러 나갔다. 니타이하고 구루챠란이 나간 후 비두와 바나말리는 남아서 시체를 지키고 있었다.

어두운 밤이었다. 별도 없는 하늘에는 무거운 구름이 떠돌고 있었다. 두 사나이는 어두운 밤에 말없이 앉아 있었다. 성냥도 초롱도 소용없었다. 성냥은 젖어서 아무리 애를 써도 켜지지가 않았고 초롱은 꺼져 버렸다. 오랫동안 말이 없다가 한 사람이 입을 열었다.

"여보게, 담뱃대를 가져왔더라면 좋았을 걸 그랬네. 너무 서두르느라고 아무것도 못 가져왔으니."

상대방이 이렇게 대답하였다.

"내가 뛰어가서 필요한 것을 모두 가져올 수가 있는데."

바나말리가 왜 가고 싶어하는지를 알아채고 비두는 이렇게 말하였다.

"그럴 테지. 그러면 그 동안 나 혼자 여기 앉아 있어야 한단 말인가?"

이야기는 다시금 중단되었다. 5분이 1시간이나 되는 듯하였다. 둘이는 마음속으로 나무를 가지러 간 사람의 욕을 하며, 아마도 그자들이 어느 구석에서 잡담을 하고 앉아 있을 것이라고 의심하기 시작하였다. 연못에서 끊임없이 들려오는 개구리와 귀뚜라미 우는 소리밖에는 다른 소리는 들리지 않았다. 그때 갑자기 이들은 침대가 가볍게 흔들리며 마치 시체가 돌아눕는 것 같은 환각을 느꼈다. 비두와 바나말리는 부들부들 떨며 이렇게 중얼거리기 시작하였다.

"람, 람."

그 방에서 깊이 한숨을 쉬는 소리가 들려왔다. 순간, 지키던 두 사람은 오두막을 뛰쳐나와 마을을 향해 달려갔다.

약 3마일을 달린 뒤에 이들은 초롱을 들고 오는 자기 동료들과 마주쳤다. 물론 그들은 담배를 피우러 갔던 것이었기에 나무에 대해서는 아무것도 생각지 않았다. 그러나 그들은 말하기를, 나무를 하나 베어 놓았으니까 쪼개면 곧 가져올 것이라고 하였다. 그러자 비두와 바나말리는 오두막에서 일어났던 일을 말하였다. 니타이와 구루챠란은 그런 소리 말라고 조롱했다. 그리고 비두와 바나말리에게 맡은 일을 하지 않고 떠났다고 화를 내며 꾸짖었다.

곧바로 네 사람은 모두 오두막으로 돌아갔다. 돌아와 보니 시체가 간 곳이 없었다. 남은 것은 텅 빈 침대뿐이었다. 넷은 아연 실색하여 서로 쳐다보았다. 승냥이가 송장을 끌고 갔을지도 모른다. 그러나 아무데도 옷을 찢어낸 흔적 하나 남아 있지 않았다. 밖으로 나가 보니 오두막 앞에 자기들이 모였던 진흙 위에는 부인의 조그만 발자국이 새로 나 있었다.

사라다산칼은 바보가 아니었다. 그러니 이들은 이 도깨비의 이야기를 그가 믿도록 이야기할 도리가 없었다. 그래서 여러 가지 의논을 한 끝에 네 사람은 결정하기를, 시체를 화장하였다고 말하는 것이 가장 좋겠다고 하였다.

동이 틀 무렵에 나무를 가지고 사람들이 오자 이들은 당신들이 늦게 와서 오두막에 남아 있는 나무로 그냥 일을 치러 버렸다고 말하였다. 아무도 이런 문제에 대해 물을 것 같지가 않았다. 왜냐하면 시체는 그리 귀중한 것이 아니니까 아무도 훔쳐갈 리는 없는 것이다.

2

인간이란 남모르게 세상에 태어났다가 언제 죽을지 모르는 존재인 것이다. 그러나 카담비니는 죽은 것이 아니었다. 오직 신체의 기관이 무슨 이유에서인지 갑자기 멈췄을 뿐이었다.

의식이 되돌아왔을 때, 이 부인은 사면이 짙은 어둠에 싸여 있다는 것을 알았다. 자기가 늘 있던 장소에 누워 있지 않다는 것을 알 수 있었다. 그녀는 "동생." 하고 불렀으나 어둠 속에서는 아무런 대답도 들려 오지 않았다. 공포에 사로잡혀 일어나 앉자, 자기의 임종이며, 가슴이 갑자기 아프던 것, 또는 숨막힐 듯한 감정 등이 되살아났다.

카담비니가 기절할 때 그녀는 어린애에게 먹일 우유를 데우고 있다가 침대에 엎드려 목메인 소리로 이렇게 말했다.

"동생, 그 아기를 이리로 데려오오. 나는 어찌해야 좋소."

공책에 잉크를 엎어버린 것같이 그 후로는 모든 것이 까맣게 되었다.

카담비니의 기억, 의식, 그리고 이 세상 책의 온갖 글자가 일순간에 형태를 잃고 말았다. 과부는 그 어린애가 사랑이 담긴 어여쁜 목소리로 마치 마지막이나 되는 듯이 자기를 '아줌마' 하고 불렀던 것도 같고 안 불렀던 것도 같아 기억이 희미했다. 그녀는 죽음의 끝없는 미지의 세계를 여행하고자 자기가 살던 세상을 떠날 때에, 그 침묵의 나라로 갈 사랑의 여비며 이별의 선물을 받았는지 어떤지도 기억할 수 없었다. 추측컨대 처음 그녀는 이 어둡고 외로운 장소가 야마(인도 신화의 염라대왕, 죽은 자를 심판함)의 집이라고 생각하였던 모양이다. 거기서는 보이는 것도, 들리는 것도, 하는 일도 없고 오직 영원의 감시가 있을 뿐이었다.

그러나 차고 축축한 바람이 열려진 문으로 불어 들어오고 개구리 우는 소리를 들었을 때에, 그녀는 일순간에 자기의 짧은 일생의 온갖 풍랑이 생생하게 머리에 떠올라 자기는 이 세상과 인연이 있음을 느낄 수 있었다. 그때 번갯불이 번쩍하자 그녀는 연꽃이며, 상인집이며, 큰 빌판에 멀리 서 있는 나무들을 보았다. 그녀는 또 자기가 보름달 밤에는 이 연못에 와서 멱을 감던 일을 기억했고, 화장터에서 시체를 보았을 때 그 죽음이란 얼마나 무섭게 보였던가 하는 것도 기억이 났다.

그녀의 머리에 처음으로 떠오른 일은 집으로 돌아가는 일이었다. 그러나 그녀는 이때 이렇게 반성하였다.

"나는 죽었다. 어떻게 집으로 돌아갈 수가 있겠는가? 그러다가는 사람들에게 화가 미치리라. 나는 삶의 나라를 떠났다. 나는 나 자신의 허깨비다!"

만일 그렇지 않다면 어떻게 자기가 사라다산칼의 감시가 엄중한 제나나(인도 상류 가정의 부인 방)를 감히 어떻게 떠나 멀고먼 이 화장터로 한밤중에 왔을까 하고 이치를 따져 보았다. 또한 만일 자기의 장례식을 마치지 않았다면, 자기를 화장할 사람들은 어디로 가 있을까? 사라다산칼의 불빛이 찬란하던 집에서 임종하던 순간을 회상하자 그녀는 이제 머나먼, 사람도 없는 이 어두운 화장터에 홀로 있다는 것을 알게 되었다. 진정 자기는 이 세상 사바 세계의 일원은 아니었다. 진정 자기는 공포의 인물이요, 불길한 징조의 인간이요, 허깨비가 아닌가!

이렇게 생각을 하자, 이 세상에 자기를 맺어 주었던 모든 인연이 끊어져 버렸다. 자기에게는 황홀한 기적의 힘이 있고 끝없는 자유가 있음을 느꼈다. 그녀는 자기가 하고 싶은 일을 할 수가 있었고, 가고 싶은 곳으로 갈 수도 있었다. 이런 새로운 생각이 떠오르자 그녀는 미친 듯이 오두막을 뛰쳐나와 화장터 위에 섰다. 온 갖 부끄러움이며 공포의 그림자가 모두 자기에게서 떠나갔다.

그러나 자꾸 걸어가자니까 다리가 휘청휘청하며 맥이 없고 몸이 늘어지는 것이었다. 평원은 끝없이 펼쳐져 있었다. 여기저기 논이 있었다. 가끔 자신이 무릎까지 닿는 물 속에 서 있을 때도 있었다.

새벽 하늘이 어스레하게 밝아 오자, 멀리 서 있는 집 옆 대나무 숲에서 한두 마리의 새가 지저귀는 소리가 들려왔다. 그러자 공포가 온몸을 휘감았다. 그녀는 이 대지와 어떠한 새로운 관계를 맺고 서 있는지, 또 살아 있는 사람과 어떤 관계를 맺고 있는지도 알 수가 없었다. 그녀가 이 평원에 서 있는 한, 스라반의 어둠에 덮여 있는 이 화장터에 서 있는 한, 자기는 공포를 모르는 자기 자신의 왕국의 주인이었다. 그러나 해가 떠오고 사람이 사는 집들이 보이자 그녀는 공포에 휩싸이게 되었다. 사람과 허깨비는 서로 무서워한다. 왜냐하면 이 족속들은 죽음의 강의 각기 다른 둑에 살고 있기 때문이다.

3

옷은 진흙에 마구 엉겼다. 이상한 생각에 잠겨서 밤에 걷고 보니 이 여자의 모습은 마치 미친 여인 같았다. 정말 이 여자의 행색 때문에 사람들이 무서워했는지도 모른다. 또 그래서 아이들은 돌을 던지고 뛰어서 달아났는지도 모른다. 다행히도 이 여자를 처음으로 본 것은 나그네였다. 나그네는 가까이 와서 물었다.

"아주머니, 귀한 댁 부인 같으신데, 어디를 이 모양을 하고 혼자 가시나요?"

카담비니는 정신을 가다듬을 길이 없어서 그를 쳐다보며 잠자코 서 있었다. 부인은 자기가 아직도 이 세상에 살고 있다고는 생각할 수가 없었다. 자기가 기품 있는 여인처럼 보이고, 나그네가 자기에게 질문을 하고 있다고는 생각할 수가 없었다.

다시 그 사나이는 말하였다.

"자 아주머니, 내가 댁으로 안내해 드리지요. 어디 사시는지 말씀하세요."

카담비니는 생각하였다. 시댁으로 돌아간다는 것은 당치 않은 짓일지도 모른다. 그런데 그녀에게는 친정 아버지 집도 없었다. 그녀는 자신의 어렸을 적의 친구를 기억하였다. 자기는 새댁 시절 이후로는 친구인 죠그마야를 만나지 못하였으나 가끔 편지 왕래는 있었다. 또 아주 당연한 일로써 둘 사이에는 가끔 싸움도 있었다. 왜냐하면 카담비니는 죠그마야에 대한 사랑이 한이 없다는 것을 밝히고자 하는데, 친구인 죠그마야는 오히려 카담비니가 자기의 사랑을 몰라 준다고 불평을 했기 때문이었다. 그래서 만일 둘이 만나기만 하면 서로 떠나지 않으리라고 굳게 믿고 있었다.

카담비니는 나그네에게 이렇게 말하였다.

"니신다풀에 있는 스리파티의 집으로 가겠습니다."

나그네는 캘커타로 가는 중이었으니까 니신다풀이 비록 가깝지는 않았지만 자기가 가는 도중이었다. 그래서 그는 카담비니를 스리파티의 집으로 데려다 주어, 친구를 만나게 해 주었다. 처음에는 서로 알아보지 못하였으나 차차 서로의 어릴 적 모습을 기억해 내었다.

"참 다행이야."

하고 죠그마야가 입을 열었다.

"내가 너를 다시 만날 줄은 꿈에도 생각지 못했는데. 애, 어떻게 여길 왔니? 너의 시댁에서는 물론 너를 내놓지는 않았을 텐데!"

카담비니는 말이 없다가 드디어 이렇게 입을 열었다.

"애, 시아버지 이야기는 묻지 말아 다오. 내게 집안일 한 가지 시켜서 하인으로 써 줘. 나는 네 일을 도와주겠어."

"뭐?"

하고 죠그마야는 소리를 질렀다.

"너를 하인을 시키다니! 너는 내 가장 가까운 친군데. 너는 내, 내……"

하고 말을 맺지 못하였다.

바로 이때 스리파티가 들어왔다. 카담비니는 잠시 그를 바라보더니 아주 천천히 나가 버렸다. 카담비니는 머리를 가리지 않았고, 그리하여 눈곱만한 겸손이나 존경도 보이지를 않았다. 죠그마야는 스리파티가 혹 자기 벗을 오해하지나 않을까 겁이 나서 열심히 설명하기 시작하였다. 그러나 죠그마야의 말이라면 무엇이든 다 들어주던 스리파티가 그녀의 말을 가로막아 버려서 아내를 불안하게 만들었다.

카담비니는 벗에게 오기는 했으나 벗과 같은 세계에 있지는 못하였다. 둘 사이에는 죽음이 가로놓여 있었다.

그녀는 자기의 존재가 자기를 어지럽히고, 의식이 남아 있는 동안에는 다른 사람에게 친밀감을 느낄 수가 없었다. 카담비니는 죠그마야를 쳐다보고는 생각에 잠겼다.

'죠그마야는 제 남편이 있고 할 일이 있다. 그녀는 나와는 아주 먼 세계에 살고 있다. 그녀는 이 세상 사람들과 애정과 의무를 함께 하고 있다. 그런데 나는 헛된 그림자다. 그녀는 산 사람 속에 있다. 나는 영원 속에 있다.'

죠그마야 역시 불안하였다. 그러나 까닭을 설명할 수는 없었다. 여자들은 신비한 것을 좋아하지 않는다. 왜냐하면 비록 무상(無常)이 시(詩)로, 영웅주의로, 또 학문으로 변형은 될지 모르지만 집안일에 활용될 수는 없기 때문이다. 그래서 여자는 한 가지 일을 이해할 수 없을 때에는, 그것을 파괴해버리거나 또는 잊어버린다. 혹은 그것을 자기 자신에게 쓸모있도록 새 모양으로 만든다. 만일 여자가 이러한 방법으로 그것을 다루는 데 실패한다면 그녀는 화를 내고 만다. 카담비니가 심각해지면 심각해질수록 죠그마야는 그녀에 대하여 더욱 마음을 졸이게 되는 것이었다. 그녀의 마음이 무슨 걱정거리에 사로잡혀 있는지 알 수 없었기 때문이었다.

그러나 새로운 위험 상태가 생겨났다. 카담비니가 자기 자신을 두려워하게 된 것이었다. 그렇다고 자신으로부터 달아날 수는 없었다. 허깨비를 두려워하는 사람은 다른 사람도 두려워하였다. 그들이 볼 수 없는 곳에는 어디고 두려움이 있다. 그러나 카담비니에게 있어 중요한 것은 공포가 자기 자신에게 있다는 것이었다. 왜냐하면 그녀는 밖에 있는 것은 아무것도 두려워하지 않으니까 말이다. 한밤중에 방에 혼자 있을 때는 소리를 지르고 울었다. 해가 떨어져 등불에 비치는 자신의 그림자를 보면 온몸을 떨었다. 이 여자의 공포를 보자 집안 사람들도 모두 두려움에 빠졌다. 하인들과 죠그마야도 허깨비를 보기 시작하였다.

어느 날 저녁 카담비니가 자기 침실에서 울면서 나와 죠그마야의 방문 앞에서 통곡을 하였다.

"죠그마야, 죠그마야, 나를 네 발 옆에서 자게 해줘! 날 혼자 버려 두지 마!"

죠그마야의 노여움은 두려움에 못지않았다. 바로 그 순간에 카담비니를 집에서 쫓아내고 싶었다. 그러나 마음이 착한 스리파티가 몹시 애를 쓴 결과 그녀를 진정시키는 데 성공하여 옆방으로 그녀를 들여보냈다.

다음 날 스리파티는 뜻밖에도 아내의 방으로 들어오라는 요청을 받았다. 부인은 남편을 나무라기 시작하였다.

"여보, 당신은 그래도 남자라고 할 수 있어요? 어떤 부인이 자기 집에서 달아나 당신 집에 들어와서 한 달이 지났는데도, 당신은 돌려보낼 생각도 않고, 또 당신한테서 한마디의 항의도 여태 들어본 적이 없어요. 만일 당신이 털어놓고 얘기한다면 나는 호의로써 받아들이겠어요. 남자들은 다 똑같군요."

남자들이란 대체로 여자라는 것에 대하여 타고난 편견을 가지고 있는 족속이다. 거기에 대해서는 여자 자신들에게도 책임이 있다. 비록 스리파티가 죠그마야의 몸에 손을 대며, 저 절망석이지만 아름다운 카담비니에 대한 자기의 친절은 조금도 예의 이상을 벗어나는 것이 아니었다는 것을 맹세하였지만, 그렇다고 그런 것을 자기의 행동으로써 증명은 할 수가 없었다. 그는 시집 사람들이 이 의지할 곳 없는 과부를 심하게 대접한 것이 분명하다고 생각하였다. 그러하기에 그녀는 더 참지 못하고 자기 집에 피난온 것이 아닌가. 그녀에게 아버지도 어머니도 없다면 어떻게 자기가 그녀를 버리고 돌보지 않을 수가 있을까? 그래서 그 문제는 일단락을 짓기로 하였다. 왜냐하면 그는 카담비니에게 불쾌한 실문을 하여 더욱 괴롭힐 마음은 없었기 때문이다.

그러자 부인은 어름어름하는 남편을 또 다른 방면으로 공격할 방법을 모색하였다. 그리하여 남편은 마침내 평화라는 미명하에 카담비니의 시아버지에게 편지를 보내지 않을 수 없게 되었다. 그러나 그는 편지만 보내면 결과가 만족스럽지 못하리라고 생각하였다. 그래서 라니하트로 가서 자기가 직접 알아보고 행동하기로 마음먹었다.

그래서 스리파티가 길을 떠나자 죠그마야는 카담비니에게 이렇게 말하였다.

"애, 네가 여기 더 있다가는 좋지 못할 것 같아. 사람들이 어떻게 생각하겠니?"

카담비니는 엄숙하게 죠그마야를 노려보며 이렇게 말하였다.

"내가 사람들과 무슨 관계가 있단 말야?"

죠그마야는 깜짝 놀랐다. 그래서 매몰차게 이렇게 말하였다.

"너는 사람들과 아무런 관계가 없다지만 우리는 그렇지 않아. 다른 집 여자가 우리 집에 오래 묵고 있는 것을 어떻게 설명할 수 있겠니?"

카담비니는 이렇게 말하였다.

"내 시댁이 어디인데?"

죠그마야는 생각하였다.

'저런, 쟤 좀 봐! 저 고약한 계집이 다음엔 또 무슨 소리를 할는지……'

아주 조심스럽게 카담비니는 말하였다.

"내가 너하고 무슨 관계가 있어? 너는 웃고 울고 사랑한다. 누구나가 자기 자신을 지키고 또 유지하지만 나는 다만 볼 뿐이야. 너는 사람이고 나는 그림자야. 나는 왜 신께서 나를 너희들 세계에다 머무르게 하시는지를 이해할 수가 없어."

담담하게 말하는 그녀의 표정과 말에 죠그마야는 전부라고는 말할 수 없지만 어느 정도 말뜻을 알아챘다. 그녀를 보낼 수도 없고, 또 더 말을 물을 수도 없어 여러 가지 생각을 하며 나가 버렸다.

4

스리파티가 라니하트에서 돌아오니 밤 10시가 다 되었다. 대지는 폭우의 바다에 잠겼다. 억수로 퍼붓는 비는 멈출 것 같지 않았고, 밤도 영영 샐 것 같지 않았다.

죠그마야가 물었다.

"어떻게 됐어요?"

"얘기할 것이 너무 많아."

그렇게 말하며 스리파티는 옷을 갈아입고 앉아서 식사를 하였다. 그 다음에는 누워서 담배를 피웠다. 그의 마음은 혼란스러웠다.

그의 아내는 오랫동안 호기심으로 숨이 막힐 지경이었다. 그래서 남편의 잠자리로 가서 물었다.

"무슨 소리를 들었어요?"

"저어, 당신은 분명히 잘못을 저질렀소."

죠그마야는 초조하였다. 여자들은 절대로 잘못을 저지르는 일이 없다. 혹 여자들이 잘못을 저지른다 해도 지각 있는 사나이라면 그런 소리를 하지 않는 법이다. 그런 것은 사내가 떠맡아야 하는 것이다. 죠그마야는 야무지게 말했다.

"무슨 잘못을 저질렀는지 말해 주시겠어요?"

스리파티는 대답하였다.

"당신이 집에 데리고 있는 부인은 당신의 친구인 카담비니가 아니야."

이 말을 듣자 아내는 몹시 당황하였다. 특히 그런 말이 남편의 입에서 나왔기 때문에 더욱 그랬다.

"뭐라고요? 내가 내 친구를 모른단 말인가요? 그럼 그녀가 누구인지 알아보려면 당신한테 물어봐야겠군요!"

스리파티는 아내와 다툴 필요는 없다고 설명하였다. 그는 자기의 말한 바를 증명할 수가 있었다. 죠그마야의 친구인 카담비니가 죽었다는 데는 의심의 여지가 없었다.

죠그마야는 대답하였다.

"들어 봐요! 당신은 확실히 큰 잘못을 저질렀어요. 당신은 다른 집에 다녀왔어요. 아니면 당신이 들은 것을 혼동하였든지요. 누가 당신한테 가 보라고 했나요? 편지나 한 장 써 보내면 될 텐데……

그러면 모든 게 드러날 텐데 말예요."

스리파티는 자기를 믿어주지 않는 아내에 대해서 마음이 상했다. 그는 여러 가지 방법으로 아내를 납득시키려 했으나 효과가 없었다. 한밤중이 되어서도 말다툼은 계속되었다. 하지만 이 부부는 카담비니가 이 집에서 나가야 한다는 것을 인정하였고, 또 스리파티도 손님이 자기 아내를 여태까지 친구인 척해서 속여 왔다는 것을 알았고, 또 죠그마야도 그 여자가 매춘부라고 믿기는 하였지만, 지금의 논쟁에서 그것을 인정한 것은 아니었다. 이들의 목소리는 차차 커졌고 카담비니가 옆 방에서 자고 있다는 것도 잊고 말았다.

한 사람이 이렇게 말하였다.

"우리는 참 멋진 구렁에 빠졌소! 내가 내 귀로 직접 들었다고 말하지 않았소?"

그러면 또 한 사람은 이렇게 말하였다.

"그게 무슨 상관이란 말이에요? 내가 내 눈으로 직접 보고 있는데요!"

이윽고 죠그마야가 말하였다.

"좋아요, 그럼 카담비니가 죽은 날짜를 말해 봐요."

그녀 생각에는 만일 카담비니한테서 받은 편지의 날짜와 죽은 날짜 사이에 혹 어긋남이 있다면 스리파티가 잘못했다는 것이 증명될지도 모른다고 생각했던 것이다.

그는 아내에게 카담비니의 죽은 날짜를 말하였다. 그러사 그날이 바로 그녀가 자기 집에 온 바로 전날이라는 것을 그들은 알게 되었다. 죠그마야의 가슴은 떨렸다. 뿐만 아니라 스리파티도 가만히 있지를 못하였다.

바로 그때 문이 열렸다. 축축한 바람이 불어와 등불을 꺼 버렸다. 그리고 어둠이 온 집안을 채웠다. 카담비니는 방안에 서 있었다. 1시경이었다. 밖에는 비가 마구 쏟아지고 있었다.

카담비니는 이렇게 말하였다.

"친구여, 나는 너의 친구 카담비니다. 그렇지만 나는 이미 살아 있지 않아. 나는 죽었어."

죠그마야는 무서워서 외마디 소리를 질렀다. 스리파티는 입이 얼어붙고 말았다.

"그러나 내가 죽었다는 것밖에 너에게 잘못한 것은 하나도 없다. 만일 산 사람 속에 내 자리가 없다면, 죽은 사람 속에도 내 자리는 없어. 오! 나는 어디로 가야 한단 말이냐?"

비가 쏟아지는 깜깜한 밤에 잠자는 조물주라도 깨우려는 듯이 울면서 또다시 그녀는 이렇게 물었다.

"오, 나는 어디로 가야 한단 말인가?"

그렇게 말하고 카담비니는 어두운 집에 친구가 까무러친 것도 아랑곳없이 자신의 고향을 찾아서 세상으로 나왔다.

5

카담비니가 어떻게 해서 라니하트에 갔는지를 말하기는 어렵다. 처음에는 누구 눈에도 띄지 않게 온종일 허물어진 사원에서 굶주리며 보냈다. 때아닌 저녁비로 사람들은 폭풍이 닥칠까 두려워하며 모두 집안에 들어가 있을 때에 카담비니가 나왔다. 시댁에 갔을 때 그녀의 가슴은 떨렸다. 그리하여 얼굴에다 베일을 두껍게 드리우고 들어서자 문지기는 물론 막는 사람이 하나도 없었다. 왜냐하면 그녀를 하인인 줄로만 알았기 때문이다. 비는 마구 쏟아지고 있었고 바람은 고함을 치고 있었다.

사라다산칼의 아내인 여주인은 과부가 된 동생과 화투를 치고 있었다. 하녀는 부엌에 있었고 앓는 아이는 침실에서 잠을 자고 있었다. 카담비니는 모든 사람의 눈을 피하여 방으로 들어갔다. 왜 시댁으로 왔는지 이유는 그녀 자신도 몰랐다. 오직 다시 한번 아이를 보고 싶다고 생각하였다. 다음에는 어디를 가야 하고 무엇을 해야 할지 몰랐다.

불이 밝은 방에서 그녀는 어린애가 잠들어 있는 것을 보았다. 주먹을 쥐고 자는데, 열이 심하고 몹시 여위어 있었다. 아이를 보자 그녀의 마음이 아팠다. 이 수척한 아이를 가슴에 안아볼 수만 있다면! 그리고 곧 이러한 생각이 뒤따랐다.

'나는 존재하지 않는다. 누가 아이를 돌보겠는가? 아이의 어머니는 놀고 입담하는 것이나 좋아하고, 화투에만 정신이 팔려 있다. 그녀는 언제나 나에게 책임을 맡기고 신경도 쓰지 않았다. 어린애에 대하여 조금도 신경을 쓰지 않았다. 누가 내가 했던 것처럼 이아이를 돌보겠는가?'

어린애는 옆으로 돌아누웠다. 그리고 자면서 이렇게 말하였다.

"아줌마, 물 좀 줘."

아이는 아직 저의 아줌마를 잊지는 않았다!

그녀는 두근거리는 마음으로 물을 떠다 아이를 가슴에 안고 먹였다.

자고 있는 동안 아기는 낯익은 손에서 물을 먹는 데 별로 이상한 느낌이 들지 않았던 것이다. 그러나 카담비니가 오랫동안 굶주리던 갈망을 채우며 아이에게 입을 맞추고 자는 아이를 다시 흔들기 시작하자 아이는 잠을 깨었고 그녀를 끌어안았다.

"아줌마 죽었었어?"

하고 아이는 물었다.

"그래, 아가."

"그런데 아줌마 이젠 살아서 돌아왔어? 다시는 죽지 마."

그녀가 채 대답을 하기도 전에 일이 벌어졌다. 하녀 아이 하나가 사고(야자나무에서 만든 녹말) 한 그릇을 가지고 오다가 떨어뜨리고 쓰러졌다. 요란한 소리에 여주인은 화투를 하다 말고 이 방으로 들어왔다. 그녀는 기둥처럼 우뚝 서서 달아나지도 못하고 말도 못 하였다. 이 모든 것을 보고는 아이 역시 겁이 나서 갑자기 울기 시작하였다.

"아줌마 나가요, 나가!"

하고 아이는 말했다.

이제야 드디어 카담비니는 자기가 죽지 않았다는 것을 깨달았다. 그 옛날의 방이며 물건들, 그 아이에 그 사람 모두가 살아 있는 상태로 돌아왔으니, 자기와 이것들 사이에는 아무런 변화나 차이가 없었다. 자기의 친구 집에서 그녀의 어릴 적 친구는 죽었다고 느꼈었다. 그러나 아이 방에 와서는 아이의 '아줌마'는 전혀 죽지 않았다는 것을 알게 했다. 괴로워하는 어조로 그녀는 이렇게 말하였다.

"동서, 왜 나를 두려워하지? 봐, 나는 자네가 보는 바와 같이 전과 다를 바 없어."

여주인은 더 이상 참지 못하고 기절하고 말았다. 사라다산칼이 친히 이 제나나로 들어왔다. 손을 마주잡고 그는 경건하게 말하였다.

"이제 당신은 인간이 아니오. 그리고 사티스는 내 외아들이오. 당신은 왜 아이에게 나타나는 거요. 이제 여기는 당신의 집이 아니오. 당신이 간 뒤로 아이는 나날이 여위어 갔소. 열이 끊임없이 계속되었소. 밤이나 낮이나 '아줌마 아줌마' 하고 울었소. 당신은 이승을 떠났소. 당신은 이 마야(영혼이 이승과 맺고 있는 환상적인 애정)와의 인연을 끊으시오. 우리는 모든 장례의 의식을 갖추어 하리다."

카담비니는 더 참을 수가 없었다. 그녀는 이렇게 말하였다.

"오, 나는 죽지 않았어요. 안 죽었어요. 오, 내가 죽은 것이 아니라는 것을 어떻게 당신에게 설명할 수가 있을까? 나는 살아 있어요, 살아 있어요."

그녀는 땅에서 놋그릇을 들어 자기의 이마를 쳤다. 이마에서 피가 흘러 나왔다.

"보아요!"

하고 그녀는 소리를 질렀다.

"나는 살았어요!"

사라다산칼은 석상(石像)처럼 서 있었다. 아이는 무서워서 소리를 질러댔다. 까무러친 두 여인은 아직도 누워 있었다.

그러자 카담비니는 "나는 죽지 않았어요, 죽지 않았어요." 하고 외치며 계단을 뛰어내려가서 제나나 우물로 뛰어들었다.

이층에서 사라다산칼은 '풍덩' 하는 소리를 들었다.

밤새 비가 퍼부었다. 이튿날 새벽에도 비는 퍼부었고 낮에도 여전히 퍼부었다.

카담비니는 죽음으로써 자기가 죽지 않았다는 것을 증명해 보인 것이었다.

하 디
(Thomas Hardy : 1840~1928)

영국 문학사상 빅토리아 조 후기의 최고 작가로서, 디킨스와 쌍벽을 이루는 19세기 영국 문학사의 거목이다.

아버지의 직업을 이어받아 건축가의 길로 들어섰지만 독학으로 문학을 공부하여 작가의 꿈을 키운 하디는 1874년에 《광란의 무리를 떠나서》로 영국 문단에 소설가로서의 확고한 지위를 갖게 되자 건축을 떠나 문필 생활에 전념하였다.

하디는 88세를 일기로 세상을 뜰 때까지 무려 60여 년을 작품 창작에 열중하면서 장편소설 14편, 단편소설집 4권, 9백 편이 넘는 시를 수록한 시집 8권과 장편 서사 시극 등 수많은 작품을 통해 문학뿐 아니라 철학과 사상에까지 이르는 광대한 업적을 이루어냈다. 이러한 업적에도 불구하고 당대에는 여러 비평가들로부터 비관주의적 운명론자, 염세주의자, 또는 무신론자 등의 불명예스러운 평가를 들으며 오해와 외로움 속에서 문학 활동을 했다.

그의 대표작으로는 《귀향》, 《캐스터브리지의 사랑》, 《테스》, 《비운의 쥬드》와 함께 많은 장·단편들이 있다.

아 내

1

해가 막 저물어가는 어느 일요일, 헤이븐풀의 성 제임스 교회 안도 어두워지기 시작하였다. 교회는 이제 막 예배가 끝났으므로 강단 위에 선 목사는 두 팔에 얼굴을 파묻고 있었고, 신도들은 예배 후의 한결 가벼워진 마음으로 숨을 내쉬며 교회를 나가려고 막 자리에서 일어나고 있었다. 교회 안은 아주 고요하였으므로 방파제 밖의 바다의 물결 소리까지도 선명하게 귀에 들려올 정도였다. 그러나 이 고요함은 곧 어떤 발자국 소리에 의해 깨어지고 말았다. 그것은 이 교회 집사가 신자들이 나갈 수 있도록 서쪽 문을 열기 위해 걸어갔기 때문이었다.

그러나 이 집사가 미처 문에 닿기도 전에 밖에서 문이 열리더니 햇빛을 등진 한 사나이의 검은 그림자가 나타났다. 놀란 집사는 얼른 옆으로 비켜섰다. 선원의 복장을 한 그 사나이는 조용히 문을 닫더니 신도들의 자리를 지나 목사가 있는 강단을 오르는 계단 앞까지 와서는 멈춰 섰다.

목사는 신도들을 위한 기도를 몇 차례 올렸고 자기 자신을 위한 기도도 이미 끝마쳤다. 그는 이 검은 그림자의 사나이를 똑바로 쳐다보았다.

"목사님, 용서하십시오."

그는 신도들에게도 들릴 만큼 분명하게 목사에게 말하였다.

"제가 탄 배가 난파를 당하였지만 저는 간신히 목숨을 건질 수 있었습니다. 그래서 하느님께 감사의 기도를 드리고 싶어서 이렇게 왔습니다. 목사님께서 허락만 하신다면요. 제가 하느님께 감사 드리는 건 당연하다고 생각하니까요."

목사는 잠시 망설이다가 이렇게 말했다.

"물론 허락해 드릴 수 있습니다. 만약 예배를 드리기 전에 그런 청을 해 주셨다면 함께 감사 기도를 드릴 수 있었을 텐데요. 하지만 당신이 원하신다면 폭풍우를 겪은 후에 드리는 형식의 기도문을 특별히 읽어 드릴 수는 있습니다만……."

"네, 그러시다면 정말 감사하겠습니다. 저의 경우는 그다지 특별한 것은 아니니까요."

선원이 이렇게 말하자 집사가 기도서의 감사 기도문이 실려 있는 부분을 그에게 가리켜 주었다. 목사가 그 기도문을 읽기 시작했고 사나이는 자리에 꿇어앉아 목사의 말을 받아서 한마디 한마디 또렷하게 외웠다.

이 광경을 멍하니 바라보고 있던 신도들도 사나이를 따라서 기계적으로 무릎을 꿇었다. 그리고 그저 계단 앞에서 기도를 올리는 사나이를 바라만 보고 있을 뿐이었다.

사나이는 모자를 옆에 놓고 두 손을 마주 잡고 동쪽을 향해 무릎을 꿇고 앉아 다른 신도들의 눈길 따위는 전혀 신경쓰지 않는 것 같았다.

이윽고 감사 기도가 끝났다. 사람들은 모두 자리에서 일어나 교회 밖으로 나왔다. 그리고 마지막으로 그 사나이가 밖으로 나왔을 때 저물어가는 저녁 햇빛이 그의 얼굴을 환히 비추었다. 그 고장에서 오래 살았던 사람들은, 그가 바로 쉐이드랙 졸리프라는 것을 알 수 있었다.

이 사나이가 이 고장에서 자취를 감추어 버렸던 것은 약 6, 7년 전이었다. 그는 헤이븐풀에서 태어났지만 어렸을 때 이미 부모님을 다 여의었기 때문에 일찍부터 선원이 되어 고향을 떠났던 것이다. 그는 마을 사람들과 이야기를 나누면서 한길로 걸어 나왔다.

그는 사람들에게 고향을 떠난 후 갖은 고생 끝에 연안 일대를 항해하는 작은 쌍돛배를 소유한 선장이 되었다는 이야기와 그 배가 이번 폭풍우에서 아슬아슬하게 난파를 피할 수 있었다는 이야기를 하였다.

그러는 그에게 앞에서 걸어가고 있는 두 여자가 눈에 띄었다. 이 두 명의 아가씨는 사나이가 처음 교회에 들어섰을 때부터 매우 흥미로운 눈초리로 이 사나이를 살폈었다. 그리고 지금 교회를 나오면서 사나이에 대한 이야기를 서로 주고받던 참이었다.

한 아가씨는 아담한 키에 조금 마른 듯한 몸매로 얌전해 보였고, 다른 아가씨는 키가 크고 몸집도 큰 편이었다.

졸리프 선장은 그녀들의 뒷모습을 잠시 훑어보았다. 어깨 위로 늘어진 곱슬머리에서 발끝까지.

"저 두 아가씨는 누구죠?"

그는 옆에 있는 사람에게 이렇게 물었다.

"키가 작은 아가씨는 에밀리 해닝이고, 큰 아가씨는 조안나 피파드예요."

"아, 그래요, 기억이 나는군요."

그는 두 아가씨의 곁으로 바짝 다가가서 슬쩍 윙크를 해 보였다.

"안녕하세요, 에밀리. 날 모르시겠어요?"

사나이는 회색 눈을 깜박이며 이렇게 말하였다.

"어머, 졸리프 씨 아니세요!"

에밀리는 수줍은 듯이 말하였다.

다른 아가씨는 까만 눈동자로 사나이를 똑바로 쳐다보았다.

"미스 조안나는 잘 기억이 나질 않는군요."

하고 그는 말을 이었다.

"전 아직도 어릴 때의 일들이나 친척들이 기억이 나요."

그들은 함께 나란히 걸어갔고 졸리프는 죽을 고비에서 가까스로 목숨을 건지게 된 이야기를 자세하게 들려 주었다. 그러는 동안에 그들은 어느 새 에밀리 해닝이 살고 있는 슈루프 레인까지 왔기 때문에 에밀리와 헤어져야 했다.

에밀리는 얼굴 가득 미소를 지어 보였다. 그리고 또 얼마 지나지 않아서 조안나와도 헤어져야 했다. 그는 달리 일이 없었기 때문에 다시 에밀리의 집이 있는 쪽으로 발길을 돌렸다.

에밀리는 아버지와 둘이서 살고 있었다. 그녀의 아버지는 스스로 공인회계사라고 자처하고 있었지만 수입은 적은 편이었다. 그래서 그녀는 가계를 돕기 위해 작은 문방구점을 하고 있었다.

졸리프가 에밀리의 집에 들어섰을 때 에밀리와 그녀의 아버지는 막 차를 마시고 있던 참이었다.

"아, 지금이 티타임인 줄 몰랐습니다."

하고 그는 말하였다.

"괜찮아요, 같이 한잔 드시지요."

에밀리의 아버지가 권하였다.

그는 차를 마시고 나서도 오랫동안 뱃사람들이나 그들의 생활에 대해서 이야기하고 있었다. 어느 새 이웃 사람들도 그의 이야기를 듣기 위해 모여들었다.

그리고 이날 에밀리 해닝은 졸리프에게 마음을 빼앗기게 되었다. 그리고 한 주일이 지나고 또 한 주일이 지나는 사이에 이 두 사람은 아주 긴밀한 사이로 무르익어 갔다.

졸리프가 이 마을에 온 지 한 달쯤 지난 어느 달 밝은 밤, 졸리프는 마을에서 조금 떨어진, 동쪽으로 길게 뻗은 반듯한 오르막길을 따라 제법 현대식——비록 오래된 바닷가 마을이지만 만약 현대식이라고 부를 만한 것이 있다면 말이다——술집들이 죽 늘어서 있는 높은 지대로 올라가고 있는데 저 멀리 앞서 가고 있는 여자의 모습이 보였다. 그는 그 여자가 에밀리가 틀림없다고 생각했다. 그러나 가까이 가서 보니 그녀는 에밀리가 아니라 조안나 피파드였다.

졸리프는 그녀에게 정중하게 인사를 하였고 두 사람은 나란히 걸어가게 되었다.

"먼저 가세요. 혹시라도 에밀리가 알게 되면 기분나빠할 테니까요."

하고 그녀는 말하였다.

　그는 이 말이 그다지 달갑지 않다는 듯이 계속해서 그녀와 나
란히 걸어갔다.

　나중에 졸리프는 그날 밤에 조안나와 무슨 얘기를 했는지, 또
어떤 일이 있었는지 분명히 기억할 수 없었다. 그러나 조안나는
그날 밤 자기보다 나이도 어리고 얌전한 경쟁자를 밀어내기 위해
갖은 애를 썼었다.

　그후 졸리프는 조안나와 자주 만나게 되었고, 에밀리와의 만남
은 점점 뜸해지게 되었다.

　그리고 얼마 후에 항해에서 돌아온 고(故) 졸리프 씨의 아들 쉐
이드랙이 조안나와 결혼하게 될 것이라는 소문이 온 마을에 파다
하게 퍼졌으며, 에밀리는 마음에 큰 상처를 갖게 되었다.

　이 소문이 퍼진 다음 어느 날 아침 조안나는 아침 산책을 가듯
이 옷을 갈아입고 좁다란 네거리에 자리잡고 있는 에밀리의 집을
향해 밖으로 나왔다. 에밀리가 쉐이드랙을 잃고 깊은 슬픔에 잠겨
있다는 소식을 듣고, 친구의 애인을 가로챈 데 대한 양심의 가책
을 받았기 때문이었다.

　사실 조안나는 이 사나이에게 홀딱 반했다거나 깊이 사랑한다
거나 하지는 않았다. 단지 자신의 친구에게 가던 마음이 기울어
자신에게로 왔던 그 친절이 마음에 들었을 뿐이었고 결혼에 대한
막연한 기대감이 있을 뿐이었다.

　조안나는 아주 야심이 많은 여자였다. 졸리프의 사회적인 신분
이나 여러가지 조건은 조안나보다 나을 것이 없었다. 그리고 조안

나 정도의 매력있는 여자라면 괜찮은 집안의 남자와 결혼할 수 있는 기회도 자주 있었기 때문에, 정녕 에밀리가 쉐이드랙을 잊을 수 없다면 그를 주저없이 그녀에게 양보하려고 생각하였다.

그녀는 자신의 이런 의사를 분명히 밝히기 위해 쉐이드랙에게 보내는 절연(絶緣)의 편지도 써 가지고 갔다. 그러니까 에밀리가 정말로 비관에 잠겨 괴로워하고 있다면 그녀에게 그 편지를 보여 줄 생각이었다.

조안나는 슈루프 레인으로 접어들어 행길보다 낮은 문방구점에 들어갔다. 이 시간쯤이면 항상 에밀리의 아버지는 집에 있지 않았다. 그리고 몇 번을 불렀지만 대답이 없는 것을 보니 에밀리 또한 없는 것 같았다. 가게는 한가한 편이었으므로 한 몇 분쯤 자리를 비워도 별로 지장은 없었다.

조안나는 가게에서 기다리기로 하였다. 가게에 있는 빈약한 상품들이 손님들의 눈에 조금이라도 풍성하게 보이도록 여자들이 그렇듯이 아주 솜씨좋게 진열되어 있었다.

그때 한 사람이 창 밖에서 6페니짜리 노트와 진열품들을 유심히 바라보고 있는 것이 눈에 띄었다. 그는 졸리프였다. 졸리프는 에밀리가 혼자 있지 않나 해서 기웃거리고 있었던 것이다.

조안나는 에밀리의 체취가 있는 이곳에서 그와 만나고 싶지는 않았으므로 뒤채와 통해 있는 문으로 살짝 빠져 나갔다. 에밀리와는 허물없이 지내던 사이였기 때문에 예전부터 이 문을 자주 드나들었다.

졸리프가 가게 안으로 들어왔다. 그는 에밀리의 모습이 보이지 않는 것을 확인하고 실망하는 표정을 짓고는 막 밖으로 나가려고 하였다. 바로 그때 용무를 마치고 급히 돌아오는 에밀리의 그림자가 문간에 나타났다. 그녀는 졸리프를 보자 잠시 멈칫거리더니 뒤돌아 나가려는지 몇 걸음 뒤로 물러섰다.

"에밀리, 달아나지 말아요. 내가 그렇게 무서워요?"

하고 졸리프가 말하였다.

"누가 무섭다고 했나요, 졸리프 선장님? 너무 뜻밖이라 놀랐을 뿐이에요."

에밀리의 목소리는 떨리고 있었다.

"지나는 길에 잠깐 들렀어요."

졸리프가 말하였다.

"무엇을 사시려구요?"

그녀는 계산대 뒤로 가며 말했다.

"그런 게 아니오, 에밀리. 당신은 왜 자꾸 나를 피하려고 하지? 왜 자꾸 숨으려고만 하느냔 말이오? 아마도 당신은 나를 꽤 미워하나 보오."

"그럴 리가요. 제가 어떻게 당신을 미워하겠어요?"

"그럼 에밀리, 이리 가까이 좀 오구려. 우리 오래간만에 이야기나 좀 나누지 않겠소?"

에밀리는 살짝 미소 지으며 계산대 뒤에서 빠져나와 그의 곁으로 다가왔다.

"고마워요, 사랑스런 에밀리."

사나이가 말했다.

"졸리프 선장님, 그 말씀은 저 아닌 다른 여자한테나 하실 말씀이라고 생각하는데요."

"그래요, 무슨 말인지 알겠어요. 하지만 에밀리, 나는 바로 오늘 아침까지만 해도 당신이 날 조금도 생각하지 않는다고 생각했어요. 당신이 조금이라도 날 생각한다는 것을 알았다면 내가 왜 조안나와의 결혼을 생각했겠소? 물론 처음부터 전혀 조안나에게 호감을 갖지 않은 것은 아니었소. 하지만 그녀는 나에게 친구 이상의 애정을 갖고 있지 않아요. 나는 처음부터 그것을 알고 있었어요. 아무튼 이제야 나는 진정으로 나의 아내가 되어 달라고 청혼할 사람을 발견했어요. 에밀리, 오랫동안 세상을 등지고 항해를 하다 돌아온 남자의 눈은 박쥐처럼 어둡게 마련이라오. 여자라면 누구나 다 아름답고 똑같아 보여서 누가 누군지 분간을 할 수가 없어요. 상대방이 정말로 자신을 사랑하는지, 또 내가 정말로 이 여자를 사랑하는지 생각해볼 여유도 없이 가까이 손에 닿는 사람과 결합하게 되지요. 나는 처음부터 당신이 좋았어요. 그러나 당신은 몹시 수줍어하고 나를 피하는 것 같았기에 나를 싫어하는 줄 알았던 겁니다. 그래서 난 그만 조안나에게 쏠리게 되었던 거지요."

"그만! 졸리프 씨 제발 그만하세요!"

에밀리는 목메인 목소리로 소리쳤다.

"당신은 다음 달이면 조안나와 결혼하실 분이에요. 이제 와서 그게 무슨 상관이에요?"

"오, 사랑하는 에밀리!"

그는 두 팔로 그녀의 작은 몸을 꼭 껴안으며 이렇게 말하였다.

커튼 뒤에 숨어 있던 조안나는 새파랗게 질렸고, 그 광경을 보지 않으려고 했으나 그것은 마음뿐이었다.

"내가 영원히 사랑할 수 있고 결혼하고 싶은 여자는 오직 당신

밖에 없어요. 조안나는 언제든 나와 기꺼이 헤어질 용의가 있다고 나한테 직접 말하기도 했어요. 그녀는 나보다 더 나은 남자와 결혼하고 싶어한다오. 나와 결혼하기로 했던 것은 한낱 동정에 지나지 않아요. 조안나처럼 늘씬하고 멋진 여자는 나같이 소박한 뱃사람 따위의 신부감이 아니에요. 당신이야말로 진정 내 배필이라고 생각해요."

사나이는 이렇게 말하고 그녀에게 키스를 퍼부었다. 뜨거운 그녀의 몸은 그의 품안에서 바르르 떨고 있었다.

"조안나가 정말 당신과 헤어지려고 할까요? 정말 그럴 수 있을까요?"

"물론이오. 조안나는 우리가 불행하게 되기를 바라지 않을 거요. 그녀는 틀림없이 나를 떠나줄 거요."

"오, 제발 그렇게만 된다면! 졸리프 선장님, 이제 그만 돌아가시는 게 좋겠어요."

그러나 사나이는 계속 그곳에서 머무적거리다가 손님이 들어와서야 겨우 그곳을 나왔다.

커튼 뒤에서 이 모든 광경을 지켜본 조안나는 걷잡을 수 없는 질투의 불길에 휩싸였다. 그리고 그녀는 이곳을 빠져나갈 길을 찾아보았다. 일이 이렇게 되고 보니 그녀는 에밀리 몰래 밖으로 빠져나갈 수 밖에 없었던 것이다.

조안나는 복도로 나와 뒷문으로 해서 밖으로 나왔다.

소안나는 두 사람의 포옹과 키스의 장면을 보고 나서는 지금까지 했던 모든 결심이 완전히 뒤바뀌고 말았다. 이제 그녀는 쉐이드랙을 놓아줄 수가 없었다.

그녀는 집으로 돌아오자마자 미리 써둔 절연의 편지를 태워 버렸다. 그리고 집안 사람들에게는 졸리프 선장이 찾아오면 몸이 아파서 만날 수 없다고 전하라고 하였다.

그러나 쉐이드랙은 찾아오지 않았고, 다만 솔직한 자신의 의사를 전해왔을 뿐이었다. 그것은 언젠가 자신의 애정은 한갓 우정에 불과하다고 한 말을 상기시키며 약혼을 취소해 달라는 것이었다.

쉐이드랙은 자신의 숙소에서 항구와 그 너머의 섬들을 바라보면서 회답이 오기를 애타게 기다리고 있었다. 그는 불안하고 초조한 마음을 억제할 수 없어 날이 저물어 가자 거리로 나왔다.

그는 직접 조안나를 찾아가기로 하였다. 찾아가서 직접 양해를 구하기로 하였다.

그러나 조안나의 어머니는 그녀가 몸이 불편해서 그를 만날 수 없다고 한다고 전하였다. 그가 까닭을 물었더니 쉐이드랙이 그녀에게 보낸 편지를 보고 너무나 낙심했기 때문이라고 말하였다.

"피파드 부인, 당신도 그 편지의 내용을 대충 알고 계시겠지요?"

그는 이렇게 물었다.

피파드 부인은 알고 있노라고 말했다. 하지만 그 편지 때문에 자신들의 입장이 몹시 난처하다고 덧붙였다.

이 말을 들은 쉐이드랙은 자신이 마치 엄청난 죄라도 저지른 죄인이 된 것처럼 느껴졌다.

그래서 쉐이드랙은 자신이 그 편지를 보내게 된 것은 조안나의 위해서 그랬노라고, 조안나의 앞날을 위해서 그랬을 뿐 진심은 아니었다고 해명하였다. 조안나가 많이 상심하였다면 미안하고 당초의 약속을 지킬 터이니 그 편지는 없었던 것으로 해달라고 하였다.

이튿날 조안나한테서 연락이 왔다. 저녁의 모임에서 집에 돌아가는 길을 바래다 달라는 것이었다. 그는 조안나의 말대로 하였다. 그녀는 쉐이드랙의 팔을 끼고 공회당에서 자기집 문앞까지 같이 걸으면서 말하였다.

"쉐이드랙, 우리 사이는 예전과 같은 거지요? 당신의 그 편지는 저한테 온 것이 아니지요, 그렇죠?"

"그래요, 당신이 원한다면 모든 것이 전과 같아요."

"물론 그래야지요."

그녀는 에밀리를 생각하면서 심술궂은 얼굴로 중얼거렸다.

쉐이드랙은 믿음이 깊고 양심적인 남자였기 때문에 그녀의 말을 생명처럼 소중히 여겼다.

마침내 그들은 결혼하였다. 쉐이드랙은 결혼하기 전에 에밀리에게 자신에 대한 조안나의 애정은 진심이었다고, 자신이 착각했노라고 조심스럽게 전하였다.

2

그들이 결혼한 지 한 달이 지나서 조안나의 어머니가 세상을 떠났다. 그리고 이들 신혼부부는 현실의 벽에 부딪쳤다.

조안나는 어머니까지 세상을 떠나고 보니 다시 바다에 나가서 일하겠다는 남편의 주장을 이제는 묵살할 수만은 없는 처지에 놓이게 되었다. 그를 집에 붙잡아 놓은들 별로 할일이 없기 때문이었다.

그들은 여러 가지 궁리 끝에 어느 번화한 행길에 작은 식료품 가게를 차리기로 하였다. 마침 적당한 가게도 나온 참이었다. 쉐이드랙은 장사에 대해서는 전혀 아는 바가 없었다. 그것은 조안나도 마찬가지였다. 그들은 차차 장사를 배워나갈 심산이었다.

이들 두 부부는 이 가게를 꾸려나가는데 온힘을 기울였으나 시간이 지나도 가게는 조금도 나아지지 않았다.

그러는 동안에 이들 부부에게도 두 아들이 생겼다. 조안나는 지금까지 남편을 그다지 사랑한 적은 없었지만 두 아들만은 맹목적으로 사랑하였다. 그녀는 앞날에 대한 모든 기대와 희망을 두 아들에게 걸고 있었다.

가게는 여전히 조금도 더 번영하지 못하였다. 때문에 그녀가 아이들의 교육이나 장래에 대해서 지니고 있는 커다란 꿈들도 이 초라한 현실 앞에서 무참히 깨어질 수밖에 없었다.

그녀의 두 아들이 받은 학교 교육은 보잘것없는 것이었으나 바닷가에서 자라난 아이답게 그 또래의 아이들이 가장 매력을 느끼는 항해술이나 어떤 모험적인 일에는 상당히 재주를 드러내고 있었다.

졸리프 부부의 결혼 생활에 있어서 그들 자신의 생활 이외에 가장 관심거리는 에밀리의 결혼이었다.

에밀리는 읍내에서 가장 번창한 사업을 하는 상인의 눈에 들어 사랑을 받게 되었다. 이것은 마치 뚜렷이 나타나 있는 것은 남의 눈에 잘 뜨이지 않고 미처 생각지도 않은 구석에서 보석이 발견되는 것같은 인연이라고 하겠다.

그 상인은 에밀리보다 훨씬 나이많은 홀아비이긴 했지만 그래도 아직은 한창때라고 할 수 있는 장년(壯年)의 사나이였다.

처음에 청혼을 받았을 때 에밀리는 어떤 남자와도 결혼하지 않겠노라고 딱 잘라서 말하였다. 그러나 레스터 씨는 끈기있게 묵묵히 기다려 주었다. 그리고 마침내 그의 마음에 감동한 에밀리는 청혼을 받아들이고 말았다.

두 사람이 결혼을 하여 역시 두 아이가 생기고 그들이 무럭무럭 잘 자라게 되자 에밀리는 자신이 무척 행복하다고 생각하였다. 전에는 결코 자신이 이렇게 행복해지리라고는 생각도 못 했었다.

이 고풍스러운 읍내에는 벽돌로 지은 크고 멋진 집이 몇 채 있었는데, 레스터 씨의 집도 그 중 하나였다. 게다가 그 집은 번화한 거리에 있는 졸리프네 식료품 가게의 맞은편에 위치해 있었다.

단순한 질투심으로 말미암아 아내의 자리를 빼앗아버린 조안나로서는 이제 와서 상대방 여인이 크고 좋은 집에서 자기의 보잘것없는 가게를, 초라한 가게며, 먼지 묻은 막대 사탕, 건포도나 각종 차가 들어있는 깡통 등을 내려다보는 것을 자신의 눈으로 목격해야 한다는 것이 여간 괴로운 일이 아니었다.

가게 사정은 점점 더 나빠져서 이제는 조안나가 직접 가게를 보아야 할 처지가 되었다. 그녀는 2페니짜리 물건을 사러 온 손님이 부르거나 손짓만 히여도 급히 계산대를 왔다갔다해야 하는 사신의 초라한 모습을, 에밀리 레스터가 길건너 우아하고 넓은 응접실에 앉아서 보고 있다는 것은 정말로 굴욕적인 일이 아닐 수 없었다.

조안나는 아무리 하찮은 손님이 가게에 와도 반가이 맞아야 했으며, 또 그들을 길에서 만나도 공손히 인사를 해야만 했다.

그러나 이와는 반대로 에밀리는 아이들과 가정교사를 데리고 여유있게 거리를 산책하기도 하고 마을의 점잖은 사람들과 한가로이 이야기를 주고 받는 것이었다.

이것은 바로 조안나가 별로 사랑하지도 않는 사람의 애정을 다른 사람에게 빼앗기지 않으려고 그와 결혼한 결과였다.

그러나 쉐이드랙은 착하고 정직한 사람이었다. 그는 몸과 마음을 다해 남편으로서 충실하였다. 세월이 흐를수록 두 아들의 어머니인 아내에게 더욱더 정성을 기울였다. 과거에 에밀리에게 가졌던 사랑의 흔적은 젊은 시절의 한 충동에 불과하였다고 여겼다. 에밀리는 그에게 있어 이제 한 평범한 여자 친구에 불과하였던 것이다.

쉐이드랙 졸리프를 대하는 에밀리의 감정 또한 마찬가지였다. 만약 에밀리가 조금이라도 질투하는 감정을 나타냈었더라면 조안나는 아주 만족감을 느꼈을 것이다. 조안나는 자신이 만들어낸 일의 결과에 대해서 두 사람 모두 별 관심을 나타내지 않았기 때문에 불만스러웠다.

다른 많은 가게와의 경쟁에서 이 작은 가게가 살아남으려면 주인은 약간은 인색하고 약삭빨라야 한다. 그러나 쉐이드랙에게는 이러한 소질이 전혀 없었다.

만약 어떤 고집센 행상인이 억지로 떠맡기다시피한 달걀 대용품을 어떤 손님이 찾아와서 정말 맛이 좋으냐고 묻는다면 그는 이렇게 대답하는 것이었다.

"푸딩 속에 직접 넣어보기 전에야 어떻게 그 맛을 알 수 있나요?"

또 손님이 모카 커피를 가리키며,

"이거 진짜예요?"

하고 물으면 그는 이렇게 대답하는 것이었다.

"저희들은 그렇게 알고 있지만 사실은 누가 알겠어요?"

어느 여름날의 일이었다. 숨이 막히는 것 같은 뜨거운 햇빛이 길건너 맞은편 벽돌집에서 반사해 가게 안으로 들어왔다. 가게 안에는 졸리프 내외밖에는 없었다. 한 화려한 마차가 에밀리의 집 앞에 와서 멈춰서는 것이 조안나의 눈에 띄었다. 요즘 에밀리는 부쩍 자주 이 가게에 와서 물건을 사 갔다. 마치 단골 손님처럼 말이다.

"쉐이드랙, 당신은 장사할 체질이 아닌가 봐요. 하긴 어려서부터 '장사'의 '장'자도 모르고 자랐으니까 그렇겠죠. 당신같은 사람이 갑자기 장사를 해서 돈을 벌기란 무척 힘든 일일 테죠?"

아내는 한숨을 쉬며 낮은 목소리로 이야기했다.

졸리프는 항상 그랬지만 아내의 이 말에도 변명할 여지가 없었다.

"세상에서 돈이 다는 아니잖소? 이 정도면 그래도 괜찮지 않소? 어떻게 해서든 이 가게를 꾸려나가면 그럭저럭 먹고 살지 않겠소?"

식료품이 들어있는 병들 사이로 맞은편 커다란 저택을 다시 한 번 바라본 여자가 입을 열었다.

"그럭저럭 먹고 살지 않겠느냐고 했나요? 당신은 저 에밀리 레스터가 눈에 보이지 않나요? 얼마나 흥청망청 써대며 살고 있는지 좀 보란 말예요. 아주 지지리도 못살던 애가요. 그 집 아이들은 대학까지도 염려없을 거예요. 그런데 우리 애들을 좀 봐요. 겨우 교구(敎區) 안 학교에 가는 게 고작이잖아요."

조안나는 침통한 표정으로 말했다.

쉐이드랙은 아내의 이 말을 듣자 에밀리를 떠올리고는 곧 즐거운 듯이 말했다.

"조안나, 당신은 에밀리에게 아주 좋은 일을 했어요. 당신이 에밀리에게 나를 단념하라고 했기 때문에 우리의 어설픈 관계는 매듭을 짓게 됐고, 또 레스터 씨의 청혼에 응할 수 있었으니까. 세상에서 에밀리에게 그만큼 좋은 일을 한 사람이 또 누가 있겠소?"

조안나는 이 말을 듣자 거의 미칠 지경이었다.

"이제 옛날 일은 말하지 마세요!"

그녀는 너무나 슬퍼서 거의 애원하다시피 말하였다.

"아무리 당신이 돈에 관심이 없다고 하더라도 자식들과 나를 위해서 무슨 수를 써서라도 돈을 벌어야 할 게 아니에요?"

"음, 솔직히 말해서 난 이런 일이 성미에 맞지 않소. 처음부터 난 그걸 쭉 느꼈소. 그러나 별로 입밖에 내고 싶진 않았소. 사실 나에게는 마음껏 활개칠 수 있는 장소가 필요해. 손님들과 이웃들의 틈바구니 속에 끼여서 살아가는 것보다 좀더 자유롭게 활동할 수 있는 넓은 곳 말이오. 나도 내 길을 잘만 들어선다면 돈도 벌 자신이 있다오."

"그런데 당신의 길이란 도대체 무엇을 말하는 거지요?"

"그거야 다시 배를 타는 거지."

조안나는 다른 뱃사람의 아내들처럼 반과부의 생활을 하는 것이 싫어 남편을 집에 붙잡아 두었던 것이다. 그러나 그의 야망은 아내의 본능까지도 꺾어 버렸다.

"그러면 정말 성공할 수 있을까요?"

"그 수밖에는 없어."

"쉐이드랙, 당신은 기어코 배를 타실 건가요?"

"나도 그게 그리 내키지는 않아요. 원래 뱃사람의 생활이라는 것이 구석방에서 사는 것만큼이나 하잘것없고 싱겁지. 그리고 사실 난 바다가 싫다오. 이건 전부터 그랬었소. 하지만 당신과 아이들을 위해 돈을 벌어야 한다면 어쩔 수 없지. 본래 뱃일밖에 모르는 나같은 놈에게 다른 뾰족한 수가 있겠소?"

"돈을 벌려면 오래 걸릴까요?"

"그야 그때의 형편에 따라 다르지. 아마 그다지 오래 걸리지는 않으리라 생각하오."

다음 날 아침 쉐이드랙은 항해용 재킷을 꺼내 입었다. 그가 처음에 바다에서 돌아왔을 때 입고 있던 것이었다.

그리고 바로 부둣가로 나갔다. 항구는 전에 비해 조금 변했으나 여전히 뉴파운들랜드와의 무역은 제법 활기있게 계속되고 있었다.

그 후 얼마 후에 쉐이드랙은 자기가 선장이 되기로 하고 공동으로 쌍돛배 한 척을 샀다. 그것을 사기 위해 그는 있는 재산을 몽땅 바쳤다. 처음 몇 달 동안은 연안 무역에 종사하면서, 식료품 가게를 하면서 몸에 배인 육지의 냄새를 완전히 털어버렸다.

봄이 되자 그의 배는 뉴파운들랜드를 향하여 떠났다.

조안나는 이제 자식들과 집에 남아 있게 되었는데, 자식들도 이제는 건장한 젊은이로 성장해 있었고, 부둣가에서 인부로 일하고 있었다.

"잠깐 동안 일하는 거야 뭐 어때?"

그녀는 자식들이 딱하다는 생각이 들 때마다 혼자 이렇게 중얼거렸다.

"우리 집 형편에 놀고 먹을 수는 없으니까 어떡하겠어. 하지만 쉐이드랙만 돌아오면 이제 다 끝났어. 아직 열일곱, 열여덟 살이니 그때라도 가정교사를 데려다가 잘 가르치면 돼. 돈만 있으면 내 아이들에게도 수학이나 라틴어를 가르쳐서 에밀리의 아이들처럼 신사로 만들 수 있어."

쉐이드랙이 돌아오겠다는 날이 차츰 가까워왔다. 마침내 그날이 되었다. 그러나 그는 돌아오지 않았다. 배가 제 날짜에 돌아오기는 그리 쉬운 일이 아니었기 때문에 조안나는 별로 걱정하지 않았다.

배는 예정된 날짜보다 약 한 달쯤 지난 후에 돌아왔다. 쉐이드랙이 돌아온다고 기별이 온 날은 비가 추적추적 내리는 밤이었다. 그리고 쉐이드랙은 빗속을 터벅터벅 걸어서 집으로 들어섰다.

아이들이 아버지 마중을 나갔지만 서로 만나지 못한 모양이었다. 그래서 집에는 조안나 혼자 남아 있었다. 오랜만에 만난 두 부부는 흥분을 감출 수가 없었다. 겨우 진정되자 남편은 늦어진 이유를 설명하였는데, 그것은 약간 투기성이 있는 계약을 맺기 위해서이며 그 결과는 매우 좋았다고 말하였다.

"난 결코 당신을 실망시키지 않기 위해서 무척이나 애썼소. 당신도 그건 알 테지?"

그는 이렇게 말하고는 돛배의 천으로 만든 커다란 돈주머니를 아내 앞에다 내놓았다. 그것은 마치 재크가 죽였다는 거인(巨人)의 돈주머니처럼 돈이 불룩하게 차 있었다. 그는 그 돈주머니를 풀어서 그 속의 것을 난로 곁의 낮은 의자에 앉아 있는 조안나의 무릎에 쏟았다.

상당한 금화가 조안나의 치마폭에 갑자기 와르르 쏟아지자 그녀의 치마는 방바닥에 축 늘어졌다.

"거봐요, 내가 뭐랬어요? 한밑천 잡겠다고 하지 않았소? 어때요, 이만하면 약속을 지키지 않았소?"

쉐이드랙은 아주 흐뭇한 얼굴로 말하였다. 그러나 조안나의 기쁨은 잠시였다.

"이거 정말 금화죠? 그런데 이게 전부예요?"

그녀가 말하였다.

"이게 전부냐고? 조안나, 이 정도만 해도 300파운드는 족히 될 텐데…… 이만하면 한밑천 되지 않소?"

"그렇겠죠. 바다에서 보면야 한밑천 되겠죠. 하지만 여긴 바다가 아니라 육지라고요."

조안나는 일단은 돈 생각 같은 건 하지 않으려고 했다.

아들들이 돌아왔다. 쉐이드랙은 주일에 하느님에게 감사의 기도를 올렸다. 이번에는 평범하게 일반 감사의 기도를 올리듯이 이탤릭체로 씌어진 부분을 읽어나갔다.

그리고 며칠이 지났다. 부부는 그 돈을 어디에 투자할 것인지 의논하다가 쉐이드랙은 아내가 그다지 만족스럽지 않은 듯이 보인다고 말했다.

"맞아요, 쉐이드랙. 맞은편 저 집은 천 단위예요. 하지만 우리 집은 백 단위밖에 안 돼요. 저 집은 당신이 바다로 떠난 뒤에 쌍마차도 장만했다구요."

"그것이 정말이오?"

"당신은 세상 물정을 몰라도 너무 몰라요. 하지만 우리 형편에 그거라도 가지고 최선을 다해볼 밖에요. 우린 가난뱅이고 그들은 부자니까요."

그럭저럭 그해가 지나가 버렸다. 조안나는 가게와 집 사이를 왔다갔다하였으며, 아들들은 여전히 항구에서 일하고 있었다.

어느 날 쉐이드랙은 조안나에게 말하였다.

"조안나, 당신은 아직도 무언가 불만이 있나 보구려."

"그래요, 불만이 있다마다요. 우리 아이들은 레스터네가 소유하고 있는 배나 부리며 살아가게 될 텐데요. 옛날엔 내가 에밀리보다 모든 면에서 훨씬 나았는데……."

졸리프는 원래 따지기를 좋아하는 사람이 아니었다. 그는 약간 머뭇거리며 한번 더 바다로 나가볼까 한다고 말했다.

그는 며칠을 두고 곰곰이 생각했다. 그리고 어느 날 오후에 부둣가에서 집으로 돌아와서 말하였다.

"가능한 일이오. 특히 당신을 위해서라면 해야지. 한 번만 더 바다로 나간다면 분명히 할 수 있을 거요."

"가능하다니 뭐가 말예요?"

"백 단위가 아니라 천 단위가 될 수 있단 말이오. 만약 그렇게만 한다면……."

"만약이라니요? 그게 무슨 말이에요?"

"아이들과 같이 배를 탄다면 말이오."

그 말을 들은 조안나의 얼굴은 하얗게 질렸다.

"쉐이드랙, 그런 말은 입밖에도 내지 마세요."

"왜?"

"그런 말은 듣기도 싫어요. 바다가 얼마나 위험한지 몰라서 그 러세요? 나는 아이들을 번듯하게 키우고 싶어요. 그런 위험한 일 을 어떻게 시켜요. 난 죽어도 그런 짓은 못 해요."

"알았소. 내 다시는 그런 말은 하지 않으리다."

다음 날 조안나는 한참동안 생각에 잠겨있는 듯하다가 이렇게 물었다.

"만약 당신이 아이들과 함께 바다로 나간다면 정말로 전보다 더 많이 벌어올 수 있을까요?"

"물론이지. 내가 혼자서 버는 것보다 네 배는 더 벌 수 있을 테 지. 내가 잘만 지켜봐 주면 애들은 자신들의 몫을 단단히 해낼 거 요."

"좀더 자세히 얘기해 주세요."

"그 아이들은 웬만한 선장 못지 않게 배를 능숙하게 부릴 수 있 소. 남쪽 바다에는 이 항구보다 더 물굽이 사나운 곳은 없다오. 우리 아이들은 어려서부터 단련이 되어 왔기 때문에 물에 대해서 는 아주 침착하오. 아마 그 아이들보다 갑절이나 나이많은 사람 대여섯 명이 있다 해도 우리 아이들을 당해내지 못할 거예요. 아 주 믿음직스럽지."

조안나는 잠시 또 생각에 잠기더니 이렇게 말하였다.

"하지만 역시 바다는 위험해요. 게다가 전쟁이 났다는 소문도 있구요."

조안나는 역시 불안해하며 말하였다.

"그야 위험하기는 하지……."

조안나는 자꾸만 더 불안해졌다. 아이들을 생각하면 가슴이 메어졌다. 또 요즘 들어 더욱더 자주 그녀의 가게를 드나드는 에밀리의 태도는 정말로 봐주기 어려울 지경이었다.

조안나는 가난을 이유로 남편에게 더욱더 바가지를 긁어대기 시작했다.

아버지를 닮아 온순한 두 아이들은 항해를 나가면 돈을 벌 수 있다는 이야기를 듣자 조금도 주저하지 않고 배를 타겠다고 나섰다. 사실 그들도 아버지와 마찬가지로 바다를 썩 좋아하는 것은 아니었다. 하지만 아버지의 계획을 듣더니 당장 많은 돈이라도 벌게 된 것처럼 들떠서는 찬성하였다.

이제 문제는 엄마인 조안나였다. 조안나는 한참을 생각한 끝에 승낙하고 말았다.

쉐이드랙은 무척 기뻐하였다. 지금까지 자기를 지켜준 하느님께 감사를 드렸다. 하느님은 자기 자신에게 충실한 사람은 결코 저버리지 않는다고 쉐이드랙은 믿고 있었다.

그들은 전재산을 또다시 바쳤다. 그들 부자가 뉴파운들랜드와의 무역에 종사하는 동안에 조안나 혼자 겨우 살 수 있을 만큼의 상품만 남겨 두고 모두 처분해 버렸다.

지난번에는 아들들과 같이 있었기 때문에 미처 몰랐지만 이제는 그녀 혼자서 그 지루한 시간을 어떻게 견딜지 막막하였다. 그러나 그녀는 앞날의 행복을 위해서 꿋꿋이 견디리라 굳게 결심하였다.

쉐이드랙과 아들들은 여러가지 생활 필수품——버터, 치즈, 구두, 옷, 어로 도구, 밧줄, 항해복 등의 식료품과 잡화에 이르기까지 팔 수 있을 만한 물건은 모두 실었다. 그리고 돌아올 때에는 기름, 털가죽, 생선, 크랜버티 등의 상품들을 수입해 올 예정이었다. 그리고 항해하는 도중에 다른 항구들에서 무역을 하여 많은 돈을 벌어들일 생각이었다.

3

이들의 배가 항구를 떠난 것은 어느 따뜻한 봄날의 월요일 아침이었다. 조안나는 이들을 마중하지 않으리라 생각하였다. 자신의 욕심으로 인해 이들을 떠나보내는 슬픈 정경을 결코 볼 수가 없었던 것이다.

남편은 아내의 이러한 심정을 잘 이해했다. 그래서 떠나기 전날 밤에 12시 전에는 떠나게 될 것이라고 미리 말해 두었었다.

조안나가 다음 날 아침 5시에 잠을 깨었을 때 세 부자(父子)는 아래층에서 부산하게 떠날 준비를 하고 있었다. 조안나는 일부러 바로 내려가지 않았다. 그녀는 자리에 누운 채로 마음을 가다듬으려고 애썼다. 남편은 지난번과 마찬가지로 9시쯤 되어서 출발할 기라고 생각했다. 그러나 그녀가 슬픈 마음을 진정시키고 아래층으로 내려갔을 때에는 이미 남편과 아들은 떠나고 없었다. 이들이 떠난 자리의 책상에는 분필로 쓴 짧은 편지가 남아 있었을 뿐이었다.

쉐이드랙은 아내가 떠나는 것을 직접 보면 그녀의 마음이 더욱 더 괴로울까 봐 말하지 않고 떠난다는 사연을 몇 줄 급히 써놓은 것이다. 그리고 그 밑에 아이들이 쓴 글귀가 눈에 띄었다.

'어머니 안녕⋯⋯.'

조안나는 급히 부두를 향해 뛰어갔다. 그리고 저멀리 떠나는 남편의 배를 보았다. 그러나 그녀의 눈에는 바람에 펄럭이는 돛만이 보일 뿐 남편이나 아들의 모습은 보이지 않았다.

"내가 그들을 떠나게 한 거야!"

그녀는 이렇게 중얼거리며 울음을 터뜨리고 말았다.

그녀가 집으로 돌아와 다시 '안녕'이라는 글씨를 보았을 때 그 글씨는 그녀의 가슴을 갈가리 찢어놓는 듯하였다. 그러나 그녀가 안방에 들어와 에밀리의 집을 건너다보았을 때 그녀의 얼굴에는 옅은 미소가 지나갔다. 이제는 저 거만한 에밀리에게 굽실거리는 굴욕에서 벗어나게 될 것이다. 그녀만큼 잘살게 될 것이다.

에밀리 레스터에 대해서 말한다면 결코 그녀는 거만하다거나 우쭐대지 않았다. 그것은 다 조안나의 자격지심(自激之心)이었다. 에밀리는 부유한 상인의 아내로서 조안나보다 윤택한 것은 사실이었고, 어쩌다 둘이 마주치게 되면 에밀리는 될수록 그러한 차이를 보이지 않으려고 애썼다.

그해 여름도 어느 새 다 지나갔다. 조안나의 가게는 이제 계산대와 유리창만 남았다고 해도 과언이 아닐 정도였다. 조안나는 텅 비어버린 가게에서 간신히 연명해 나가고 있었다. 이제 단골 손님이라고는 에밀리뿐이었다. 조안나는 이 레스터 부인이 상품의 질도 물어보지 않고 손에 잡히는 대로 사 주는 지나친 친절이 오히려 가슴을 도려내는 듯이 아팠다. 그녀는 마치 적선을 베풀듯이 가리지 않고 물건을 사 주었던 것이다.

겨울이 왔다. 이번 겨울은 다른 어느 해보다도 음산한 겨울이었다. 조안나는 작별의 인사말을 쓴 글씨를 잘 보관하기 위해 책상을 벽을 향해 돌려 놓았다. 그녀는 그 글씨를 차마 자신의 손으로 지울 수가 없었다. 그 글씨를 바라볼 때마다 그녀의 눈은 눈물로 얼룩져 있었다.

에밀리의 아들들이 크리스마스 휴가를 보내기 위해 집으로 돌아왔다. 그들은 이제 곧 대학에 입학하게 될 것이다.

조안나는 하루하루를 겨우 연명해 나갔다. 이제 한 번의 여름이 더 지나면 항해도 끝날 것이다.

그 여름이 끝날 무렵 에밀리는 옛친구가 몹시 애를 태우고 있다는 말을 듣고 조안나를 찾아갔다. 남편과 아이들에게서 몇 달째 소식이 끊어졌던 것이다.

에밀리가 가게의 계산대를 지나 뒷방으로 들어갈 때 그녀의 비단옷은 뽐내듯이 반짝였다.

"넌 아주 잘 되었지만 난 이 모양이구나."

조안나가 말했다.

"별 얘기를 다하는구나. 이제 곧 많은 돈을 벌어가지고 오실텐데……."

에밀리가 말하였다.

"안 돌아올지도 모른다는 생각을 하면 정말로 못 참겠어. 여자 혼자만 남겨 두고 셋이 몽땅 한배를 타다니…… 그런데 벌써 몇 달째 소식이 없단다."

"아직 돌아올 날이 남았는데 벌써부터 걱정할 필요는 없잖아."

"그들이 없는 허전함을 달랠 수가 없어."

"그러게 왜 애초에 보냈어! 그 동안 잘 살아왔으면서……."

"그래, 내가 가라고 했어!"

조안나는 에밀리를 쏘아보며 말하였다.

"왜 가라고 했는지 알아? 너희는 그렇게 잘 사는데 우린 이 모양으로 초라하게 사는 것이 참을 수가 없었어. 만약 네가 날 미워한다고 해도 어쩔 수 없어."

"아냐, 조안나! 내가 왜 널 미워하겠니?"

어느 새 가을도 깊어졌다. 쉐이드랙의 배가 마땅히 돌아와야 하는데 어쩐일인지 부두에서 그의 배는 그림자도 구경할 수가 없었다.

조안나는 그 걱정이 현실이 되는 게 아닌가 하였다. 그녀는 떨리는 마음을 진정시킬 수가 없었다. 난로가에 앉아 바람이 불 적마다 그녀의 온몸도 바르르 떨렸다. 그리고 그녀는 바다를 무서워하게 되고 증오하게 되었다. 그녀가 슬퍼하는 모습을 보고 바다는 기뻐하는, 원수 같은 존재라고 생각하였다.

"그들은 반드시 돌아올 거야."

조안나는 중얼거렸다.

조안나는 쉐이드랙이 떠나기 전에, 이번 항해에 성공해서 돌아오면 지난번 난파를 면하고 왔을 때 감사의 기도를 올렸던 것처럼 아들들을 데리고 교회에 가서 하느님께 진심으로 감사의 기도를 올리겠던 말이 머리 속에 떠올랐다.

그녀는 아침 저녁으로 교회에 갔다. 그리고 강단에서 가장 가까운 곳에 자리를 잡고 앉았다. 그녀는 쉐이드랙이 젊은 시절, 무릎을 꿇고 앉았던 자리를 물끄러미 바라보았다. 20년 전 어느 겨울 남편이 무릎을 꿇고 앉았던 그 자리를 그녀는 정확히 기억하고 있었다.

그녀는 그 자리에 모자를 벗어놓고 그 자리에 그대로 무릎을 꿇고 앉았다. 그러면 하느님은 자비하신 분이니 아마 남편을 그 자리에 그대로 다시 앉을 수 있게 할 것이라고 굳게 믿었다. 남편이 양옆에 두 아들을 하나씩 앉히고 기도를 하고 있는 모습을 마치 눈앞에서 보고 있는 것 같았다.

훤칠한 키의 두 아들과 그 사이에 있는 건장한 몸집의 남편, 그들은 합장을 하고 동쪽을 향해 있었다.

그녀가 피로한 눈을 들어 동쪽을 볼 때마다 그들 세 부자의 환영을 보는 것이었다.

그들은 돌아오지 않았다. 하느님은 자비로운 분이지만 조안나의 영혼을 불안에서 건져주지는 않았다. 그것은 아마도 젊은 날의 조안나가 자신의 양심을 저버린 대가인지도 모른다. 그러나 그것은 죄값이라고 하기에는 너무나 큰 것이어서 그녀를 완전히 절망에 빠뜨렸다.

배가 돌아온다고 한 날이 벌써 여러 달이 지났건만 아직도 배는 돌아오시 않았다.

조안나는 날마다 부두에 나가 배를 기다렸다. 환히 트인 뱃길이 보이는 언덕에 올라가, 멀리 지평선 저쪽에 작은 점 같은 것이 물결을 타고 남쪽을 향하는 것을 보고 쉐이드랙의 배일 것이라고 생각하곤 하였다. 또 그녀는 집안에 있다가도 부두쪽에서 와자지 껄하는 사람들 소리가 나면 속으로 '그이와 아이들이 오나 봐.' 하고 중얼거리며 벌떡 일어나 밖을 내다보는 것이었다.

그러나 그들은 돌아오지 않았다. 그녀는 주일마다 교회의 강단 앞에 앉아 있는 세 사람을 보기는 했지만 그것은 환영에 불과하였다.

이제 그녀의 가게도 바닥이 나 버렸다. 그녀는 불안과 고독에 지친 나머지 장사에 신경쓸 여력이 없었다. 몇 푼어치의 물건도 들여놓을 엄두가 나지 않았다. 그래서 결국에는 마지막 단골 손님까지도 놓쳐버리고 말았다.

에밀리 레스터는 곤경에 빠진 조안나를 도와주려고 했으나 번번이 거절당하고 말았다.

"난 널 보기도 싫어!"

친구에게 도움을 주고싶어한 에밀리가 찾아오면 조안나는 이렇게 소리치는 것이었다.

"조안나, 난 친구로서 널 위로해 주고 조금이라도 돕고 싶어서 그래."

에밀리가 말하였다.

"넌 돈많은 남편과 훌륭한 아들을 둔 부인이 아니니? 자식도 남편도 다 잃어버리고 늙어버린 할멈을 네가 어떻게 하겠다는 거니?"

"조안나, 이런 곳에 혼자 있지 말고 우리 집에 와서 같이 사는 게 어떻겠니?"

"오! 안 돼. 그들이 돌아왔을 때 내가 집에 없어서는 안 돼. 그러고 보니 너 날 그들과 떼어놓을 작정이구나? 그것만은 절대로 안 되지. 난 그냥 여기 있을 거야. 난 네가 정말 보기 싫어. 아무리 나한테 친절한 척해도 역겹기만 해."

그러나 세월이 흘러감에 따라 아무 수입도 없는 조안나로서는 뾰족한 수가 없었다. 집세도 못 낼 형편이었다. 주위의 모든 사람들이 쉐이드랙과 아들들이 돌아오기는 이젠 틀렸다고 이야기했다. 그녀는 할 수 없이 레스터의 집에서 신세를 지기로 하였다.

그녀는 레스터의 집 3층의 한 방에서 거처하게 되었다. 그 방은 그 집 가족들과 부딪히지 않고 마음놓고 밖을 출입할 수도 있게 되어 있었다.

조안나의 머리는 어느 새 희끗희끗해지고 이마에는 깊은 주름살이 패여 있었다. 몸은 깡마르고 허리는 구부정하였다. 하지만 아직도 그녀는 남편과 아들들을 기다리고 있었다.

그녀는 어쩌다가 에밀리와 마주치게 되면 퉁명스럽게 이렇게 말하는 것이었다.

"난 네가 왜 나를 이리 데려왔는지 다 알아. 넌 내게 쉐이드랙을 뺏은 앙갚음을 하려는 거야. 그가 돌아왔을 때 내가 집에 없는 것을 보고 다시 바다로 떠나도록 말야."

친구의 마음이 얼마나 아프고 슬플까를 생각한 에밀리 레스터는 친구의 터무니없는 비난을 들으면서도 꾹 참았다.

에밀리뿐만 아니라 이곳 헤이븐풀에 사는 모든 사람들은 쉐이드랙과 그의 아들들이 영원히 돌아오지 못할 곳으로 갔다고 생각하고 있었다.

그러나 조안나는 한밤중이라도 무슨 소리가 나기만 하면 침대에서 벌떡 일어나 램프를 들어 건너편 가게를 바라보곤 하였다. 하지만 번번이 그들이 아니란 걸 확인해야 했다.

쉐이드랙의 배가 항구를 떠난 지도 6년이 지난 어느 겨울 컴컴한 밤이었다. 차가운 바닷바람이 비린내를 품고 불어닥쳤다. 조안나는 다른 어느 때보다 더 간절한 심정으로 그날도 집떠난 이들을 위해 기도하고 11시가 되어서야 잠자리에 들었다.

그녀는 자다가 깜짝 놀라 깨어났다. 그때의 시각이 밤 1시나 2시쯤 되었을 것이다. 거리에서 쉐이드랙과 아이들의 발소리가 들리더니 곧이어 가게 앞에 와서 부르는 소리가 들렸던 것이다.

그녀는 침대에서 벌떡 일어나 무슨 옷을 입었는지도 모르고 허둥지둥 융단을 깔아놓은 에밀리의 집 계단을 급히 내려갔다. 그리고 대문의 빗장을 풀고는 거리로 뛰어나갔다.

부둣가에서 휩쓸려온 안개로 인해 거리는 한치 앞도 구별하기가 어려웠다. 그녀는 순식간에 행길을 건넜다. 그러나 그곳에는 아무도 없었다. 그녀는 미친듯이 맨발로 근처를 헤맸으나 아무도 없었다.

그녀는 다시 가게 앞으로 돌아왔다. 쉐이드랙과 아이들은 자기의 잠을 방해하지 않으려고 그냥 가게 안에서 하룻밤을 새려고 할지도 모른다. 그녀는 힘껏 가게 문을 두드렸다.

이윽고 현재 그 가게를 운영하는 젊은 주인이 이층 창문을 열고 내다보았다.

"누구시죠?"

그의 눈에는 송장 같은 여자가 반벌거숭이로 서 있는 것이 보였다.

"아, 졸리프 부인이시군요? 난 누가 왔나 했어요."

젊은 주인은 친절하게 말했다.

불쌍한 부인의 터무니없는 기대가 그녀를 이 지경으로 만들었다는 걸 잘 알고 있었기 때문이었다.

"여긴 아무도 찾아오지 않았어요."

젊은 주인은 이렇게 말하고 가엾어하며 그녀를 쳐다보았다.

아들의 거부권

1

그녀의 밤색 머리를 뒤에서 본다면 누구라도 놀랍고 신비롭게 여길 것이다. 새까만 깃털 솔을 단 검은 수달의 가죽으로 만든 모자밑으로 한 바구니의 골풀처럼 긴 머리를 절묘하게 땋고, 꼬고, 사려서 멋진 모양을 연출했다.

어떤 사람은 이토록 정성드려 땋고 사렸다면 한 달이나 일 년쯤 손을 대지 않기 위해 손질했다고 생각할 것이다. 그러나 이것은 단지 하루밖에 가지 못한다. 잠자리에 들 때면 모조리 풀어버리고 만다. 단지 하루밖에 가지 못하는데 그렇게 정성스럽게 손질하는 수고를 낭비라고 생각할 수도 있을 것이다.

그녀는 그 머리를 자신이 손수 그렇게 매만졌다. 사실 그렇게 해줄 하녀도 없었다. 그녀는 단지 그것을 매우 자랑스럽게 여겼다. 그래서 언제나 수고를 아끼지 않고 매우 정성스럽게 머리를 매만졌다.

그녀는 몸이 불편한──그렇게 심한 건 아니었다──젊은 부인으로서 휠체어에 앉아 있었다. 그 의자는 공원 음악당 앞의 잔디밭에 놓여 있었다.

따뜻한 유월의 오후, 연주회가 열리고 있었다.

연주회는 작은 공원이나 큰 저택의 정원의 한쪽에서 열리곤 했다. 연주회는 곧 자선 사업을 위한 기금을 마련하려는 활동이기도 했다. 이 대도시는 매우 복잡했으며 연주회에 대한 홍보를 아무도 하지 않았는데도 어느 새 시민들은 알아차리고 연주회가 열리는 잔디밭에 가득 모여들었다.

연주회가 진행되는 동안에 많은 청중들은 의자에 앉아 있는 이 여인을 눈여겨 보았다. 그녀의 자리는 다른 사람들의 자리보다 유독 나와 있었기 때문에 자연히 눈길을 끌 수밖에 없었다.

그녀의 얼굴은 잘 보이지 않았지만 솜씨좋게 만져진 머리, 새하얀 귀와 목덜미, 그리고 매끈하고 혈색좋은 곡선은 뒤에 앉은 사람들로 하여금 그녀의 용모가 아름다우리라는 기대감을 갖게 하였다.

하지만 너무 높은 기대감에는 실망이 따르기 마련이다. 여인이 고개를 돌려 슬쩍 뒤를 돌아보았을 때 사람들은 상상했던 것만큼 아름답지는 못하다고 생각하였다.

그녀는 생각보다 늙어 보였다. 그렇지만 그녀의 얼굴은 병색이 보인다거나 하지는 않았다. 오히려 매력이 있었다. 옆에 서 있는 열두세 살쯤 되어 보이는 소년에게 고개를 돌려 뭔가를 속삭였는데 그때마다 그녀의 얼굴은 더욱 상세하게 드러나 보였다. 그 소년은 명문 사립 중학교의 교복과 모자를 쓰고 있었다.

그녀 근처의 사람들은 소년이 여인에게 '어머니'라고 하는 소리를 들을 수 있었다. 연주가 끝났을 때 청중들은 일부러 그녀의 곁을 지나서 돌아왔다. 호기심을 가진 많은 사람들이 그녀를 똑똑히 보기 위해서였다.

그녀는 휠체어에 앉아서 사람들이 다 빠져나가기를 기다렸다. 붐비는 사람들 틈에 끼여 휠체어가 나가기란 쉽지 않기 때문이다.

그녀는 사람들이 자기를 쳐다보는 것에 별로 신경쓰지 않는 것 같았다. 아니, 마치 그들의 시선을 기대라도 한 것처럼 상냥한 갈색 눈동자를 들어 사람들의 시선을 받아들였다.

드디어 그녀도 공원 밖으로 나와 도로를 지나서 학생과 함께 사람들의 시야에서 멀어져 갔다.

그녀가 가는 것을 끝까지 바라보고 있던 몇 사람은 그녀에 관한 이야기를 하였다. 그 중 한 사람의 말에 의하면 그녀는 이웃 교구(教區)에 사는 목사의 후처로서 절름발이라는 것이었다. 대부분의 사람들은 그녀가 어떤 기막힌 사연을 지녔을 거라고 생각하였다.

집으로 돌아가면서 소년은 아버지 혼자서 쓸쓸했을 것이라고 말하였다.

"하지만 우리가 나오기 전까지도 기분이 좋으니까 그렇진 않을 거야."

그녀가 말하였다.

"'좋으니까'가 아니라 '좋으셨으니까' 예요."

사립 중학교에 다니는 아들은 까다롭게 말트집을 잡았다.

"이제 그 정도는 아셔야죠"

어머니는 아들을 탓하지도 않았으며 얼른 아들이 지적한 말을 고쳤다. 그리고 어머니는 아들의 입가에 묻은 과자 부스러기를 닦으라고 아주 상냥하게 말했다. 소년의 입에 과자 부스러기가 묻은 것은 남들 모르게 살짝 먹다가 묻힌 것이었다.

그후 가엾은 여인과 소년은 더 이상 아무말도 하지 않았다.

사실 그녀의 어법은 그녀의 차림에는 미치지 못했는데 거기에는 사연이 있었다. 그녀는 스스로 자신의 생을 이렇게 만들어 놓은 것이 과연 현명한 것이었는지 골똘히 생각에 잠겼다.

그녀의 고향은 런던에서 약 50마일쯤 떨어져 있는 북부 웨섹스 한구석에 있는 주청 소재지인 올드부릭컴에서도 조금 더 가야 했다. 그곳은 케미드라는 시골 마을로 교회와 목사 사택이 있는 아주 아름다운 마을이었다. 그녀는 그곳에서 태어나고 자랐기 때문에 그 고장을 아주 잘 알고 있었지만 소년은 아직 한 번도 가보지 못하였다.

그녀가 지금의 불행을 갖게 된 최초의 사건은 겨우 19살 때 고향 마을에서였다. 그녀의 희비극의 1막이 되는 거룩한 남편의 전처의 죽음을 그녀는 똑똑히 기억하고 있었다.

그날은 봄날의 저녁이었다. 그녀는 그때 이 목사인 남편의 집에서 잔심부름을 하던 계집아이에 불과하였다. 그런 그녀가 벌써 여러 해 동안이나 전처의 사리를 차지해 왔으며, 현재도 차지하고 있는 것이다.

전처는 병을 앓고 있었는데 모든 정성을 다 기울였으나 마침내 죽고 말았다. 그녀는 같은 마을에 살고 계신 부모님께 이 슬픈 사실을 알리기 위해 저녁 무렵에 집을 나섰다.

그녀가 하얀 문을 열고 뜰로 나와 저녁놀을 받으며 서쪽에 늘어서 있는 나무들을 바라보고 있을 때, 문득 한 사나이가 서 있는 것을 깨달았다.

그녀는 별로 놀라지는 않았다. 그러나 매우 놀란듯이 수선스럽게 소리를 질렀다.

"오! 샘, 깜짝 놀랐잖아!"

젊은이는 정원사로 둘은 잘 아는 사이였다.

그녀는 집 안에서 방금 일어난 일에 대해서 젊은이에게 자세하게 들려주었다. 두 젊은 남녀는 자신들의 일이 아니었으므로 아주 초연하게 단지 가까운 곳에서 일어난 일을 경건한 마음으로 얘기할 뿐이었다. 이 사건은 그들과 그다지 깊은 관계가 있는 것은 아니었다.

"앞으로도 계속 목사님 댁에 있을 거요?"

사나이가 물었다.

그러나 그녀는 이 문제에 대해서 생각해 본 바가 없었다.

"글쎄요, 아마 그럴 거예요……."

그녀가 대답했다.

"그렇다고 특별히 달라질 건 없잖아요?"

그녀는 부모님의 집을 향해 발걸음을 옮기고 있었고 사나이도 그녀를 따라 함께 걷고 있었다.

어느새 그의 팔이 그녀의 허리를 감아왔다. 그녀는 아무 말도 하지 않고 그것을 뿌리쳤다. 그러나 그는 또다시 팔을 허리에 감아왔고 이번에는 그녀는 가만히 있었다.

"사랑하는 소피, 그 집에 계속해서 있을 건 아니죠? 조금만 더 기다리면 나도 가정을 가질 수 있어요. 물론 지금 당장은 어렵지만 언젠가는 반드시 가정을 이룰 수 있어요."

"어머, 샘, 왜 그렇게 급히 서두르세요. 그리고 제가 언제 당신을 좋아한다고 했나요? 괜히 자기 맘대로 남의 뒤를 쫓아다니면서 말야."

"그럼, 나는 다른 사람처럼 프로포즈를 해서도 안 되나요?"

그녀의 집 앞에 도착하자 사나이는 작별 인사로 그녀에게 키스를 하려고 몸을 구부렸다.

"샘, 안 돼요. 이러면 안 돼요."

그녀는 완강하게 말했다.

"오늘은 보통날 밤하고는 달라요. 이런 때일수록 더욱 조심해야 해요."

그녀는 키스도 허락하지 않았지만 그를 집 안에 들어오지도 못하게 하고 그를 돌려보냈다.

홀아비가 된 목사의 나이 그때 마흔 살이었다. 그는 집안이 좋은 데다 딸린 어린 아이도 없었다.

이 지방에는 토착 지주가 없었다. 그는 대학 교수 정도의 봉급을 받는 성직록(聖職祿)에서 은둔 생활을 하고 있었다. 그리고 남의 눈길을 피하는 그의 버릇은 날로 심하여졌다.

바깥 세상에서는 변화의 물결이 넘쳤지만 그는 이를 선혀 수용하지 않았다. 아내가 죽었어도 그의 가정은 그대로였다. 요리사며, 하인들은 모두 그대로였다. 이들은 마음내키는 대로 일을 하였다.

목사는 그들이 일을 하지 않고 놀아도 전혀 눈치채지 못했다.

그러다가 누군가로부터 한 사람밖에 없는 가정에서 그토록 많은 하인이 필요있겠느냐는 말에 수긍을 하여서 하인을 줄이기로 작정하였다.

그런데 어느 날 잔심부름을 하는 소피가 먼저 그에게 떠나야겠다고 말을 꺼냈다.

"이유가 뭐지?"

"샘 홉슨이 결혼하자고 해서요."

"그래? 너도 결혼하고 싶니?"

"그렇지는 않아요. 하지만 저도 언젠가는 가정을 가져야 할 테니까요. 그리고 저희들 중 누군가는 그만둬야 한다는 얘길 들었어요."

며칠이 지난 후에 그녀는 다시 말했다.

"절 내보내지 않으신다면 당장은 떠나고 싶지 않습니다. 샘과 말다툼을 했거든요."

목사는 그녀를 쳐다보았다. 그는 가끔 그녀의 부드러운 태도를 느낀 적은 있었지만 지금까지 한 번도 그녀를 자세히 본 적은 없었다. 그녀는 고양이 새끼같이 가냘프고 상냥하게 생긴 계집아이였다. 그녀는 그와 오랫동안 관계를 맺고 있던 사람의 하녀였다. 만일 소피가 나간다면 어떡할까?

그러나 소피는 나가지 않았다. 다른 사람이 나갔다. 그리고 모든 것은 다시 전처럼 돌아왔다.

목사 트와이코트 씨가 병이 나자 소피는 직접 식사를 가져왔다. 어느 날 그녀가 방에서 나가자마자 층계에서 요란한 소리가 들려

왔다. 그녀는 쟁반을 든 채 층계에서 굴러 떨어져서는 다리를 삐게 되었다. 그녀는 일어나지 못했고 의사를 불러왔다. 목사의 병이 나았을 때에도 소피는 오랫동안 일어나질 못했다.

그후 그녀는 많이 걷지도 못하고 오랫동안 서 있어서도 안 된다는 얘기를 들었다. 이제 그녀는 이 집에 있어야 할 이유가 없었다.

그녀는 웬만큼 다리가 낫게 되자 그에게 말하였다. 뛰지도 오랫동안 걷지도 못하니 이제는 자신이 할 일이 없으므로 마땅히 떠나야 하는 게 도리라고. 그리고 숙모가 재봉사로 있는데 앉아서 하는 일이니 그것을 배울 거라는 이야기도 하였다.

목사는 그녀가 자기 때문에 큰 괴로움을 당하는 것에 감동되어 이렇게 말하였다.

"안 돼. 아무리 네가 다리가 불편하다 하더라도 나는 너를 보낼 수 없다. 절대 내 곁을 떠나지 마라."

이렇게 말하면서 그는 그녀에게 가까이 다가갔다. 그녀는 그의 입술이 자신의 볼에 닿는 것을 느꼈고, 자신과 결혼해 달라는 그의 목소리를 들었다. 그녀는 무슨 영문인지 알 수가 없었다.

그녀는 그에게 숭배에 가까운 존경심을 품고는 있었지만 엄밀히 말해서 그를 사랑하고 있지는 않았다. 아무리 그의 몸을 피하고픈 마음이 있었더라도 그녀는 그토록 거룩하고 위엄있게 보이는 그를 감히 거절할 수 없었을 것이다. 그녀는 그 자리에서 그의 아내가 되는 것을 허락하고 말았다.

맑게 개인 어느 날 아침 아무도 모르고 있던 그들 두 사람의 결혼 예배를 올리게 되었다. 교회의 창들은 활짝 열려 바깥의 상쾌한 공기를 불러들였으며, 새들은 쫑알쫑알 노래부르며 지붕의 들보에서 놀고 있었다. 목사와 이웃 교구의 목사보가 들어왔으며 그 뒤를 이어 두 사람의 입회자가 따랐다. 그리고 사회자가 들어왔고 마지막으로 새로 부부가 될 이들이 들어왔다.

트와이코트 씨는 이 결혼으로 인해——소피의 온순한 성격에도 불구하고——자신이 이 마을에서 더 이상 전과 같이 살 수 없음을 알고 있었으므로 다른 대책을 마련해야 했다. 런던 남부의 어느 교구의 목사직에 있는 친구와 서로 목사직을 맞바꾸기로 한 것이다.

그들 부부는 결혼식을 마치자마자 그곳으로 떠났다.

그들은 숲과 관목 덤불과 영지가 딸린 아름다운 집을 버리고 거리에 위치한, 좁고 누추한 집에 들게 되었다. 또한 아름다운 종소리 대신 귀에 거슬리는 언제나 똑같은 단조로운 종소리를 들어야 했다. 이렇게 된 것은 모두 그녀 때문이었다.

하지만 이제 그들 부부의 속사정을 아는 사람들은 없었기 때문에 주위의 눈총 같은 것은 받지 않아도 되었다. 이것은 그들이 누추하고 불편한 집에 머무는 불편을 보상하고도 충분히 남음이 있었다.

소피는 남자라면 누구나 사귀고 싶어할 만큼 매력이 있는 여자였지만 한 사람의 숙녀로서는 부족한 점이 많은 여자였다. 부엌일에서나 예의 범절에 있어서는 나무랄 데가 없었으나 교양면에 있어서는 부족함이 많았던 것이다.

남편은 결혼해서 14년 동안을 그녀를 가르치느라 무척 애를 썼다. 하지만 아직도 그녀는 was와 were의 용법에 대해서 혼동하였다. 몇 사람 안 되는 주위의 친지들은 그녀를 별로 존중하지 않았다.

그녀가 가장 가슴 아프게 생각하는 것은 어느 새 꽤 성장한 아들이 어머니의 모자란 점을 알아채고 그것에 대해서 불만스러워한다는 점이었다. 그녀는 언제나 아들의 교육을 위해서는 조금도 돈을 아끼지 않았다.

그녀는 몇 시간을 걸려서 머리를 땋기도 하고 매만졌다. 그 시간과 노력으로 인해서 그녀의 머리는 매우 아름다웠다. 그러나 이제 사과같이 싱싱하던 그녀의 볼도 그 빛이 퇴색되었고, 다리도 본래의 힘을 찾지 못해 걷는 것은 되도록 피해야 할 지경에 이르렀다.

남편은 살기가 편리한 런던의 생활을 그리워하게 되었다. 하지만 그는 아내보다도 20살이나 나이가 많았고 요즘은 병까지 얻어 괴로워하고 있는 지경이었다. 오늘은 아내가 아들 렌돌프와 함께 음악회에 가도 될 만큼 그의 병세는 좋아진 듯했다.

2

어느 날 사람들은 그녀가 상복을 입고 나타난 것을 보게 되었다. 트와이코트 씨는 병을 이기지 못하고 마침내 런던의 남쪽에 있는 묘지에 눕고 말았던 것이다. 만일 그 묘지에 있는 모든 시체들이 되살아난다 하더라도 그를 알아보는 사람은 아무도 없을 것이다.

소년은 아버지의 장례를 정성껏 치르고 이제는 학교로 돌아갔다.

세월이 흐르고 주위 환경도 변해감에 따라 소피도 나이를 먹어 외모는 성숙한 어른의 모습이었지만 행동이나 생각은 조금도 성숙해지지 않았다. 그러므로 언제나 주위로부터 어린애 취급을 받았다.

그녀는 일상생활에서 쓰는 얼마의 돈 외에는 마음대로 쓰지 못하도록 되어 있었다. 그녀도 자신이 세상 물정에 어둡다는 것을 알고 있으므로 남에게 속아넘어가지 않도록 방지하는 차원에서 모든 재산을 은행에 신탁(信託)해 놓고 있었다.

그녀는 아들이 고등학교를 마치면 옥스퍼드 대학에 진학시켜서 장차 훌륭한 성직자로 만들 심산이었다.

그녀는 먹고 나면 하는 일이 갈색의 머리를 땋는 일이었다. 다른 것은 아무것도 할 일이 없었다. 방학이 되어 아들이 돌아오면 맞을 수 있게 집이나 지키고 있으면 되었다.

나이가 많았던 남편은 아내보다 자기가 훨씬 먼저 죽으리라는 것을 예감하고 교회와 목사관이 있는 거리에 그녀의 소유로 별장 양식의 집을 사 두었었다. 이 집은 두 세대가 살게끔 간막이 벽으로 구분되어 있었는데 그녀가 살아있는 한 그 집은 그녀의 소유였다.

그녀는 이 집의 창가에서 앞에 있는 잔디밭을 내다보기도 하고 행길의 사람과 마차들이 끊임없이 지나가는 모습을 구경하기도 하였다. 또 이층 창가에서 몸을 내밀고 그을은 나무들과 안개낀 대기, 소란스러운 행인들의 모습을 유심히 보기도 하였다.

아들은 귀족적인 학문과 고전 문법 등에는 아주 능했다. 그러나 자연과 인간에 대한 동정심은 점점 말라가고 있었다. 누구보다도 그것이 풍부했고 자연과 친밀했던 아이, 그녀는 아들의 그런 면이 참 좋았었다.

이제 아들은 얼마 안 되는 동정의 범위를 돈 많고 지위 높은 사람들에 대해서만 적용시키려고 하였다. 그리하여 아들은 점점 그녀에게서 멀어졌다.

소피가 사는 곳에는 중소 상인들과 하급 점원들이 득시글거리는 교외였으며, 그녀의 유일한 상대는 자기집의 두 하인뿐이었다. 그녀는 남편이 죽은 뒤로는 그나마 있었던 취미마저 잊어버렸으므로 신사인 아들의 눈에는 한심한 어머니일 뿐이었다.

어머니의 뜨거운 애정에 비한다면 이러한 결점쯤은 아무것도 아니라는 걸 아들은 깨닫지 못할 정도로 아직은 철이 나지 않았다. 아니 어쩌면 영원히 철이 안 날지도 모른다.

만일 그가 집에서 어머니와 쭉 지내왔었더라면 어머니의 애정을 한몸에 받으며 그것을 느꼈을 것이다. 이제는 아들은 그런 걸 원하는 것 같지도 않았다. 그리하여 어머니의 애정은 가슴 밑바닥에 간직되어 있을 뿐이었다.

그녀의 생활은 너무나 쓸쓸하였다. 마음대로 산책을 나갈 수도 없었고 여행 같은 것은 꿈도 꿀 수 없었다. 이런 생활 가운데 또다시 1년이 지났다.

그녀는 한길을 내다보면서 자신의 고향 생각에 잠겨 있었다. 자신이 태어난 고향, 설사 들에 나가 일을 하는 한이 있더라도 돌아가고 싶은 곳이었다.

그녀는 몸을 그다지 움직이지 않으므로 밤에는 잠을 이루지 못하는 날도 많았다. 그러면 밤중이나 이른 새벽에도 자리에서 일어나 조용한 행길을 내다보는 것이었다. 거리에는 가로등들이 누군가 지나가기를 고대하고 있는 보초들처럼 죽 늘어서 있었다.

항상 새벽 1시쯤이면 행렬 같은 것이 지나갔다. 배추를 가득 실은 시골 마차들이 코븐트가든 시장으로 가는 것이었다. 앞뒤로 죽 늘어서서 달리는 마차에는 양배추와 수북이 쌓여 있는 완두콩이 들어 있는 광주리들, 하얀 무의 피라미드 등 각종 농산물이 늙은 말에 의해 끌려 가는 것이다. 그 늙은 말은 모든 동물들이 잠들어 있는 지금 이 고요한 시간에 왜 언제나 일해야 하는가를 깊이 생각하고 있는 것 같았다.

특히 마음이 울적하고 신경이 예민하여 잠 못 드는 밤, 이러한 광경을 내다보고 있으면 가끔씩 동정심을 이기지 못할 때도 있었다. 그 싱싱한 야채들이 가로등 밑을 지날 때 싱싱한 빛을 발하던 것이나 수마일의 여행으로 말의 몸에서 김이 모락모락 올라오며 땀으로 번질거리는 모습을 보면 마음이 안정되기도 하였다.

이렇게 마차를 몰고 가는 농부들은 이 거리의 상인들과는 다르게 느껴졌고 흥미를 가지게 되었고 어떤 매력까지도 느끼게 되었다.

어느 날 아침에 한 사나이가 마차에 감자를 가득 싣고 가면서 한길의 늘어선 집들을 유심히 쳐다보면서 지나가는 것을 보았는데 이상하게도 그 사나이가 기억에 남으며 전혀 낯설지 않다고 느꼈다.

그녀는 그 마차를 끝까지 지켜보았다. 그 마차는 갈색의 구식 마차라 눈에 쉽사리 띄었다.

그녀는 사흘 후에 그 마차를 다시 볼 수가 있었다. 그 사나이는 그녀의 짐작대로 예전에 케미드의 정원사로 있었고 한때 그녀에게 청혼까지 했었던 샘 홉슨이었다.

그녀는 가끔씩 그 사나이를 생각하였다. 그리고 그와 함께 하는 오막살이 생활이 지금까지의 생활보다는 더 행복하지 않았을까, 하고 생각해 보았다.

그녀가 그를 진정으로 사랑한 것은 아니었다. 하지만 지금의 쓸쓸한 생활에서 그의 출현은 그녀에게 커다란 흥미를 가져다 주었다. 그러나 그에 대한 흥미는 아무리 생각해도 옳은 것은 아니었다. 그녀는 침대에 누워서 다시금 깊이 생각해 보았다.

채소 장수들은 새벽 1시나 2시쯤이면 반드시 시내로 들어왔지만 언제쯤 돌아가는지는 알 수 없었다. 그들의 마차는 차와 사람들이 붐비는 낮에는 눈에 잘 띄지 않았던 것이다. 하지만 정오가 가까울 무렵에 한 대의 마차가 돌아가는 것이 그녀의 눈에 띄었다.

때는 4월이었다. 그녀는 아침 식사를 마치고 바느질거리를 들고 앉았지만 눈은 거리로 향해 있었다. 그때 10시와 11시 사이에 그녀가 기다리던 마차가 짐을 풀고 돌아가는 것이 보였다. 샘은 앞만 보면서 골똘히 생각에 잠긴 채 마차를 몰고 있었다.

"샘!"

그녀가 큰 소리로 불렀다.

깜짝 놀라며 뒤를 돌아본 그의 얼굴에는 기쁨의 빛이 감돌았다. 그는 소년을 불러 말고삐를 잡게 하고서 그녀의 집 창 밑에 다가

와서 섰다.

"샘! 내가 뛰어 내려갈 수만 있다면 얼마나 좋겠어요! 난 마음 대로 움직일 수가 없어요."

안타까워하며 그녀가 말하였다.

"내가 여기 살고 있다는 거 알고 있었나요?"

"이 거리 어느 모퉁이쯤 살고 계신줄은 알고 있었지요, 트와이 코트 부인."

이렇게 대답한 그는 자신이 이곳을 지나게 된 사연을 짧게 설명하였다. 그는 오래 전부터 올드부릭컴 근처에서 채소를 재배했었는데 그것을 정리하고 지금은 런던 남부에서 채소밭을 하는 사람의 지배인을 맡고 있는데 일 주일에 두 번이나 세 번쯤 채소를 싣고 코븐트가든으로 간다고 하였다.

그리고 1, 2년 전에 올드부릭컴 신문에서 옛날 케미드의 목사가 남부 런던에서 사망하였다는 기사를 읽었다는 것이다. 그래서 그녀가 어디에 사는지 더욱 궁금해졌으며 지금의 이 일을 하게 되었다는 이야기도 덧붙였다.

그들은 마치 아이들처럼 북부 웨섹스의 이야기를 주고받았다. 하지만 그녀는 부지중에 현재의 자신의 신분으로는 샘과 같은 사나이와 너무 허물없이 굴어서는 안 된다는 생각을 하게 되었다. 그러나 그것은 생각일 뿐 어느 새 그녀의 두 눈에서는 눈물이 흘러내리고 목이 메어 말이 나오지 않았다.

"트와이코트 부인, 당신은 지금 그다지 행복하지 못한 것 같군 요."

사나이가 말하였다.

"예, 물론이죠. 남편을 재작년에 잃었어요."

"꼭 그런 것 때문인 것만은 아닌 것 같은데요. 다시 고향에 돌아가고 싶지 않으세요?"

"여기가 고향이지요……. 이 집은 제 소유랍니다. 당신 말씀은 무슨 뜻인지 잘 알겠어요."

그녀는 솔직하게 대답하였다.

"사실은…… 고향이, 우리의 고향이 그리워요. 난 다시 한번 그곳에서 살고 싶어요. 그리고 다시는 떠나지 않고 그곳에서 살다 죽고 싶어요."

그렇게 말한 순간 그녀는 또다시 자신의 신분이 떠올랐다.

"하지만 그것은 순간적인 감정일 뿐예요. 저에겐 몹시 귀여운 아들이 있답니다. 지금은 학교에 가 있죠."

"학교는 가깝습니까? 이 근처에는 학교가 많이 있죠."

"아뇨, 그런 별볼일 없는 학교는 아녜요. 우리 애가 다니는 학교는 사립으로 영국에서 가장 좋은 곳이에요."

"아! 제가 깜빡했습니다. 부인이 오래 전에 숙녀가 되셨다는 것을."

"아니, 난 숙녀가 아니에요."

그녀는 슬픈 표정으로 말하였다.

"전 결코 숙녀가 되지 못할 거예요. 하지만 우리 아들은 신사예요. 그래서 그는…… 아, 어찌나 귀찮게 구는지 못 견딜 지경이에요."

3

이렇게 만나게 된 두 사람은 빠른 속도로 친해지기 시작했다. 그녀는 밤낮을 가리지 않고 창문을 지켜보다가 그와 몇 마디씩 이야기를 주고 받았다. 그녀는 유일한 옛친구와 거리를 거닐면서 자유스럽게 이야기하지 못하고 집앞에 세워둔 채 이야기를 나눈다는 사실이 몹시 안타까웠다.

6월 초순경의 어느 날 밤이었다.

며칠 만에 그를 만나게 된 것이었다. 그는 창틀 위에 앉아 있었다. 그러다가 그는 문을 밀고 안으로 들어와 그녀에게 친절하게 말하였다.

"함께 바람이라도 쏘이지 않겠어요? 아침에는 마차에 양배추를 절반밖에 싣지 않았어요. 나와 함께 코븐트가든까지 타고 가지 않겠어요? 양배추 단 위에 자리를 깔고 앉으면 그다지 불편하진 않을 거예요. 그리고 누군가 일어나기 전에는 집에 돌아올 수 있어요."

처음에는 거절하였지만 그녀는 곧 흥분으로 몸을 떨면서 재빨리 옷을 갈아입고 외투와 베일로 몸을 가린 채 난간을 잡고 옆걸음으로 간신히 아래층으로 내려왔다. 현관 문을 열자 샘은 이미 문 앞에 와 있었다.

샘은 억센 팔로 그녀를 번쩍 안아 작은 안마당을 가로질러 그녀를 마차 위에 앉혀 놓았다. 사람이라곤 그림자도 찾아보기 어려운 밤이었다. 곧고 평평한 한길은 끝없이 펼쳐진 듯 보였으며 길

양쪽의 가로등만이 죽 늘어서서 그들을 맞고 있었다.

이런 시간에는 도시도 시골처럼 공기가 신선하였다. 샘은 그녀를 태우고는 조심스럽게 마차를 몰았다. 그들은 마치 옛날로 돌아간 듯이 이야기를 주고 받았다.

샘은 옛날처럼 그녀에게 끌리는 것을 느끼고는 자신을 억제하곤 하였다. 그녀 또한 그런 그를 느낄 때마다 지금의 신분을 상기시켰다. 그리고 그녀는 다음과 같이 덧붙였다.

"정말이지 집에 있으면 너무 쓸쓸해요. 그런데 이렇게 나오니 너무나 즐거워지는군요."

"다음에도 또 나오시면 되잖아요, 트와이코트 부인. 낮에는 이렇게 신선한 공기를 마실 수 없죠."

서서히 어둠이 걷히고 날이 밝아왔다. 일찍 일어난 참새가 바쁘게 날아다니고 그들 주위에는 점점 집들이 많아졌다.

그들이 강에 도착했을 때는 날이 이미 환하게 밝았다. 그들은 다리 위에서 성 폴 사원쪽에서 아침 햇살이 반짝이며 솟아오르는 것을 보았다. 강물도 그쪽을 향해 반짝였고 배는 한 척도 움직이지 않았다.

코븐트가든 근처에서 그들은 작별해야 했다. 그는 그녀를 승용마차에 태웠다. 그녀는 무사히 집에 도착했고 발을 절룩거리며 열쇠로 문을 열고 아무도 모르게 집 안으로 들어갈 수 있었다.

샘은 그녀에게 삶의 기쁨과 용기를 준 것이었다. 그녀의 두 볼은 다시 발갛게 상기되었다. 그녀는 아늘이 아닌 나른 것에서 삶의 보람을 찾은 것이다. 그녀는 조금도 불측한 마음을 갖고 있지 않았으므로 나쁘다고는 생각하지 않았지만 사람들의 관습상 옳지 못하게 여긴다는 것을 알고 있었다.

그러나 그런 생각들은 그녀의 머리에서 차츰 잊혀졌다. 그녀는 그와 점점 더 가까워졌다. 지난 날 그녀는 그에게 그토록 쌀쌀하게 굴었지만 그래도 그는 그녀를 잊지 못했었노라고 말하였다.

그는 오랫동안 망설이던 계획을 한 가지 그녀에게 말하였다. 그는 런던의 일자리가 별로 대수롭잖다는 것이었다. 그러므로 그는 그들의 고향인 올드부릭컴에서 직접 채소 가게를 운영해볼 계획이라고 하였다. 그리고 마땅한 가게가 나타났다고 하였다.

"샘, 그럼 그렇게 하시지 그래요?"

그녀가 시큰둥하게 말하였다.

"그건…… 당신이 어떻게 생각하실지 모르겠지만…… 아니, 분명히 싫어할 거예요. 오랫동안 숙녀로 지내신 당신이 어떻게 나같이 못난 사람의 아내가 될 수 있겠어요."

"지금은 뭐라고 대답할 수가 없군요……."

그녀는 당황해하며 말하였다.

"당신만 내 곁에서 도와준다면……"

그는 계속해서 조심스럽게 말을 이었다.

"당신은 내가 집에 없을 때 잠깐씩만 뒷방에 앉아서 유리창으로 내다보면서 물건을 지키기만 하면 돼요. 다리가 불편한 건 상관없어요……. 소피! 내가 끝까지 당신을 지켜주고 싶어요. 이런 생각을 해도 괜찮겠죠?"

그는 애원하듯이 말하였다.

"샘, 솔직히 말할게요."

그녀는 그의 손을 잡으며 말하였다.

"만약 나 혼자라면 충분히 그럴 수 있어요. 기쁜 마음으로 받아들이죠. 나의 모든 것을 다 주고서라도 말예요."

"그렇다면 아무 문제 없잖습니까? 오히려 마음이 편하죠."

"샘, 당신의 마음은 감사하게 생각해요. 하지만 문제는 다른 데 있어요. 나에게는 아들이 하나 있거든요. 나는 가끔 이런 생각을 하곤 해요. 그 아이는 죽은 남편의 자식이지 내 자식이 아니라고요. 그 아이는 나와는 다른 부류의 사람이에요. 나는 교육을 받지 못했지만 그 아이는 많은 교육을 받았어요. 난 그 아이의 어머니가 될 자격이 없다는 생각이 들어요. 그 문제는 그 아이에게 의논해 보겠어요."

"그야 좋은 방법이죠."

샘은 그녀가 두려워하는 이유를 알 수가 있었다.

"하지만 당신 마음대로 할 수 있지 않겠어요, 소피 트와이코트 부인?"

그리고 그는 이렇게 덧붙였다.

"사람들은 모두 각자의 길이 있지요."

"당신은 잘 몰라요. 마음같아서는 당장이라도 당신과 결혼하고 싶지만…… 조금만 더 기다려 주세요. 생각할 여유를 주세요."

샘의 마음은 흡족하였다. 그는 즐거운 기분으로 헤어질 수 있었다.

하지만 그녀는 그렇지 못하였다. 아들 렌돌프에게는 입도 떼지 못할 것 같았다. 만약 그가 옥스퍼드 대학에 진학할 때까지 기다린다면…… 그때가 되면 그녀가 무엇을 하든 아들에게 별로 영향을 끼칠 것 같지 않았다. 과연 그녀의 그런 생각들을 아들이 받아들일 수 있을까? 만약 아들이 반대한다면 그녀는 과연 아들을 무시할 수 있을까?

사립 중학교 간의 연례 행사로 크로케 시합이 로드 운동장에서 열리게 되어 있었다. 그녀는 샘에게 한 마디도 한 적이 없었지만 샘은 그녀를 올드부릭컴에 데려다주었다.

트와이코트 부인은 꽤 생기있어 보였다. 그녀는 렌돌프와 함께 시합 구경을 나섰다. 그녀는 가끔 자리에서 일어나 걸어다니기도 하였다. 그녀는 관중들 사이를 걸어다니면서 지금이 그 문제를 얘기해야 될 시기라는 생각을 하였다. 지금 아들은 경기에 열중해 있기 때문에 집안 일 같은 건 대수롭게 생각지 않을 것이다. 그런 생각이 들자 그녀는 갑자기 더 명랑해졌다.

그들은 이렇게 나란히 거닐면서도 서로 동떨어진 생각을 하며 7월의 눈부신 태양 아래 있었다.

주위에는 아들과 같은 제복을 입은 또래의 학생들과 그 가족들로 붐볐으며, 또한 커다란 사륜 마차는 아무 데나 늘어서 있고 바닥에는 갖가지 음식 찌꺼기들과 음료수 병이며, 컵, 접시, 냅킨 등이 늘려 있었다.

그리고 마차에는 아버지와 어머니들이 의기양양하게 앉아 있었다. 그녀처럼 초라한 어머니는 한 명도 없었다. 만일 렌돌프가 신분이니 체면 같은 것에서 벗어난다면 얼마나 행복할까, 하는 생각이 들었다. 경기장 안에서 한 선수가 배트로 공을 살짝 쳤는데도 그의 가족과 친척인 듯한 사람들이 환호성을 올렸다. 렌돌프는 무슨 일이 일어났나를 보기 위해 껑충 뛰어 올랐다.

소피는 마음 속에 준비해 둔 말이 목구멍까지 올라왔으나 입밖에 내지는 않았다. 아무래도 자신이 없었다. 그녀는 좀 더 좋은 기회를 기다리기로 하였다.

무미건조하기 짝이 없는 날 저녁 교외의 집에서 아들과 단 둘이 있을 때 드디어 그녀는 침묵을 깨뜨리고 재혼을 하게 될지도 모르겠다고 말하였다. 하지만 지금 당장이 아니라 아들이 완전히 독립해서 살 수 있을 때라는 조건을 달아 아들의 마음을 진정시키면서 부드럽게 말하였다.

아들은 전혀 어머니를 탓하지 않고 상대자가 누구냐고 물었다. 그녀는 머뭇거렸고 아들은 의아해하며 말하였다.

"이왕이면 양아버지 될 분이 신사였으면 좋겠어요."

"네가 말하는 그런 신사는 아니야."

그녀는 수줍은 듯이 말하였다.

"너의 아버지와 결혼하기 전의…… 나와 같은 부류의 사람이지."

그리고 그녀는 아들에게 상세하게 이야기해 주었다. 모든 것을 듣고난 후 아들의 얼굴은 잠시 굳어지더니 곧 상기되면서 책상에 엎드려 크게 흐느껴 우는 것이었다.

어머니는 아들에게 다가가 입을 맞추었다. 이제는 품안을 떠났지만 그래도 아직은 그녀의 어린애였던 것이다. 그녀는 어린애의 등을 두들겨주고는 자기도 울음을 터뜨리고 말았다.

아들은 다소 진정되자 자신의 방으로 들어가서는 방문을 잠그고 말았다. 어머니는 열쇠 구멍으로 방 안을 늘여다보기도 하고 밖에서 서성거리며 아들을 불렀다. 아들은 한참 후에야 겨우 대답을 하고는 이렇게 외쳤다.

"아, 이게 무슨 창피람! 난 이제 끝났어! 농부라고! 시골뜨기를! 우리 가문은 이제 끝났어."

"그만 해라. 내가 잘못했구나. 안 하면 될 것 아니냐!"

그녀도 외쳐댔다.

그해 여름 렌돌프가 학교로 돌아가기 전에 샘으로부터 편지가 날아왔다. 그는 뜻밖에 운 좋게도 손쉽게 가게를 사들였다고 알려 왔다.

그가 운영하게 될 가게는 과일과 채소를 함께 취급하는 곳으로 그 도시에서 가장 큰 가게였다. 그곳은 그와 그녀가 함께 살 보금 자리가 될 만하다고 했으며 그녀를 만나러 오겠다는 얘기도 씌여 있었다.

그녀는 그를 만나서 조금만 더 기다려 달라고 말했다.

그녀는 지루한 가을을 보내고 크리스마스 휴가 때 렌돌프가 돌 아왔을 때 다시금 그 문제에 대해서 말문을 열었다. 그러나 젊은 신사는 무조건 반대했다. 그리고 다시 몇 달이 흘렀다.

그 후 다시 그 말을 꺼냈으나 아들이 다 듣기도 전에 반감을 표 시했으므로 어머니는 그만 입을 닫아버리고 말았다. 그러다가 다 시 또 그 말을 꺼냈다. 이렇게 4, 5년 동안이나 그녀는 아들에게 애 원을 하기도 하고 타이르기도 하였다.

여전히 그녀를 사랑한 샘은 하루 빨리 구혼이 받아들여지기를 바랐다.

옥스퍼드 대학생이 된 소피의 아들은 부활절 휴가를 받아 다시 집으로 돌아왔다. 그녀는 다시 아들에게 결혼 이야기를 꺼냈다. 아 들은 이제 대학을 졸업하고 목사가 되면 가정을 갖게 될 것이며 무식한 자신은 아들의 짐만 될 뿐이니 서로 멀리 떨어져 사는 것이 좋을 것이라고 아들을 설득하였다.

그러나 아들은 매우 어른스럽게 화를 내면서 여전히 찬성하지 않았다. 그녀도 강하게 주장을 펼쳤다. 그는 자신이 없는 동안에 어머니가 무슨 일을 저지를지 걱정되었으나 어머니의 방식에 대한 분노와 경멸로 인해 끝까지 자기의 고집을 꺾지 않았다.

아들은 마침내 어머니를 자기 침실에 마련되어 있는 십자가와 제단 앞에 데리고 가서 무릎을 꿇게 하고 자기의 허락 없이는 세뮤얼 흡슨과 결혼하지 않겠다고 맹세하게 했다.

그리고 이렇게 말하였다.

"이렇게 해야 돌아가신 아버님께 부끄럽지 않아요."

불쌍한 여인은 아들이 시키는 대로 했다. 그러나 마음 속으로는 아들이 성직에 임명되고 목회가 바빠지면 누그러질 것이라고 생각하였다.

그러나 어머니의 기대는 빗나갔다. 어머니가 성실한 채소 장수와 결혼해서 소박하게 산다고 해서 그로 인해 피해를 본다거나 하는 일은 없을 것이다. 하지만 아들이 받은 교육은 그러한 인간애를 모조리 말렸으며 아들을 옹졸한 사람으로 만들어 버리고 말았다.

그녀의 다리는 날마다 그 기능을 상실하여 이제 자기 집에서 밖으로 나가는 일은 아주 없어졌다. 그녀는 집 안에 갇혀서 근심 속에 하루하루를 보내고 있었다.

"나는 왜 샘하고 결혼해서는 안 되는 거지? 왜 그럴까?"

그녀는 혼자 있을 때면 이렇게 중얼거리는 것이었다.

4년이 지났다.

올드부릭컴에서 가장 큰 채소 가게 앞에는 한 중년 신사가 서 있었다. 그는 상점의 주인이었다. 그는 보통 일할 때 입는 옷 대신에 까만 정장을 입고 있었다. 그리고 가게의 문은 일부가 닫혀 있었다.

정거장으로부터 장례 행렬이 가까이 다가왔다. 그 행렬은 그의 가게 앞을 지나 케미드 마을을 향해 시내를 빠져 나갔다. 중년 신사의 두 눈에는 눈물이 글썽였고 영구차가 지나가자 모자를 손으로 벗어 예를 표했다.

영구차에서는 말쑥한 차림의 한 젊은 목사가 먹구름처럼 험악한 눈초리로 거기 서 있는 상점 주인을 노려보고 있었다.

투르게네프
(Ivan Sergeevich Turgenev : 1818~1883)

투르게네프는 도스토예프스키, 톨스토이와 더불어 러시아의 소설을 지배한 3대 거장으로 러시아 문학뿐만 아니라 세계 문학에서 그가 차지하는 비중은 매우 크다.

투르게네프는 중부 러시아의 오렐 시에서 태어났는데 그의 아버지는 도박과 방탕으로 파산 지경에 이르자 6세나 연상인 부유한 여지주와 애정없는 결혼을 하였다. 그의 어머니는 못생긴 용모에 전제군주적 성격의 소유자였으므로 아버지와의 분쟁이 그치지 않았다. 어머니의 포악함과 학대받는 농노들의 비참한 생활 속에서 투르게네프는 농민을 동정하고 농노제도를 증오하게 되었다.

그는 비평가 벨린스키를 만나게 됨으로써 글을 쓰게 되었고 《사냥꾼의 수기》를 발표하면서 작가로서의 명성도 얻게 되었다. 《루딘》, 《전날밤》 등의 장편과 많은 중·단편 소설을 남겼다.

밀 회

10월 중순의 어느 날 나는 자작나무 숲 속에 앉아 있었다. 아침부터 비가 내리는가 싶더니 어느 새 햇빛이 비치기도 하는 등 매우 고르지 못한 날씨였다. 구름이 온통 하늘을 뒤덮는가 하면 갑자기 군데군데 구멍이 뚫리며 그 사이로 파란 하늘이 미소를 보내기도 하였다.

나는 나무 그늘에 앉아 나뭇잎 소리에 귀를 기울이고 있었다. 그 소리는 속삭이는 봄의 웃음 소리도 아니고 부드러운 여름의 속삭임도 아니며 늦가을의 싸늘한 외침도 아니고 들릴듯말듯 마치 꿈속에서 중얼거리는 소리 같았다.

산들바람은 나뭇가지를 스치고 지나갔고 비에 젖은 숲 속으로 태양의 광선이 비집고 들어왔다. 숲 속의 나무들은 찬란하게 빛나면서 드문드문 서있는 가느다란 자작나무가 흰 명주처럼 빛나는가 하면 여기 저기 흩어져 있는 나뭇잎들은 햇빛을 받아 황금빛으로 빛났다.

키 크고 구불구불한 양치풀 줄기는 잘 익은 포도알처럼 가을 햇빛으로 물들어 투명하게 드러나 보였다. 그러다가 갑자기 태양의 광선은 사라지고 하얀 자작나무는 빛을 잃고 싸늘한 눈처럼 하얀 모습으로 서 있었다. 그리고는 보슬비가 소리없이 내렸다. 여기저기 서 있는 자작나무들의 잎은 햇빛을 받아 빨갛게 물들기도 하고 노랗게 물들기도 했지만 이제 비에 씻겨 내려가 푸른 빛을 띠었다. 사람을 비웃는 듯한 박새 소리가 때때로 울려퍼지기는 했지만 사방은 고요하였다. 나는 개를 끌고 사시나무 숲을 지나서 이 자작나무 숲까지 왔다.

나는 사시나무를 그다지 좋아하지 않는다. 녹회색 나뭇잎이 연보랏빛 가지 높이 매달려 펄럭이는 모습도 싫을 뿐더러, 그 길다란 줄기에 지저분한 나뭇잎들이 멋없이 매달려 있는 모습도 싫었다.

하지만 여름날 낮은 관목 숲 속에 우뚝 솟아서 빨간 석양빛을 듬뿍 받으며 뿌리에서 나무순까지 적황색으로 물들면서 반짝반짝 빛나는 여름날의 저녁이라든가, 맑은 날 바람에 나부끼며 하늘을 향해 무언가 재잘대는 것을 듣는 것은 좋아한다. 잎들은 나무에서 벗어나 멀리 날아가고 싶어하는 것 같았다.

그럴 때를 빼면 나는 이 나무를 좋아하지 않는다. 그러므로 나는 사시나무 숲에서는 걸음을 멈출 생각도 하지 않고 자작나무 숲으로 와서는 얕으막하게 가지를 벌리고 서 있는 나무 밑에 자리를 잡고는 주위의 경치를 감상했다. 나는 수려한 경관 속에서 나도 모르는 사이 잠이 들었다.

내가 얼마 동안이나 잤는지는 모르겠지만 내가 깨어났을 때 숲 속에는 햇빛이 넘쳐 흘렀고 나뭇잎들은 즐겁게 속삭이며 구름은 어느 새 자취를 감추고 그 사이로 파란 하늘이 눈부시게 빛나고 있었다. 대기는 상쾌하여 사람의 마음을 설레게 하였다.

나는 행운을 기대하며 사냥을 하기 위해 자리에서 일어났다. 그때 숲 한쪽에 앉아 있는 사람의 모습이 눈에 들어왔다. 시골 이기씨인 듯한 여자는 내게서 스무 발자국 정도 떨어진 거리에서 생각에 잠긴듯 고개를 숙이고 두 손을 무릎 위에 얹고 앉아 있었다.

그녀의 한쪽 팔에는 두툼한 꽃다발이 안겨 있었는데 그것은 그녀가 숨을 쉴 때마다 조금씩 미끄러져 내려 곧 체크 무늬 치마 위로 조금씩 흘러내렸다. 목과 손목에 단추를 끼운 새하얀 루바슈카는 부드러운 잔주름을 이루며 그녀의 몸을 감싸고 목과 가슴에는 금빛 목걸이가 두 줄 늘어져 있었다.

그녀는 몹시 아름다웠다. 숱이 많은 은빛 머리는 단정히 빗겨져서 하얀 이마 위로 깊숙이 동여맨 빨간 머리띠 밑에 두 개의 반원으로 갈라져 있었고 그녀의 살갗은 황금빛으로 그을려 있었다. 그녀는 고개를 숙이고 있었기 때문에 얼굴은 똑바로 볼 수가 없었다. 그러나 가늘고 아름다운 눈썹과 긴 속눈썹만은 제대로 볼 수 있었다.

그녀의 속눈썹은 젖어 있었고 한쪽 볼에서는 한 줄기 눈물이 입술까지 흘러내려 햇빛에 반짝이고 있었다. 그녀는 너무나 아름다워 보였다. 약간 크고 둥근 턱까지도 아름다워 보였다. 그리고 무엇보다도 나의 마음을 끈 것은 그녀의 표정이었다. 구김살없고 천진난만한 얼굴 가득 슬픔이 넘쳐 흐르고 있었는데, 누군가를 기다리고 있는 게 분명했다. 숲 속에서 약간만 바스락대는 소리가 나도 그녀는 고개를 들어 겁에 질린 사슴처럼 수정같이 맑은 눈을 반짝이며 주위를 둘러보는 것이었다. 그녀는 커다란 두 눈으로 소리가 난 쪽을 살피다가 한숨을 지으며 고개를 돌리곤 하였다. 그녀는 아까보다도 더 깊숙이 고개를 숙이고 꽃잎을 만지작거리고 있었다. 눈은 발갛게 물들고 입술은 바르르 떨고 있었다.

그렇게 꽤 많은 시간이 흘렀다. 그녀는 여전히 꼼짝도 하지 않고 앉아서 가끔 괴로운 듯이 손을 움직일 뿐 여전히 귀를 쫑긋 세우고 있었다. 또다시 숲 속에서 바스락거리는 소리가 났다. 처녀는 안절부절못하는 것 같았다. 바스락거리는 소리는 계속해서 나다가 발걸음 소리로 변하였다. 그녀는 몸을 꼿꼿이 세우고 불안한 빛을 감추지 못하였다.

그녀는 조심스런 눈길로 주위를 살펴보았는데 한 사나이의 모습이 나타나기 시작하였다. 그를 바라보는 그녀의 얼굴은 발갛게 달아오르며 입가에는 행복한 미소가 번졌다. 그녀는 몸을 일으키려다 그만 털썩 주저앉고 말았다. 당황한 그녀는 사나이가 그녀 곁에 다가와 멈추었을 때에야 비로소 근심스런 표정으로 고개를 들었다.

나는 강한 호기심을 느꼈고 나무 밑에 그대로 앉아 사나이를 지켜보았다. 아무리 보아도 그는 부유한 지주댁의 젊은 바람둥이 머슴 정도로밖에 안 보였다. 옷은 몹시 화려하고 한껏 멋을 부렸으나 그 옷은 주인에게서 물려받은 듯했다. 짧은 외투의 단추는 단정히 채워져 있으며, 장밋빛 넥타이의 끝은 보랏빛으로 물들었고 금테로 장식된 검정 비로드 모자를 눈썹 밑까지 내려쓰고 있었다. 하얀 루바슈카의 깃은 두 귀를 받쳐주는 듯하고 빳빳하게 풀 먹인 커프스는 손가락이 반은 가려질 정도로 손등을 온통 뒤덮고 있었는데 그 손가락에는 터키 구슬로 물망초 장식을 한 금과 은 가락지를 몇 개씩 끼고 있었다.

뻔뻔스러워 보이는 그의 얼굴은 남자들에게는 반감을 사기 알맞았지만 여자들에게는 호기심을 주는 얼굴이었다. 그는 의젓해 보이기 위해 몹시 애쓰고 있었다. 작은 잿빛 눈은 더 가늘게 떴고 상을 찌푸리기도 하고 입술을 실룩거리거나 하품을 하기도 하였다. 그는 무언가 탐탁지 않다는 표정으로 구레나룻을 만지기도 하고 두둑한 웃입술 위로 늘어진 노란 콧수염을 잡아당기기도 하며 눈 뜨고는 차마 보아주기 힘들 정도로 거드름을 피우는 것이었다.

사나이는 건들거리며 그녀 곁으로 다가와서는 어깨를 한번 으쓱거린 다음 두 손을 외투 주머니에 찌르고는 무심히 처녀의 얼굴을 바라보고는 바닥에 앉았다.

"잘 있었어?"

그는 껄렁거리며 한쪽 다리를 흔들고 하품을 하면서 다시 말을 이었다.

"오래 기다렸어?"

여자는 한참 만에야 입을 열었다.

"네, 오래 기다렸어요, 빅토르 알렉산드리치."

그녀는 나지막하게 대답했다.

"그래?"

그는 모자를 벗고 곱슬곱슬한 앞 머리칼을 쓰다듬더니 거만한 표정으로 주위를 둘러보고 난 후 다시 모자를 썼다.

"깜빡했었어. 게다가 비까지 그렇게 쏟아져서 말야!"

그는 다시 하품을 하였다.

"일이 너무 밀려서 짬이 없었어. 자칫하다간 잔소리를 듣게 되니까 말야. 그런데 우리 내일 떠날 거야."

"내일요?"

처녀는 놀란 눈초리로 사나이를 바라보았다.

"응, 내일…… 제발 참아줘."

그녀는 몸을 떨며 말없이 고개를 숙였다. 그는 불쾌한 듯이 다급한 어조로 말했다.

"아끌리나, 제발 부탁인데 울지는 말아 줘. 우는 걸 내가 제일 싫어하잖아."

사나이는 뭉툭한 콧등에 주름이 지도록 인상을 쓰며 말했다.

"그래도 울테야? 그럼 나 가 버린다. 툭하면 바보같이 울다니!"

"알았어요, 안 울게요."

아끌리나는 울음을 삼키며 재빨리 말했다.

"정말로 내일 떠나시는 거예요?"

이렇게 말하고 그녀는 잠시 후에 다시 말을 이었다.

"그럼 우린 언제 다시 만나게 되는 거죠, 빅토르 알렉산드리치?"

"내년 아니면 그 후년이라도 우린 꼭 만나게 될 거야. 주인은 페테르부르크에서 일하길 원하고 있거든."

그는 무뚝뚝하게 말을 계속하였다.

"어쩌면 외국으로 갈지도 몰라."

"빅토르 알렉산드리치, 당신은 곧 저를 잊어버릴 테죠?"

슬픈 표정으로 그녀는 말했다.

"잊어버리다니, 무슨 말이야? 난 절대로 잊지 않아. 그런데 너도 좀 더 철이 나야 돼. 아버지 말씀도 잘 듣고……. 어쨌든 난 너를 잊지 않아."

이렇게 말한 그는 허리를 펴고 하품을 하였다.

"제발 저를 잊지 말아 주세요, 빅토르 알렉산드리치."

그녀는 애원하듯이 말을 이었다.

"저도 어떻게 당신을 이렇게까지 사랑하게 되었는지 모르겠어요. 세상 모든 것들이 당신을 위해서만 존재하는 것 같아요. 빅토르 알렉산드리치, 당신은 아버지 말씀을 들으라고 하시지만 제가 어떻게 아버지 말씀을 들을 수가 있겠어요?"

"왜?"

그는 팔배개를 하고 누워서 말하였다.

"그건 당신도 잘 아시잖아요?"

그렇게 말하고 그녀는 입을 다물었다. 사나이는 쇠로 만든 시곗줄을 꺼내서 손장난을 하였다.

"아끌리나, 너도 그렇게 바보는 아니지 않아?"

사나이가 입을 열었다.

"바보 같은 소리는 하지도 마. 다 널 위해서 하는 말인데 너도 아주 순진하지는 않잖아? 너의 어머니만 하더라도 농사꾼만은 아니었으니까. 어쨌든 넌 교육을 받지 못했으니까 남들이 가르쳐 주는 걸 잘 들어야 해."

"하지만 두려운걸요, 빅토르 알렉산드리치."

"쓸데없는 소리 하지 마. 도대체 무엇이 두렵다는 거야. 근데 그건 뭐지?"

그는 여자의 곁으로 다가가며 말하였다.

"꽃인가?"

"네, 꽃이에요."

그녀는 기운빠진 목소리로 대답하였다.

"그리고 들에서 모과잎을 따왔어요."

그녀는 약간은 생기있게 말을 이었다.

"모과잎은 송아지에게 먹이면 좋대요. 그리고 이건 금잔화인데 습진에 아주 좋대요. 자, 보세요. 제가 예쁜 꽃을 아주 많이 꺾어 왔어요. 이건 물망초, 이건 향기나는 오랑캐꽃, 그리고 이건 당신 드리려고 꺾은 거예요. 드릴까요?"

그녀는 파란 모과잎 밑에서 노란 들국화 다발을 꺼내면서 물었다.

사나이는 이것저것 냄새를 맡아보고 거만한 표정으로 생각에 잠긴듯 하늘을 바라보며 꽃다발을 손가락으로 빙글빙글 돌리기 시작하였다. 그런 사나이를 바라보는 여자의 슬픈 눈망울 속에는 두려움이 깃들어 있으면서도 몸과 마음을 다해 신처럼 숭배하고 복종하겠다는 사랑이 담겨 있었다. 사나이는 군주처럼 거드름을 피우며 드러누워 그녀의 눈길 같은 건 외면한 채 깊은 생각에 잠긴 듯한 표정이었다.

나는 화가 치밀었다. 그의 불그죽죽한 얼굴에는 사람을 멸시하는 듯한 무표정이 자기 만족의 자만심이 넘쳐 흐르고 있었다. 여자는 정열에 불타서 자기의 애절한 사랑을 호소하고 있었다. 하지만 사나이는 꽃다발을 풀 위에 밀어놓고 외투 옆 주머니에서 청동 테를 두른 둥근 유리알을 꺼내서 한쪽 눈에 끼기 시작했다. 눈썹을 찌푸리고 볼과 코까지 움직여가며 끼우려고 애썼지만 안경은 끼워지지 않고 손바닥에 다시 떨어지는 것이었다.

"그건 뭐예요?"

아끌리나는 신기한 표정을 하고 물었다.

"로레스(알만 있는 외짝 안경)야."

"무엇에 쓰는 거죠?"

"이것을 쓰면 똑똑히 볼 수 있어."

"좀 보여주세요."

빅토르는 인상을 쓰면서도 아끌리나에게 안경을 내주었다.

"깨면 안 되니까 조심해."

"깨지 않을 테니 걱정 마세요."

아끌리나는 조심스럽게 안경을 눈으로 가져갔다.

"아무것도 안 보이는데요?"

그녀는 천진스럽게 말했다.

"눈을 가늘게 떠야지."

그는 학생을 가르치는 선생님 같은 어조로 말하였다. 아끌리나는 안경을 대고 있는 눈을 가늘게 떴다.

"아니, 그쪽이 아니라니까. 바보같으니…… 이쪽이란 말야."

빅토르는 이렇게 외치면서 아끌리나가 안경을 고쳐 쥐기도 전에 빼앗아 버렸다. 아끌리나는 얼굴을 붉히며 수줍은 미소를 띤 채 고개를 돌리고 말았다.

"아무래도 나 같은 사람이 가질만한 건 아닌가 봐요."

아끌리나가 말하였다.

"물론이지!"

가엾은 아끌리나는 입을 다물고 깊은 한숨을 쉬었다.

"빅토르 알렉산드리치, 당신이 떠나고 나면 전 어떡하죠?"

빅토르는 옷자락으로 안경알을 조심스럽게 닦더니 도로 외투 주머니에 집어넣었다.

"알지, 알아."

사나이는 한참 후에 대답했다.

"한동안은 괴롭겠지."

빅토르는 가엾다는 듯 그녀의 어깨를 두드려 주었다. 그녀는 그의 손을 잡고 살며시 입을 맞추었다.

"그래, 넌 정말 착한 여자야."

그는 만족해하며 말을 이었다.

"하지만 어쩔수 없잖아. 너도 잘 알겠지만 이제 곧 겨울이 될 거야. 주인 나으리나 나나 여기 남아 있을 순 없잖아? 시골의 겨울은 정말 견디기 힘들거든. 하지만 페테르부르크라면 그렇지 않아! 그곳에는 너 같은 시골뜨기는 생각도 못할 그런 신기한 것들 뿐이야. 집들도 모두 근사하고 거리도 멋있고, 사람들은 모두 교양있는 상류계층의 사람들이야. 정말 황홀하지!"

아끌리나는 마치 어린아이처럼 그의 이야기를 열심히 듣고 있었다. 빅토르는 몸을 뒤채며 말을 계속했다.

"너한테 이런 이야기를 한들 무슨 소용이 있겠니. 아무리 해도 내 말을 이해하지 못할 텐데."

"아녜요, 빅토르 알렉산드리치. 저도 무슨 말인지 알아요. 이해할 수 있어요."

"그래? 근사하군."

아끌리나는 눈을 내리깔고 말하였다.

"그 전의 당신 같았으면 이렇게 말하진 않았을 거예요, 빅토르 알렉산드리치."

"그 전이라니? 무슨 소릴 하는 거야. 그 전이라구?"

빅토르는 성난 어조로 말하였다.

잠시 침묵이 흘렀다.

"이제 그만 돌아가야 해."

빅토르는 일어나기 위해 팔꿈치를 세웠다.

"잠깐만요, 조금만 더 있어 주세요."

아끌리나는 애원하듯이 말했다.

"이제 작별 인사도 다 끝났잖아."

"잠시면 돼요."

아끌리나는 되풀이하여 말했다.

빅토르는 다시 벌렁 드러누워 휘파람을 불기 시작했다. 그런 그에게서 아끌리나는 눈을 떼지 않았다. 그녀의 입술은 바르르 떨렸고 얼굴은 점점 붉어졌다.

"빅토르 알렉산드리치."

드디어 그녀는 또박또박 말하였다.

"당신은 정말 나빠요."

"내가 뭐가 나빠?"

사나이는 미간을 찌푸리며 약간 몸을 일으켜 세우고 그녀를 바라보았다.

"정말 너무하는군요, 빅토르 알렉산드리치. 떠나는 마당에 단 한마디라도 정다운 말 한 마디 안 해 주시다니요. 제가 가엾지도 않나요?"

"나더러 무슨 말을 하라는 거야?"

"그런 걸 꼭 얘기해 줘야 아나요? 당신이 더 잘 아실 텐데요. 빅토르 알렉산드리치, 제발 단 한 마디라도……. 난 왜 이런 일을 겪어야 하는 거지?"

"정말 이해할 수 없구나. 대체 날더러 무슨 말을 하라는 거지?"

"단 한 마디라도 좋으니 제발……."

"똑같은 말만 되풀이하는군."

이렇게 말하고 그는 벌떡 일어났다.

"그렇다고 그렇게 화낼 건 없잖아요."

아끌리나는 울먹이면서 말했다.

"화낸 게 아냐. 네가 자꾸 바보 같은 소리만 하니까 그렇잖아! 대체 날더러 어떻게 하라는 거지? 그렇다고 내가 너하고 결혼할 순 없잖아, 안 그래? 그런데 대체 날더러 어떡하라는 말이냐구!"

그는 얼굴을 가까이 들이대고 답답하다는 듯이 그녀를 쳐다보았다.

"전 아무것도 바라지 않아요."

그녀는 떨리는 두 손을 빅토르에게 내밀며 간신히 입을 열었다.

"작별하는 마당에 한 마디라도……."

아끌리나의 눈에서는 눈물이 줄줄 흘러내렸다.

"또 우는군."

그녀는 두 손으로 얼굴을 가리고 흐느끼며 말을 이었다.

"혼자 남아 있는 저를 생각해 보셨어요? 전 아마 마음에도 없는 사람한테 시집을 가게 될 거예요. 아아, 그것만큼 불행한 일이 또 어디 있담?"

"쓸데없는 소리만 하고 있군."

빅토르는 걸음을 옮기며 중얼거렸다.

"하지만 단 한 마디쯤 '아끌리나, 난……' 하고 말해줄 수 있지 않나요?"

그녀는 설움이 복받쳐서 말을 맺지 못하였다. 그녀는 바닥에 엎어져서 애절하게 흐느껴 울기 시작하였다. 그녀의 온 몸은 마치 물결치는 것 같았다. 오랫동안 참아왔던 슬픔이 폭포처럼 터졌다. 남자는 잠시 동안 그런 그녀를 내려다보다가 어깨를 으쓱하더니 곧 돌아서서 가기 시작했다.

약간의 시간이 흘렀다. 아끌리나는 울음을 멈추고 고개를 들었다. 그녀는 벌떡 일어나 주위를 둘러보더니 깜짝 놀란 듯이 그를 뒤따르려고 했지만 그만 다리에 힘이 빠져 넘어지고 말았다. 나는 안타까운 마음에 그녀 곁으로 다가가서 그녀를 부축해 주려 하였다. 그러나 그녀는 갑자기 어디서 힘이 솟았는지 가냘픈 비명을 지르고 황급히 나무들 사이로 사라지고 말았다. 바닥에는 꽃잎들이 흩어져 있었다.

나는 잠시 그 자리에 멍하니 서 있었다. 나는 꽃다발을 주워 들고 숲을 지나 벌판으로 나왔다. 푸른 하늘에 박혀 있는 태양의 빛마저 싸늘한 느낌이 감도는 듯했다. 태양은 빛을 발하는 게 아니라 마치 푸른 바다에서 멱을 감고 있는 것 같았다. 이제 곧 해가질 시간도 30분 정도밖에 남지 않았다. 저녁놀은 이제야 서쪽 하늘을 서서히 물들이고 있었다. 차가운 바람은 추수를 끝낸 누런 들판을 거쳐 정면으로 휘몰아쳤다. 내 곁에 있던 작은 낙엽 하나가 갑자기 공중으로 날아오르며 숲을 따라 날아가고 있었다. 들판에 병풍처럼 우거진 숲은 물결치듯 흔들리며 저녁놀을 받아 반짝이고 있었다. 사방은 풀과 나뭇잎 할것없이 온통 가을의 저녁놀을 받아 반짝이며 물결치고 있었다.

나는 서글픈 생각이 들어 걸음을 멈추었다. 대자연의 미소는 우울한 겨울의 공포로 인해 서글프게 시들어가고 있었다. 겁많은 까마귀 한 마리가 날개를 파닥이며 날아올랐다. 까마귀는 흘끗 나를 쳐다보더니 이내 날쌔게 날아올라 까악까악 울면서 숲 속으로 사라졌다. 탈곡장에서는 수많은 비둘기들이 날아와서는 떼를 지어 맴돌다가 들판으로 흩어져 갔다.

완연한 가을이었다. 빈 수레가 벌거숭이 언덕을 올라가는 소리가 요란스럽게 들려 왔다.

집으로 돌아온 나는 그 가련한 아끌리나의 모습을 내 머리에서 지울 수가 없었다. 그녀의 들국화 꽃다발은 이미 오래 전에 시들었지만 나는 그 꽃다발을 아직까지 버릴 수가 없었다.

산 송장

  나는 아침 일찍 눈을 떴다. 해가 떠오르고 있었다. 하늘은 구름 한 점 없이 맑게 개어 있었다. 어젯밤에 내린 소나기의 흔적은 곳곳에 맺혀 있었고, 그 위로 햇살이 눈부시게 쏟아져 자연의 두 모습을 자랑하고 있었다.

  마차를 준비하고 있는 동안에 나는 작은 과수원 쪽으로 걸어가 보았다. 과수원은 지금은 황폐해져 버렸지만 전에는 나무들이 무성하고 과일 향기로 가득차 있었다.

  맑은 하늘 아래서 신선한 공기를 들이마시는 것은 정말 상쾌한 일이다. 푸른 하늘에 날아다니는 종달새는 은구슬처럼 맑은 소리를 떨어뜨렸다. 종달새는 아마도 날개에 이슬을 싣고 지나갔나 보다. 노랫소리마저 이슬에 젖은 듯이 느껴졌다.

  나는 모자를 벗었다. 신선한 공기를 가슴 속 깊이 들이마셨다. 나지막한 비탈길 위로 나무 덩굴이 우거진 곳에 벌집이 눈에 띄었다. 수풀은 두껍게 우거져 있으며, 그 사이에 오솔길이 뱀처럼 꼬불꼬불 나 있었다. 그 위로 삼나무가 줄기를 쭉쭉 뻗고 있었다.

  나는 이 오솔길을 따라 벌집 앞으로 갔다. 옆에는 가는 나뭇가지를 얽어서 지은 헛간이 있었는데 그것은 겨울 동안 벌집을 간수해 두는 곳이었다. 나는 반쯤 열려 있는 문 틈으로 안을 들여다보았다. 속은 매우 어둡고 고요하였으며, 박하와 향유 냄새가 코를 찔렀다. 그 한구석에는 침대가 놓여 있고 그 위에는 보자기가 덮여 있는 자그마한 물건이 보였다.

그곳에서 돌아서려 하였다. 그런데 말소리가 들려왔다.

"도련님, 표트르 페트로비치 도련님!"

매우 힘이 빠지고 쉰 목소리였다. 마치 갈대가 흔들리며 내는 소리처럼 들렸다. 나는 멈칫하고 말았다.

"표트르 페트로비치! 이리 들어오세요."

아까와 같은 음성이었는데 그것은 구석에 놓여 있는 침대에서 들려오는 소리였다.

나는 가까이 다가갔다. 나는 깜짝 놀라고 말았다. 침대 위에는 산 사람이 누워 있는 것이었다. 이게 대체 어떻게 된 영문일까?

머리는 붉은 색을 띠고 얼굴은 낡아서 누렇게 빛이 바랜 성상(聖像) 같았다. 코는 칼같이 날카로웠으며 입술은 마치 붙어 있는 것 같았는데 눈과 이만은 하얗게 반짝이고 있었다. 이마 위에는 몇 오라기의 머리칼이 흐트러져 있었다. 턱까지 올라온 이불 위에는 가느단 작은 손가락이 움직이고 있었다.

나는 두 눈을 비비고 다시 바라보았다. 환영이 아니었다. 분명히 여자가 침대에 누워 있었다. 그 얼굴은 결코 추하지 않았고 매우 아름다웠다. 하지만 그 얼굴에는 두려움이 서려 있었다. 그녀의 싸늘한 얼굴 위에 떠오른 고통스러운 미소는 더욱 처참해 보이게 했다.

"절 모르시겠나요?"

그녀는 나직한 목소리로 속삭였으나 그 입술은 전혀 움직이지 않았다.

"그러시겠죠. 절 아실 리가 없겠죠. 저는 루케리아라고 해요. 혹시 생각이 나실지 몰라요? 도련님 어머님이신 스파스코에 댁에서 춤을 가르쳐 드렸는데…… 생각이 안 나나요? 합창을 할 때면 제가 지휘를 하기도 했죠."

"아! 루케리아!"

나는 소리쳤다.

"당신이었군요."

"네, 제가 바로 그 루케리아예요."

그녀는 꼼짝도 하지 않고 마치 죽은 사람처럼 멍한 눈을 내게로 돌리고 있었는데 나는 그만 할 말을 잃고 말았다. 나는 그녀의 얼굴만 넋을 잃고 바라보았다. 세상에 어떻게 이런 일이 있을 수 있을까? 이 미이라 같은 여인이 날씬한 몸에 윤기흐르던 머리와 피부를 가졌던, 그리고 항상 미소 지으며 노래 부르던 그 여인이라니……. 그녀는 그때 우리집에서 가장 아름다운 여인이었다.

그 당시 루케리아는 사나이들의 선망의 대상이었으며 열여섯 살의 소년이던 나 자신도 남몰래 연정을 품었었다.

"아, 루케리아! 대체 어찌된 일이오?"

이윽고 나는 이렇게 입을 열었다.

"아주 끔찍한 일을 당했답니다. 제 이야기를 한번 들어보시겠어요? 저기 있는 작은 통을 가지고 오셔서 가까이 앉으세요. 이젠 말하기도 힘이 드니까 거기서는 잘 들리지 않을 거예요. 아무튼 이렇게 만나게 되어서 정말 기뻐요. 그런데 도련님은 어떻게 아렉세 에프에 오셨지요?"

루케리아는 작은 목소리로 차분히 말하였다.

"포수(砲手)인 에르모라이가 억지로 데리고 왔지요. 하지만 그 보다 제가 듣고 싶은 것은……."

"저에 대한 이야기란 말이죠? 말씀해 드릴게요. 한 6, 7년쯤 전 의 일이에요. 저는 와시리 포리야코프와 결혼하기로 했지요. 모르 시겠어요? 아름다운 곱슬머리를 지녔던 멋진 남자 말예요. 도련님 어머님의 시중을 들던 남자예요. 그때 도련님은 모스크바로 공부 하러 가시고 시골에 계시지 않았어요. 와시리와 저는 서로 무척 사랑했어요. 그래서 지금도 그를 잊을 수가 없죠. 그런데 어느 봄 날 새벽 일이 일어나고 말았지요. 저는 새벽에 문득 깨어서는 다 시 잠을 이룰 수가 없었어요. 뜰에서는 꾀꼬리가 아름다운 목소리 로 노래하고 있었는데 저는 침대에서 일어나 그 소리를 듣기 위 해 나가지 않을 수 없었죠. 꾀꼬리는 아름다운 목소리로 쉬지 않 고 노래를 불렀어요. 제가 층계를 내려가는데 느닷없이 누군가가 저를 부른다는 생각이 들었어요. '루케리아!' 하고 다정하게 부르 는 것 같았어요. 저는 주위를 둘러봤죠. 그런데 아마 그때 제가 잠 이 덜 깬 상태였던 것 같아요. 전 그만 발을 헛디며 바닥으로 굴러 떨어지고 말았어요. 그때는 별로 다친 데가 없다고 생각했어요. 전 곧바로 일어나서 제 방으로 거뜬히 올 수 있었으니까요. 몸 안의 어딘가가 조금 아픈 것 같긴 했지만요…… 잠깐만요…… 숨을 좀 돌려야겠어요…… 미안해요, 도련님!"

루케리아는 말을 잠시 멈추었다. 나는 그녀에게서 놀라움을 느졌다. 그녀는 이때까지 한 번도 쉬지 않았고, 신음 소리를 낸다거나 투덜거리거나, 전혀 동정을 구하는 빛이 없이 이야기를 하였다.

"그 일이 있은 후부터 제 몸은 변해 갔어요."

루케리아는 계속해서 말을 이었다.

"저의 몸은 차츰 여위어갔고 아프기 시작했어요. 피부색도 검어지고 걸을 수도 없게 되었어요. 그리고 마침내 두 다리를 쓸 수가 없게 되자 누워서 지내게 되었어요. 식욕이 없어지고 상태는 점점 더 악화됐어요. 도련님 어머니께서는 의사를 불러 오셨고 입원까지 시켜 주셨지만 병은 조금도 낫지를 않았어요. 의사들도 제 병에 대해서 알아내지를 못했어요. 의사들은 여러 가지 치료를 했어요. 인두를 불에 달구어 척추를 지지기도 하고, 얼음으로 온몸을 싸늘하게 식히기도 했지만 아무 소용 없었어요. 나중에는 몸이 비틀어지는 것 같았어요. 마침내 의사는 치료를 할 수 없는 병이라고 결론을 내렸고, 불구의 몸으로 언제까지나 댁에 둘 수도 없고 하니까 이곳으로 보내진 거죠. 여기에는 친척도 있으니까요. 제가 이러고 있는 것은 그래서예요."

루케리아는 입을 다물고 미소를 지었다.

"아무리 그래도 이건 너무해. 이런 곳에 누워 있다니!"

나는 이렇게 중얼거렸다. 나는 그녀에게 할 말이 미처 떠오르지 않아 이렇게 말했다.

"와시리 포리야코프는 어떻게 됐지요?"

바보 같은 질문이었다. 그녀는 잠깐 허공을 바라보았다.

"포리야코프가 어떻게 됐냐구요? 그는 저를 동정해 주었지요. 하지만 그린노에 태생의 아가씨하고 결혼해 버렸어요. 그린노에를 아시죠? 여기서 별로 멀지 않아요. 그 아가씨의 이름은 아그라페나예요. 그이는 저를 몹시 사랑했었지만 젊으니까 혼자 살 수는 없지 않았겠어요? 제가 이꼴을 해가지고 그의 신부가 될 수는 없으니까요. 그이와 결혼한 여자도 맘이 좋고 아주 귀엽게 생겼어요. 지금은 아이까지 낳았죠. 그도 이 근처에 살고 있는데 서기 일을 하고 있어요. 도련님의 어머님이 신원보증을 서 주셔서 일을 하게 됐나 봐요. 일을 제법 잘하고 있다고 하더군요."

"그럼 당신은 그 동안 계속해서 이곳에 누워 있었나요?"

내가 물었다.

"네, 벌써 7년이나 됐군요. 여름에는 이 헛간에 누워 있지만 날이 추워지면 욕실 쪽으로 옮겨 달라고 해서 그곳에서 지내죠."

"보살펴 주는 사람이라도 있나요?"

"그럼요. 세상에는 친절한 사람들이 많으니까요. 전 완전히 버림받은 것은 아니에요. 그리고 제가 보기보다는 훨씬 남에게 수고를 덜 끼치고 지낼 수 있거든요. 음식도 보통 사람이 먹는 것을 먹어요. 그리고 이 병에는 항상 깨끗한 물이 담겨져 있는데 한쪽 손이 닿을 수 있어요. 고아 소녀 한 명이 있는데 가끔씩 와서는 저를 보살펴 주고 간답니다. 방금도 다녀갔는데 혹시 보지 못했나요? 정말 예쁘고 착한 소녀랍니다. 그 소녀가 가끔씩 꽃도 꺾어다 줘요. 예전에는 정원에 꽃이 아주 많았었죠. 지금은 없어져 버렸지만……. 하지만 들꽃도 좋더군요. 정원의 꽃들보다 더 향기로운 꽃들도 많아요. 전 들백합의 향기가 정말 좋아요."

"루케리아, 지루하다거나 비참하다는 생각이 들지는 않나요?"

"어쩔 수 없잖아요? 전 속이고 싶지는 않아요. 처음에는 못 견딜 것 같았어요. 하지만 시간이 지나니까 그럭저럭 견딜 수 있게 됐어요. 이젠 아무렇지도 않아요. 이 세상엔 저보다 불행한 사람들도 많으니까요."

"그게 무슨 말이죠?"

"이 세상에는 비바람을 피할 조그만 공간조차 없는 사람도 있고, 귀가 먹고 눈이 먼 사람들도 있잖아요? 비록 제가 누워 있지만 두 눈으로 모든 것을 분명히 볼 수 있고 두 귀로 어떤 소리도 들을 수 있어요. 땅속에서 두더지가 굴을 파는 소리까지도 들을 수 있지요. 그리고 어떤 냄새도 맡을 수 있어요. 들에 호밀꽃이 피거나 마당에 보리수꽃이 피면 제가 가장 먼저 냄새를 맡지요. 바람이 꽃향기를 실어다 주거든요. 차라리 하느님의 뜻을 어긴 사람들이 저보다 훨씬 심한 고통에 시달리고 있지요. 이건 사실이에요. 몸이 성한 사람은 죄에 물들기가 쉽거든요. 하지만 저는 죄와는 전혀 관계가 없어요. 조금 전에도 알렉세이 목사님이 오셔서 성찬식을 베푸셨는데, '당신은 참회할 것이 없습니다. 이렇게 있으니 죄를 지을 까닭도 없을 테니까.' 이렇게 말씀하시더군요. 그래서 저는 이렇게 물었어요. '마음 속으로 짓는 죄는 어떻게 하죠?' 그러자 목사님이 웃으시며 말씀하셨어요. '마음 속으로야 그다지 큰 죄를 지을 수 있겠어요?' 그건 사실인 것 같아요. 저도 마음 속으로는 그다지 큰 죄는 짓지 않는다고 생각해요."

루케리아는 계속해서 말했다.

"왜 그런가 하면 전 무슨 일이건 생각하지 않으려고 노력하고 있으니까요. 또한 그런 일들이 머리에 떠오르지 않도록 계속해서 주의해 왔어요. 나쁜 일을 생각하지 않으면 시간은 훨씬 더 빨리 지나가죠."

나는 놀라고 말했다.

"놀랍군요, 루케리아! 당신은 늘 혼자 있으면서 어떻게 아무 생각도 않고 지낼 수가 있단 말이지요? 항상 잠만 자나요?"

"아녜요, 도련님. 늘 잠만 잘 정도로 편하진 않아요. 그렇게 심하게 아픈 건 아니지만 오른쪽 온몸이 쑤시기 때문에 마음대로 잠을 잘 수가 없어요. 그냥 이렇게 누워서 아무 생각도 하지 않지요. 저는 단지 제가 살아서 숨쉰다는 사실에만 신경쓸 뿐예요. 저는 눈을 떠보기도 하고 귀를 기울여 보기도 해요. 꿀벌이 윙윙거리며 날아다니는 소리도 들리고, 비둘기가 지붕 위에서 꾸꾸거리는 소리가 들리기도 해요. 그리고 암탉은 병아리들을 데리고 빵부스러기를 주워먹는 소리도 들리고, 참새와 나비들이 신나게 날아오르는 소리도 들리고, 암튼 참 재미있어요. 작년에는 제비가 저 구석에 둥지를 틀고 새끼를 여러 마리 깠죠. 정말 신기했어요. 어미가 먹이를 물고 와서는 새끼들에게 줘요. 그리곤 다시 날아갔다 돌아와서는 둥지로 들어가지 않고 지나칠라 치면 새끼들은 그 작은 주둥이를 내밀고 쫑쫑거리지요. 저는 그 제비가 올해에도 와 주기를 고대했어요. 하지만 들리는 말에 의하면 포수가 총으로 쏘았다고 해요. 그런 작은 새를 잡아 무얼 하겠다는 건지 모르겠어요. 제비는 딱정벌레만큼도 소용이 없는데…… 사냥이란 건 참 잔인한 것 같아요."

"나는 제비를 쏘지는 않아요."

나는 재빨리 대꾸했다.

"그런데 한번은 이런 일이 있었어요."

루케리아가 말을 이었다.

"갑자기 토끼 한 마리가 뛰어들어왔지 뭐예요. 산토끼가요. 아마 사냥개에게 쫓긴 모양이에요. 문으로 성급히 뛰어 들어와서 제 옆에 와서는 벌벌 떨면서 자기 몸을 숨기는 거예요. 마치 높으신 양반같이 코를 연방 벌름거리며 수염을 삐죽거리면서요. 제가 무섭진 않았던지 한참을 쳐다보더라구요. 그리고 다시 문간으로 깡총깡총 뛰어나가 밖을 살펴보는데, 그 행동을 어떻게 설명해야 좋을지 모르겠어요. 얼마나 귀엽고 재미있었는지!"

루케리아는 지금도 그 모습이 떠오르는지 우습다는 듯이 나를 쳐다보았다. 나는 그녀를 즐겁게 해주려고 함께 미소를 지었다. 그녀는 혀끝으로 마른 입술을 축였다.

"겨울이 되면 늘 어둠컴컴하기 때문에 힘들어요. 촛불을 밝히기도 좀 그렇고 또 밝혀놓는들 무슨 소용이 있겠어요? 책을 읽지 않는다면야 아무 소용이 없잖아요. 전 독서를 무척 좋아했었어요. 그렇지만 읽을 거라곤 아무것도 없어요. 또 설령 있다고 하더라도 그걸 손으로 들 수가 없는걸요. 알렉세이 목사님께서 제게 위안이 될 거라면서 책력을 가지고 오셨지만 도로 가지고 가셨지요. 그러나 아무리 어둠 속이라도 귀를 기울이면 무슨 소리든 들려요. 귀뚜라미의 울음 소리 또는 쥐가 바스락거리는 소리…… 이런 때는 아무 생각도 하지 않지요. 그저 쉬지 않고 기도를 드리고 있어요."

루케리아는 잠시 숨을 돌린 뒤 계속해서 말했다.

"사실 저는 무어라고 기도를 드려야 좋을지 잘 모르겠어요. 하지만 하느님을 괴롭혀 드리고 싶진 않아요. 제가 이제 와서 새삼스럽게 무얼 더 바라겠어요? 하느님은 제게 필요한 것을 더 잘 알고 계세요. 하느님은 제게 십자가를 주신 거예요. 바로 저를 사랑하시기 때문이지요. 저는 '죽음의 기도'라든가 '마리아에의 찬미', '괴로워하는 자들의 소망'을 자주 외죠. 전 아무 생각도 하지 않고 아무 일도 하지 않고 시간을 보내고 있죠."

그녀는 잠시 동안 입을 다물었다. 주위는 고요해졌다. 나는 그 고요를 깨뜨리지 않으려고 좁은 통 위에 앉아 꼼짝도 하지 않았다. 내 앞에 돌처럼 누워 있는 참혹한 생명의 정적이 내게로 전해졌다. 그리하여 나 자신도 마비되어 가는 것 같았다.

"루케리아!"

마침내 내가 입을 열었다.

"어떻게 생각하실지 모르겠지만 나는 당신을 마을에 있는 좋은 병원에 입원시켜서 치료받게 하고 싶은데…… 어쩌면 나을지도 모르잖아요. 그리고 이대로 혼자 있게 내버려둘 순 없어요."

루케리아는 미간을 찡그렸다.

"전 괜찮아요. 제발 병원 얘긴 하지 마세요."

그녀는 못마땅해하며 나직이 말했다.

"너무 염려하지 않으셔도 돼요. 오히려 그런 곳엘 가면 더 괴로움만 당할 뿐예요. 제 병은 고칠 수 없는 병이에요. 언젠가 어떤 의사가 저를 진찰해 보겠다는 걸 제가 거절한 적이 있었는데 그는 듣지 않고 저를 이리저리 살펴보며 손발을 만지기도 하고 잡아당겨 보기도 하면서 제게 말하더군요. '나는 학자이며 학문을 위해 이런 일을 하죠. 그러니까 당신은 불평하시면 안 됩니다. 나는 많은 연구를 한 공로로 상도 받았습니다. 난 당신 같은 사람들을 위해서 노력하고 있습니다.' 의사는 여기저기 살펴보고 나서 제 병명을 말해 주었는데 지금은 잊어버렸지만 무척 긴 이름이었어요. 그리고 그는 가 버렸는데 그 후 1주일 동안 뼈가 쑤시고 아파서 아주 혼이 났어요. 도련님에게는 제가 늘 혼자 있는 것처럼 보이겠지만 언제나 그런 건 아니에요. 마을 사람들도 가끔 찾아와 주거든요. 그렇다고 제가 큰 폐를 끼치는 건 아녜요. 마을 아가씨들도 와서 여러가지 이야기를 들려주기도 하지요. 또 순례하는 여인들이 길을 잘못 들어와서는 예루살렘의 이야기며 키에프의 이야기, 그 밖의 하느님의 거리에 대한 재미있는 이야기들을 들려주기도 해요. 전 혼자 있어도 무섭다는 생각이 들지 않아요. 오히려 혼자 있는 편이 좋아요. 이건 사실이에요. 그러니 도련님도 제 걱정은 안 하셔도 돼요. 병원으론 절대 보내지 마세요. 도련님의 마음은 감사하지만 제발 더 이상은 제 문제에 신경쓰지 말아 주세요. 부탁이에요."

"그렇다면 좋도록 하세요. 루케리아, 나는 단지 당신을 위해서 한 말입니다."

"도련님이 절 염려하시는 건 잘 알고 있지만 사람은 누구나 자기 일은 스스로 처리하지 않으면 안 되는 법이에요. 물론 저도 가끔 외로울 때가 있어요. 이 세상에 저 혼자밖에 없는 것같이 생각되지요. 그러나 한편은 또 누군가가 저를 축복해 준다는 생각이 들어요. 그리고 이상한 환상에 사로잡힐 때도 있어요."

"어떤 환상인데요, 루케리아?"

"뭐라고 설명하기는 어려워요. 그것은 보는 즉시 잊어버리게 돼요. 마치 구름 같은 것이 공중에서 내려와서 확 퍼지면서 다시 둥둥 뜨는 것 같은, 상쾌한 기분이 되거든요. 그렇지만 그게 뭔지는 모르겠어요. 그것은 사람들이 곁에 있을 때면 전혀 보이지 않아요. 그럴 때는 제가 불행하다는 생각이 들곤 해요."

루케리아는 괴롭다는 듯 한숨을 쉬었다. 그녀는 호흡도 손발과 마찬가지로 마음대로 되지 않는 모양이었다.

"도련님은 저를 몹시 걱정하시는 것 같은데 그러지 않으셔도 돼요. 안 되겠어요. 다른 이야기를 해야 되겠어요. 저는 젊었을 때 무척 활달했어요. 도련님도 기억나시죠? 말괄량이였다고 해도 틀린 말이 아니죠. 저는 지금도 자주 노래를 부르곤 해요."

"당신이 노래를 부른다고요?"

"옛날에 합창할 때 불렀던 노래나 파티 때나 크리스마스 때 불렀던 노래를 불러요. 지금도 아주 많이 기억하고 있거든요. 하지만 무도회 노래만은 부르지 않아요. 이 몸으로 춤을 출 순 없으니까요."

"기분 전환을 위해서 부르나요?"

"네, 그래요. 소리를 크게 낼 수는 없지만 사람들이 알아들을 수 있을 정도는 되지요. 아까 제가 가끔씩 와서 저를 돌봐주는 소녀가 있다고 말씀드렸죠? 그 아이는 아주 영리한 아이예요. 전 그 아이에게서 노래를 네 곡이나 배웠답니다. 제 말이 믿어지지 않으시죠? 잠깐만요, 제가 노래를 불러서 확인시켜 드릴 수밖에 없군요."

루케리아는 숨을 들이마셨다. 이 산 송장 같은 사람이 노래를 부른다는 사실이 나에게 왠지 모를 두려운 감정을 느끼게 했다. 내가 그만두라고 하기 전에 맑고 깨끗한 노랫소리가 귓전을 울렸다. 그 소리는 아주 작았지만 충분히 알아들을 수 있을 정도였다. 노래는 한곡, 두곡 계속되었다. 루케리아는 '목장에서' 라는 노래를 불렀지만 돌같이 굳은 그녀의 표정은 조금도 변하지 않았고 눈도 한곳만을 응시하고 있었다.

한 가닥의 연기처럼 피어올랐다가 사라지는 그녀의 가느다란 노랫소리는 나의 마음을 사로잡았다. 두려움 따위는 흔적도 없이 사라지고 말았다. 그녀는 온갖 정성을 들여 노래를 부르고 있었다. 내 마음은 말할 수 없는 동정심으로 가득 찼다.

"아, 이젠 안 되겠어요!"

루케리아가 노래를 갑자기 멈추고 말했다.

"기운이 없어요. 도련님을 만나니 너무 기뻐서 가슴이 뛰어요."

그녀는 눈을 감았다.

나는 싸늘한 작은 손을 잡았다. 그녀는 나를 잠깐 쳐다보았으나 금빛 속눈썹에 싸인 축축한 눈까풀은 다시 감기고 조각처럼 움직이지 않았다.

어둠 속에서 그녀의 눈은 광채를 띠고 있었다. 눈물에 젖었던 것이다. 나는 꼼짝도 하지 않고 서 있었다.

"전 바보예요!"

루케리아는 뜻밖에도 야무진 목소리로 말하였다. 그리고 눈을 깜박거리며 눈물을 삼키려고 하였다.

"미안해요. 정말 부끄럽군요. 내가 왜 이러는지 모르겠어요. 여태까지 이런 일은 그때 이후로 한 번도 없었는데. 작년 봄에 와시리 포리야코프가 다녀갔었어요. 그이가 내 곁에 앉아 이야기를 하고 있는 동안은 아무렇지도 않았어요. 그런데 그가 떠나고 나니까 몹시 쓸쓸해졌어요. 그래서 많이 울었어요. 저는 왜 울었을까요? 하긴 여자들은 사소한 일에도 곧잘 눈물을 흘리곤 하지요. 도련님,

손수건 가지고 계신가요? 미안하지만 좀 닦아주시겠어요?"

나는 그녀의 눈물을 닦아 주었다. 그리고는 그 손수건을 그녀에게 주었다. 그녀는 처음에는 사양하며 말하였다.

"이것이 저에게 무슨 소용있겠어요?"

그 손수건은 매우 값비싼 것으로 하얗고 깨끗하였다. 그녀는 가녀린 손가락으로 손수건을 꼭 쥐었다. 나는 차츰 방안의 어둠에 익숙해졌으므로 그녀의 모습을 잘 분간할 수 있었다. 그녀의 창백한 얼굴에 붉은 홍조가 떠올랐다. 적어도 내가 보기에는 그녀의 모습에는 지난날의 아름다움이 남아 있었다.

"도련님, 저한테 잠을 잘 수 있느냐고 물으셨죠?"

루케리아는 다시 이야기를 시작하였다.

"제가 잠자는 시간은 매우 적지만 그때마다 전 매일 꿈을 꾸어요. 아주 즐거운 꿈을요. 꿈속에서의 저는 언제나 건강한 모습이에요. 이렇게 아픈 모습이 아니죠. 하지만 잠에서 깨어나 기지개를 켜려고 하면 제 몸은 마치 쇠사슬에 묶여 있는 것같이 부자유스럽죠. 언젠가 한번은 아주 굉장한 꿈을 꾸었어요. 그 얘기를 들려드릴까요? 저는 온통 황금빛으로 물든 어느 목장의 밀밭에서 붉은 빛깔의 털을 가진 개 한 마리를 데리고 서 있었어요. 그런데 이 개는 심술궂게도 자꾸만 저를 물어뜯으려 하는 거예요. 저는 그때 낫을 한 자루 갖고 있었죠. 그런데 그건 그냥 보통의 낫이 아니라 낫 모양을 한 달이었어요. 저는 그 달로 밀을 베어야 했죠. 그러는 동안에 저는 더위에 지치고 딜빛이 저를 노려보아 그만 온몸의 기운이 빠져버리고 말았어요. 주위에는 들국화가 가득 피어 있는데 그 꽃들은 전부 저를 쳐다보고 있었어요. 저는 와시리가 오기 전에 화환을 만들기 위해 그 꽃을 따려고 했어요. 와시리가 오기로 약속되어 있었거든요. 전 그 시간까지는 충분히 꽃을 따서 화환을 만들 수 있을 줄 알았어요. 그런데 꽃은 아무리 꺾으려고 해도 손가락 사이로 빠져나가 버리는 거예요. 그래서 화환을 만들기가 어려웠죠. 그런데 누군가 제 곁에 와서 제 이름을 부르는 것이었어요. 전 시간을 맞추지 못해서 정말 안타깝다고 생각했어요. 저는 어쩔 수 없이 들국화 대신 달을 머리 위에 얹어서 화환을 대신했죠. 제가 그것을 머리 위에 얹자마자 제 온 몸에서 광채가 나면서 사방이 환해지는 것이었어요. 그리고 정말로 신기하게도 밀밭을 가로질러 저에게 다가온 사람은 와시리가 아니라 예수님이었어요. 하지만 제가 그 분이 예수님이라는 걸 어떻게 알았는지는 모르겠어요. 그림으로 본 모습과는 달랐지만 예수님이 틀림없었어요. 그 분은 수염이 없고 키가 큰 젊은 예수님이셨어요. 몸에는 흰 옷을 걸치고 금빛 허리띠를 두르셨어요. 예수님은 제게 손을 내밀며 말씀하셨어요. '두려워 말아라. 나는 너를 축복하노니. 나를 따르라. 천국의 합창과 춤을 지휘하여 낙원의 노래를 부르라.' 하고요. 저는 그 분의 손을 꼭 잡았어요. 개는 저를 따라왔구요. 그리고 우리의 몸은 갑자기 공중으로 떠올랐어요. 예수님은 기러기 같은 긴 날개를 펼치고 저를 이끌었어요. 하지만 개는 우리를 뒤따라오지 못했어요. 저는 비로소 깨달았죠. 그 개가 제 병(病)이라는 것을요. 그리고 천국에는 병이 들어올 수 없다는 것을요."

루케리아는 잠시 숨을 돌렸다. 그리고 말을 계속했다.

"그 외에도 또 한 가지 본 것이 있어요. 어쩌면 환상이었는지도 모르겠어요. 전 아직까지도 그것이 어떤 의미인지 모르겠어요. 제가 이 오막살이에서 자고 있는데 돌아가신 부모님께서 찾아오셨어요. 제게 정중하게 절을 하고는 말을 한 마디도 안 하시는 거예요. 그래서 제가 물었죠. '아버지, 어머니, 왜 저한테 절을 하시는 거죠?' 그러자 부모님이 대답하셨어요. '왜냐하면 너는 이 세상에서 온갖 어려움을 다 겪었다. 그러므로 너는 네 자신의 영혼을 살리기도 했지만 우리들이 지은 죄도 덜어 주었다. 그래서 저승에 있는 우리들도 편하게 되었단다. 너는 네 죄를 벗어버리고 우리의 죄마저 벗겨 주었다.' 이렇게 말씀을 하시며 또다시 저에게 절을 하시더니 사라져 버리셨어요. 그 후로 이 일이 몹시 마음에 걸려서 목사님께 말씀드렸더니 목사님은 그것이 환상이 아닐 거라고 하시더군요. 환상은 목사님에게나 나타나는 것이라면서요. 그리고 한 가지만 더 말씀드릴게요."

루케리아는 계속해서 말을 이었다.

"꿈 속에서 저는 길가 버드나무 밑에 앉아 있었어요. 저는 마치 순례하는 여인처럼 지팡이를 들고 어깨에는 전대를 메고 손수건으로 이마를 동여맸어요. 저는 먼 곳으로 순례를 떠나는 중이었어요. 다른 순례자들은 계속해서 내 곁을 지나갔어요. 그들은 지친 발걸음으로 힘없이 걸어와서는 모두 같은 방향으로 사라졌어요. 그들은 모두 비슷한 모습들을 하고 있었는데 매우 피곤해 보였어요. 저는 그들 가운데서 서성거리고 있는 한 여인을 봤어요. 그 여인은 다른 사람들보다 건장하고 이상한 옷을 입고 있었어요. 그것은 러시아 사람들이 입는 옷이 아니었어요. 얼굴도 거칠고 험상궂은 것이 여느 사람하고는 달랐어요. 다른 사람들은 모두 그 여인의 곁을 피해 갔어요. 그런데 그 여인이 갑자기 제게로 다가오는 거예요. 제 앞에 와서는 발걸음을 멈추고는 저를 뚫어질 듯이 노려보는 것이었어요. 그녀의 크고 누런 눈은 매를 연상시켰어요. 저는 그녀에게 물었어요. '누구시죠?' 그러자 그 여인은 대답했어요. '나는 천사예요.' 저는 조금도 두렵지 않았어요. 오히려 기뻤어요. 저는 십자를 그었어요. 그러자 그 여인은 말했어요. '루케리아, 미안하지만 아직은 당신을 데려갈 수가 없어요. 잘 있어요.' 나는 이 말을 듣고 몹시 슬펐어요. '이보세요, 저를 데려가 주세요. 제발 저를 데려가 주세요!' 제가 애원하자 천사는 뒤돌아보면서 무언가 말을 했지만 저는 무슨 말인지 잘 알아들을 수가 없었어요. '성 베드로제가 지난 다음에……' 그 말을 듣자마자 저는 잠에서 깨어났어요. 참 이상한 꿈이었어요."

루케리아는 눈을 치켜뜨고는 깊은 생각에 잠기는 듯했다.

"그 후로 전 1주일 동안이나 한잠도 못 잤어요. 작년에 어느 아주머니가 수면제를 한 병 주셨었는데 그 약은 효과가 좋아서 잠을 잘 잘 수 있었어요. 그런데 그 약도 이젠 거의 다 떨어졌어요. 그 약을 구하고 싶은데, 도련님은 그 약이 무슨 약인지 아시겠어요?"

그 약은 아마 모르핀제였을 것이다. 나는 그것과 같은 약을 구해 주겠다고 약속하였다. 나는 그녀의 인내력에 감탄했다고 말했다.

그녀는 다시 입을 열었다.

"도련님도! 인내니 뭐니 할 만큼 대단한 것도 아니에요. 그 사람이 누구였지요? 맞아요, 고행자 시메온이야말로 인내가 대단한 분이셨어요. 40년 동안이나 기둥 위에서 살았다고 하잖아요. 그리고 어떤 고행자는 가슴까지 땅 속에 파묻혀 얼굴을 개미떼한테 파먹혔다고 하잖아요…… 어떤 학자한테서 이런 이야기를 들은 적이 있어요. 어느 나라에 이스라엘 사람들이 쳐들어 왔대요. 그들은 그 나라 백성들을 괴롭히고 죽이는 등 온갖 나쁜 짓을 일삼았지만 어쩔 수가 없었지요. 그런데 어느 거룩한 처녀가 나타났어요. 그 처녀는 긴 칼을 옆에 차고 8프링이나 되는 무거운 갑옷을 입고 앞에 나서서 그들의 원수인 이스라엘 사람들을 공격하여 멀리 쫓아냈다고 해요. 적을 몰아낸 그녀는 적을 향해 이렇게 말했다고 하더군요. '나를 화형(火刑)에 처해 주세요. 내 나라를 위해서라면 나는 화형도 달게 받겠어요.' 그러자 이스라엘 사람들은 그 여인을 붙들어서 불에 태워 죽였대요. 그때부터 그 나라 사람들은 자유를 되찾게 되었대요. 이 얼마나 훌륭해요! 그런 것에 비하면 저는 아무것도 아니에요."

나는 그녀가 어디서 잔 다르크의 전설을 들었는지 알 수 없었다. 나는 그녀에게 나이를 물어보았다.

"스물여덟이나 아홉…… 아직 서른은 안 됐어요. 그런데 왜 나이 같은 건 물으시죠? 저는 또 다른 이야기를 하려고 하는데……"

루케리아는 갑자기 자지러질 듯이 기침을 했다.

"너무 이야기를 많이 해서 그런가 보군요."

내가 말했다.

"그런가 봐요."

그녀는 겨우 들을 수 있을 정도의 삭은 소리로 말하였다.

"이제는 말을 그만 해야 좋을지 모르죠. 하지만 그게 무슨 상관이 있겠어요. 도련님이 떠나시고 나면 전 또다시 말없이 누워서 지내게 될 텐데요. 가슴이 꽉 메이는 것 같아요."

나는 약을 보내주겠다고 거듭 말하고 나서 그녀에게 작별을 고하였다. 그리고 필요한 것이 있으면 말하라고 하였다.

"괜찮아요. 이 상태로 만족해요."

그녀는 감격한 듯 말하였다.

"도련님, 행복하시길 빌겠어요! 어머님께도 안부 전해 주세요. 저는 지금 상태로 만족하니까 아무것도 바라는 것이 없지만 이 근처 농부들은 모두 가난해요. 그들은 농토도 좁고 가진 돈도 없어요. 만일 소작료를 조금이라도 싸게 해 주신다면…… 그렇게 해 주신다면 그들은 얼마나 고마워할까요?"

나는 그녀의 부탁을 이루도록 노력하겠노라고 약속하였다. 그리고 문쪽으로 걸어갔다. 그러자 그녀는 다시 나를 불러 세웠다.

"도련님, 혹시 기억하시나요?"

이렇게 말하는 그녀의 눈과 입술에서는 이상한 광채가 빛났다.

"옛날 제 머리카락이 어땠는지 기억이 나세요? 제 머리는 무릎까지 닿을 정도로 아주 길었어요. 전 크게 마음을 먹고 머리를 잘랐지요. 벌써 오래 전 일이에요. 정말 탐스런 머리였지요. 하지만 몸이 이런 상태니 간수할 수가 없어 미련없이 잘라 버렸지요. 자, 도련님, 안녕히 가세요. 이젠 더 이야기할 기운도 없군요."

나는 그날 사냥을 나서기 전에 그 마을의 담당 경찰과 루케리아에 대해 이야기를 나누었다. 마을에서는 그녀를 '산 송장'이라고 부른다고 그가 일러 주었다. 그녀는 불구의 몸이지만 전혀 남에게 폐를 끼치지 않을 뿐더러 불평 한 마디 하지 않는다는 것이었다.

"아쉬운 소리는 한 마디도 하질 않습니다. 하지만 어떤 일을 해 주어도 대단히 기뻐해요. 정말 착한 여인입니다."

경찰은 계속해서 말했다.

"어떤 사람은 그 여자가 하느님에게 벌을 받고 있다고 생각하 기도 하는 모양이에요. 하지만 대부분의 사람들은 그렇게 생각하 지 않습니다. 그 여자가 벌을 받고 있는지 어떤지는 저희들로서도 알 수 없는 일이잖아요. 그저 지켜볼 뿐이지요."

몇 주일이 흘렀다. 나는 루케리아가 죽었다는 소식을 들었다. 그 녀의 천사는 성 베드로제가 지난 후에 찾아온 것이다. 그날 루케 리아는 종소리를 들었다는 것이다. 아렉세에프에서 교회까지는 5 마일도 넘고 또한 그날은 주일날도 아니었는데 말이다.

루케리아는 사람들에게 종소리가 교회에서 들려오는 것이 아니 라 공중에서 들려온다고 했다는 것이다. 아마도 그녀는 그 종소리 가 하늘에서 들려오는 것이라고는 말할 수 없었던 것 같았다.

《세계걸작단편선 *World's best short stories* 》
바로읽기

황정현(서울교대 교수, 문학평론가)

단편소설의 이해

단편소설은 말 그대로 짧은 소설이다. 그렇다고 해서 장편소설을 줄여 놓은 것은 아니며, 더구나 장편소설의 주제보다 가벼운 것은 더욱 아니다. 다만 단편소설은 단일한 효과, 단일한 사건, 단일한 주제를 다루며, 30분 내지 2시간 동안 앉은자리에서 한번에 읽을 수 있는 길이의 소설로 장편에 비해 구성의 긴밀성이 뛰어난 소설을 말한다. 따라서 단편소설은 독자가 한눈으로 알아볼 수 있도록 인물의 수를 제한하고, 장황한 분석이나 설명, 자세한 사회적·역사적 배경을 세밀하고 광범위하게 묘사할 수 없다. 그리고 단편소설은 지나치게 복잡하게 얽힌 사건을 다루지 않고 하나의 정점을 전후로 해서 가장 초점이 되는 부분만을 다룬다. 이러한 단편소설의 제약으로 인해 현대 단편소설은 작가의 솜씨가 훨씬 강하게 지속적으로 발휘된다는 인상을 준다. 이것을 달리기에 비유하자면 장편소설은 마라톤이라면, 단편소설은 100미터 단거리에 해당하는 것으로 장편소설에 비해 작자나 독자의 집중도가 그만큼 많이 요구되는 장르라고 할 수 있다.

단편소설의 역사는 원시시대로부터 현대까지 폭넓은 시간적 배경을 가지고 있다. 처음에는 단순한 소문, 일화, 우화, 비유, 농담, 민담, 모험담 등 짧은 이야기들로 사람들에게는 아주 자연스런 이야기였다. 이런 이야기들을 모아 전해져 오는 책으로 《아라비안나이트》, 《데카메론》, 《삼국유사》, 《어우야담(於于野談)》, 《파한집》, 《보한집》 등 동서양의 고전들이 많이 있다. 이것들은 오늘날 현대 단편소설의 효시라고 할 수 있다. 현대 단편소설의 창시자는 19세기 초 미국의 에드거 앨런 포라고 전해진다. 그는 위에서 언급한 현대 단편소설의 이론을 세웠다. 현대 단편소설 작가들은 대개 그의 이론을 따르는 경향이 있다.

이 책에 제시된 14편의 작품은 현대 단편소설 중 세계적으로 대표적인 작가와 작품들을 선정하였다. 모파상의 〈목걸이〉, 〈트완느〉, 에드거 앨런 포의 〈검은 고양이〉, 〈어셔 집안의 몰락〉, 오 헨리의 〈되찾은 개심(改心)〉, 〈크리스마스 선물〉, 루쉰의 〈광인일기〉, 〈고향〉, 타고르의 〈아기 도련님〉, 〈삶이냐 죽음이냐〉, 토마스 하디의 〈아내〉, 〈아들의 거부권〉, 투르게네프의 〈밀회〉, 〈산 송장〉 등이 그것이다.

다음은 이 작가와 작품들에 관련한 내용을 살펴보고자 한다.

1. 모파상의 〈목걸이〉와 〈트완느〉

모파상(1850~1893)은 프랑스의 대표적 작가로 특히 그의 단편은 주옥과 같은 작품들로 평가받고 있다. 그의 문단생활은 1880년부터 1891년까지 10여 년 동안 단편소설은 약 300편에 달하고, 6권의 장편소설, 3권의 기행문, 1권의 희곡이 있다. 그의 작품의 수를 보더라도 그는 대표적인 단편소설 작가라고 할 수 있다. 그는 플로베르의 제자로 사물이나 인간의 심리 표현에 있어 하나의 사물에는 하나의 언어밖에 없다는 철저한 작가 훈련을 받았고, 또한 그의 재능이 뒷받침되어 오늘날의 세계적인 대표적 단편 작가가 된 것이다.

모파상의 작품세계는 광범하면서도 착잡한 듯하지만 거기에는 사상 표현의 리듬이 있으며, 삶의 부정적인 면을 강조하는 페시미즘이 짙게 갈려 있다.

〈목걸이〉는 아름다운 한 여인이 가난으로 인한 왜곡된 삶의 여정을 간략하게 기술하고 있는 작품이다. 이 작품의 사건은 한 가난한 공무원의 아름다운 아내가 자신이 꿈꾸는 세계와 현실 사이의 간극이 너무 커 그로 인한 현실에 많은 불만을 가지고 있는 데서 출발한다. 그녀는 오랜만에 장관이 주최하는 만찬에서 자신의 미모를 뽐내고 상류사회에 진입할 수 있는 기회를 가지게 되었지만 만찬에 참석하기 위한 옷이나 보석을 갖지 못하였다. 그래서 남편을 졸라 무리하게 옷은 샀지만 보석까지는 불가능하였다. 그래서 친구에게 다이아몬드 목걸이를 빌려 만찬에 참석하여, 자신의 미모와 교양을 마음껏 드러내고 사람들의 주목을 받았지만 돌아오는 길에 목걸이를 잃어버린다. 그 여인은 그 목걸이 값을 치르기 위해 자신의 젊음을 모두 바쳐 일하느라 아름다운 모습을 잃어버린다. 그러나 결국 그 목걸이가 가짜라는 것이 판정 난다.

이 작품의 결말에는 독자들을 깜짝 놀라게 하는 반전을 준비하고 있다. 이런 구성은 단편소설의 중요한 장치이다. 이것은 작품의 주제를 인식하게 하는데 도움을 준다. 목걸이 값을 치르느라 아름다운 젊은 시절을 고생하며 보냈지만 그 결과가 가짜 목걸이로 판명되었다는 단순한 사건은 작품의 주제의 관점에서 보면 간단하지 않다. 이 작품의 주제는 인간의 허영이 무엇이고 어떻게 사는 것이 잘 사는 것인지를 독자로 하여금 생각하게 하는 것이다.

〈트완느〉는 대비되는 두 인물이 등장한다. 하나는 삶에 대해 낙천적인 트완느 영감과 또 하나는 삶에 대해 회의적이고 부정적인 그의 아내의 대비를 통해 삶의 양면성을 보여준다. 이 작품은 뚜렷한 사건의 전개나 구성에 있어 반전이 없이 두 인물의 대비적 성격을 보여줌으로써 의미 있는 삶은 무엇인지를 독자들에게 질문하고 있는 것이다.

트완느 영감은 살아 있는 그 자체가 즐거움이며 사람들과 농담을 하며 사는 것이 유일한 삶의 보람이다. 그는 남들과 농담하면서 즐겁게 만드는 재주를 지니고 있으며, 그것을 자랑스러워한다. 마치 '베짱이와 개미'에서 베짱이 같은 인물인 것이다. 이런 인물들은 삶의 의미가 무엇인지 그것이 왜 필요한지에 대한 자각이 필요 없다. 다만 때가 되면 노래부르듯이 사람들을 만나면 즐겁게 농담이나 하면서 삶을 즐기면 되는 것이다. 이러한 남편에 비해 부인의 삶에 대한 태도는 대조적이다. 그녀는 삶은 생산적이어야 하며 실생활에 별로 쓸모 없는 인간은 살아있을 이유가 없다고 생각한다. 따라서 그녀는 소비적인 영감의 모든 행위에 대해 불만이다. 심지어 트완느 영감이 너무 많이 먹는 것이나, 몸이 뚱뚱한 것조차 그녀에게는 못마땅한 것이다.

트완느 영감은 뇌출혈로 쓰러져 반신불수가 되었음에도 불구하고 여전히 그의 친구들과 농담을 즐기며 별로 절망하는 기색조차 보이지 않자 부인의 화는 극도에 달한다. 그래서 병든 남편에게 계란을 품어 병아리를 까는 일을 시킨다. 이런 행위는 삶의 유의미함을 고집하는 인물들의 집착이다. 결국 트완느 영감은 그 계란을 친구들과 이야기하느라고 다 깨뜨려버리는 사고를 내고 만다. 이 모습에 화가 난 부인은 아픈 남편을 몽둥이로 내려치고, 트완느 영감이 매를 맺지 않으려고 이리저리 몸을 피하는 모습을 보고 친구들은 웃음을 참지 못하는 것이다.

이 이야기는 삶에 대한 두 인물의 태도를 중심으로 그 의미가 무엇인지 독자들에게 질문을 하고 있는 것이다. 삶 그 자체를 즐기는 사람과 삶에 반드시 어떤 의미를 부여해야만 직성이 풀리는 사람, 이들은 작품 속의 인간에게만 있는 것이 아니라 우리 주변에서 흔히 볼 수 있는 인물들인 것이다.

2. 포의 〈검은 고양이〉와 〈어셔 집안의 몰락〉

작품은 작가 의식의 반영이다. 모파상의 작품이 모파상의 삶에 대한 페시미즘을 담고 있다면 포우의 작품들은 악마주의 의식이 반영되어 있다.

에드거 앨런 포(1809~1849)는 아내를 병으로 잃고 난 후 번뇌하다가 노름과 알콜 중독에 빠져 정신착란으로 40세를 일기로 길에서 비참하게 객사한 인물이다. 그런 가운데도 그는 창작에서 열정을 버리지 않아 60여 편의 단편을 남겼다. 이 단편소설들은 환상적이요, 초자연적인 것으로부터 사실적인 탐정 소설에 이르기까지 다양한 작가의 재능을 보여주고 있다. 이 책에 실린 작품들은 모두 환상적이며 초자연적인 작품들을 실었다.

〈검은 고양이〉는 일인칭 화자의 소설로 화자의 성격은 집요하고 광적이다. 이 성격이 처음부터 끝까지 일관되어 있어 인물 성격의 통일성을 이루고 있다. 그리고 이런 인물의 성격에서 나오는 행위 역시 통일성을 이룬다. 이렇게 인물의 성격이 중심이 되어 일직선으로 사건이 진행되어 완전한 인상이 통일을 유지하고 있는 것이다. 그래서 포를 현대 단편소설의 선두주자로 꼽는 것이다.

이 작품의 고양이는 객관적 대상물로서의 고양이가 아니라 작가 의식의 산물이다. 자기를 유난히 따르는 고양이의 눈을 잔혹하게 도려내는 자신의 행위에 대해 자신이 이해하지 못하고 있듯이 자신의 의지와는 상관없는 원초적 충동을 자신이 제어하지 못하는 것이다. 따라서 심층심리에 깔려 있는 인간의 원초적 충동으로 인해 빚어지는 비극적 이야기인 것이다. '나'는 결국 고양이를 학대하는 것이 자기 파멸로 이어지는 것을 깨닫지 못한 채 그런 감정이 확산되어 고양이를 죽인다는 것이 사랑하는 아내까지 살해하게 된다. 아내를 살해한 후 시체를 벽 속에 유기하시만 시체 유기의 비밀을 충동에 의해 스스로 발설하게 된다.

이 작품에서는 고양이가 처음부터 화자의 매개체로 등장하면서 결국 '나'의 심리와 행위의 일체를 이루면서 인간의 악마적 속성을 보여주는 작품이다.

〈어셔 집안의 몰락〉 역시 인간의 내면 의식에 자리 잡고 있는 악마 의식의 일면을 잘 보여주고 있는 작품이다. 이 작품의 배경이나 인물의 행위 모두가 작가 의식의 반영이라는 점에서 가장 포다운 작품이다.

화자는 병든 어셔의 부탁을 받고 위로하러 어셔 집안을 찾아온다. 처음 부닥친 어셔 집안의 저택의 배경 묘사는 이 작품의 주제를 그대로 말하고 있다. 즉 초자연적인 힘이 지배하고 있는 듯한 묘한 분위기나 친구 어셔의 유전적 병, 그리고 쌍둥이 누이동생 메들라인의 치유할 수 없는 병 등은 이 작품의 전체를 지배하고 있는 것이다.

화자는 이러한 것들의 배경의 비밀이 무엇인지 생각하지만 자신의 힘으로는 도저히 알아낼 수 없어 관망자의 자세로 살펴볼 뿐이었다. 다만 과민한 신경으로 인해 어셔는 모든 사물에 생명력을 불어넣고 그것을 되살려 자신의 감정과 교류함을 볼 수 있을 뿐이다. 관찰자가 관찰 대상에 영향을 미친다는 것은 현대 과학에서 증명된 바가 있지만 이 작품의 주인공인 어셔의 사고(思考)가 사물을 그렇게 만들고 있다는 것을 알 수 있다. 말하자면 대상은 관찰자의 의식에서 의미를 구성하게 된다는 것이다. 이 작품을 지배하는 모든 악마적 분위기는 어셔의 의식의 산물인 것이다. 그렇다면 왜 어셔는 이런 의식을 가지게 되었을까?

그것은 어셔의 내면에 자리잡고 있는 공포였다. 매장했던 누이동생 메들라인이 다시 살아나 어셔를 덮쳤을 때 화자는 그것을 발견하게 되는 것이다. "잠시 그녀는 문턱 위에서 몸을 부들부들 떨며 이리저리 비틀거리더니 나지막한 신음 소리와 함께 방안에 있는 오빠에게로 쾅 쓰러졌다. 격렬한 단말마의 고통으로 오빠를 마룻바닥에 내던지니, 그는 그만 시체가 되어 버렸다. 어셔는 그가 예기(豫期)하고 있던 바와 같이 공포의 희생이 되고 만 것이다."라고 화자가 말하고 있듯이 어셔를 끊임없이 괴롭혔던 것은 그의 내면에 자리 잡고 있는 공포였던 것이다. 어셔의 기괴한 행위는 이런 공포에서 비롯된 것이다. 이런 어셔의 심리는 어셔의 고유의 것이 아니라 정도의 차이는 있지만 모든 사람들의 보편적 심리이기도 하다.

3. 오 헨리의 〈크리스마스 선물〉과 〈되찾은 개심〉

오 헨리(1862~1910)는 의사의 아들로 태어났지만 일찍이 어머니를 여의고 외롭게 자랐다. 그는 은행원으로 근무하다 신문기자가 되었지만 은행 재직 중에 저지른 공금횡령죄로 구속당하여 수감되기도 하였다. 그가 작품 활동을 본격적으로 하기 시작한 것은 수감 생활 중이었다. 그는 출옥한 후 본격적인 작가 활동을 시작하였는데 그가 남긴 단편소설은 약 270편에 이른다. 그의 본명은 W. Sidney Porter였지만 O. Henry라는 필명을 쓰게 된 것은 딸에게 자기가 옥살이를 한다는 것을 알리지 않기 위해서였다고 한다.

그는 가벼운 터치로 경쾌하게 삶의 본질을 살 드러내는 작가이다. 그의 작품에는 고난 속에서도 선하게 살아가는 인간들이 이야기의 주요 인물로 등장한다. 그의 대표작 〈마지막 잎새〉가 그렇고 여기서 다루는 〈크리스마스 선물〉이나 〈되찾은 개심〉이 그렇다. 따라서 그의 소설이 지나치게 현실을 무시하고 낭만적으로 그려졌다는 비난도 있지만 가혹한 현실을 극복하는 것은 인간애라는 믿음에 근거하고 있다. 그의 작품의 형식적 특성은 시추에이션 작가라고 할만큼 특정한 상황을 통해 인간의 선한 본성을 그려내는데 있으며 단편소설의 깔끔함을 잘 살리고 있다.

〈크리스마스 선물〉은 〈마지막 잎새〉와 함께 오 헨리의 대표적 단편이다. 크리스마스 선물을 통해 부부간의 사랑과 선물의 진정한 의미는 독자로 하여금 일상적 삶 속에서 잊기 쉬운 것들을 소중하게 기억하게 하는 힘을 가지고 있다.

짐과 델라는 뉴욕의 뒷골목에 사는 가난한 부부이다. 이들은 물질적으로는 가난하지만 정신적으로는 누구보다 풍족한 사랑을 지니고 살아간다. 그러나 모든 사람들이 선물을 주고받는 크리스마스 날, 사랑하는 사람에게 전해 주어야 할 선물을 없는 이 부부에겐 사실은 괴로운 날이었다. 그러나 이 괴로움을 사랑으로 극복해 나가는 현명함이 그들에겐 있었다.

남편을 위해 머리카락을 잘라 시곗줄을 산 델라와 아내의 아름다운 머리카락을 위해 시계를 팔아 머리 빗을 산 남편 짐의 행위는 이야기의 끝 부분에서 반전되어 서로에게 더 이상 필요 없는 물건이 된 것같지만 그러나 물질의 필요함보다는 그 물질에 담는 사랑은 영원하다는 것을 그들은 확인하였기 때문이다.

진정한 선물의 의미는 사랑의 표현일 때, 그 값어치가 배가(倍加)하는 것이다. 그들에겐 더 이상 소용없게 된 시곗줄이나, 머리 빗일지라도 그것이 진정한 사랑의 매개물로 등장할 때, 진정한 가치를 지니는 것이기 때문이다. 그래서 작가는 작품의 말미에 "그러나 마지막 한 마디, 선물을 하는 모든 사람들 중에서 이 두 사람이야말로 가장 현명한 사람들이었다고 오늘날의 현명한 사람들에게 말하고 싶다. 선물을 주고받는 사람들 중에서 이런 사람이 가장 현명하다. 어디를 가거나 이런 사람들이 가장 현명하다. 이들이야말로 현자인 것이다."라고 기록하고 있는 것이다.

〈되찾은 개심〉은 어떤 고난 속에서도 인간은 선할 수 있다는 믿음을 바탕으로 하고 있다. 이 작품의 주인공 발렌타인은 금고털이로 형을 살다 사면을 받아 풀려난다. 그러나 그가 풀려난 후 금고털이 사건이 연속으로 일어난다. 이 사건의 배후에는 발렌타인이 있을 것이라는 의혹을 품은 형사 벤 프라이스는 그를 계속 추적한다. 한편 발렌타인은 엘모어로 가서 랄프 D. 스펜서라는 이름으로 바꾸고 장사를 하면서 과거를 청산하게 된다. 그는 엘모어에서 점차 명망을 얻게 되고 그 마을 은행가의 딸과 결혼을 약속하게 된다. 그러나 형사 벤 프라이스는 엘모어까지 추적하게 된다. 마침 은행 금고에 한 아이가 갇히게 되는 사건이 발생한다. 그러나 아무도 그 금고를 열 수가 없어 안타까워하고 있는데 발렌타인은 자신의 과거가 들통나는 것보다 아이를 구하는 것이 우선이라는 판단 아래 자신의 금고 여는 실력을 발휘하여 아이를 구출한다.

발렌타인의 이러한 행위는 한 인간이 개심을 하게 되면 자신을 돌보지 않고 잠재된 인간애를 발휘할 수 있다는 것을 보여준다. 이 작품은 작가 자신이 감옥에서 수형 생활을 한 경험을 바탕으로 쓴 것이다. 이 작품의 말미에 형사 벤 프라이스가 발렌타인을 체포할 수 있음에도 불구하고 모르는 채 그를 놓아주는 것은 인간이 저지른 죄보다는 개심한 인간의 진정한 모습을 믿기 때문이다.

4. 루쉰의 〈광인일기〉와 〈고향〉

루쉰(1881~1936)은 작가이면서 동시에 계몽 사상가였다. 그가 중국에서 태어난 시기가 서구 열강에 의해 중국이 분할되어 식민지가 되어 가는 과정이었기 때문에 루쉰은 누구보다도 약육강식의 논리가 지배하는 당대의 세계 풍조와 자신의 조국인 중국의 봉건적 의식에 대해 한탄하면서 개혁하지 않으면 중국의 장래는 없다는 절박한 심정에서 작품 활동을 하였다고 할 수 있다. 따라서 루쉰은 이러한 자신의 사상을 문학의 주제로 삼아 작품으로 형상화하였다.

〈광인일기〉는 그야말로 광인이 바라본 세계를 그린 작품이다. 그는 '피해망상증' 환자이다. 즉 모든 사람들이 자기를 죽이려 한다는 생각에 사로잡혀 있다. 광인의 '피해망상증'이란 병명은 하나의 상징이다. 이것은 루쉰이 살았던 시대의 중국 민중이 가질 수밖에 없었던 정신적 성향이라고 할 수 있다. 그것은 불평등하였지만 그런 대로 마음의 평화는 유지하였던 봉건 시대에서 약육강식의 논리에 의해 지배당하는 근대 사회로 넘어오는 과정에서 약소국가나 약소민이 가질 수밖에 없는 의식 성향이다.

루쉰이 친구인 광인의 일기를 중심으로 이 작품에서 말하고자 하는 것은 순수한 한 인간을 광인으로 몰아가는 제국 식민주의 시대의 광폭함이다. 그렇다면 역설적으로 광인이 정상적인데 오히려 시대가 미친 것이다. 결국 모두가 미쳐 돌아가는 세상에서 나는 어떻게 살 것인가 하는 문제가 제기된다.

루쉰은 이 작품의 말미에 "사람을 먹은 일이 없는 아이들이 아직도 남아 있을는지 몰라. 아이들을 구하라" 이 말은 결국 미쳐 돌아가는 시대로부터 벗어나는 방법은 아직도 순수한 아이들에게 기대할 수밖에 없음을 역설하고 있다.

〈고향〉 역시 앞에서 언급한 루쉰의 사상성을 바탕으로 하고 있는 작품이다. 작가는 이 작품의 말미에서 "나는 생각한다. 희망이라는 것은 원래 있는 것이라 할 수도 없거니와 없는 것이라고 할 수도 없다. 그것은 마치 땅 위의 길과 같은 것이다. 실상 땅 위에 본래부터 길이 있는 것은 아니다. 다니는 사람이 많아지면 곧 길이 되는 것이다." 라고 말하고 있다. 이것은 황폐화한 고향이 다시 아름다운 고향으로 전환할 수 있는 작가의 믿음을 내비친 것이다. 예컨대 현재의 고향은 과거의 고향이 아니듯이 미래의 고향도 아니다. 다만 조카와 같이 어린 세대가 찾아가는 고향은 지금 화자가 바라보는 고향의 이미지와는 다를 것이라는 희망인 것이다.

화자는 20여 년만에 고향을 찾아간다. 그러나 그 고향은 어린 시절의 고향은 아니었다. 모든 것이 낡았고 폐허가 되어 가는 고향은 사라지는 시대의 유물이 되어 가는 것이었다. 이런 고향을 바라보는 화자의 심정은 착잡하다. 그것은 고향이 마음의 고향이 아니라 개혁되어야 할 대상으로서의 고향이었기 때문이다. 20년 전의 어린 시절의 친구는 장년의 비굴한 생활인이 되어 있음을 발견한 화자는 비로소 긴 세월 동안 그와 고향이 얼마나 멀리 떨어져 있었나 하는 것을 느끼게 된다. 그는 이제 어머니와 어린 조카를 데리고 고향을 떠나려 한다. 그러면 그에게 있어 고향은 이제 완전히 사라지는 것이다.

그러나 "큰아버지 우리는 언제 돌아오나요?"라는 조카의 질문에 "돌아오다니? 너는 왜 아직 가지도 않아서 돌아올 생각부터 하니?"라고 화자는 되묻지만 "그렇지만 수이성이 나한테 제 집에 놀러 오라고 했는데……"라는 조카의 대답에 화자인 '나'는 고향의 의미를 다시 깨닫는다. 그것은 고향에 대한 희망은 사라지지 않았음을 느낀 것이다.

5. 타고르의 〈아기 도련님〉과 〈삶이냐, 죽음이냐〉

타고르(1861~1941)는 인도의 시인, 철학자, 극작가, 작곡가로 1909년에 출판한 시집 《기탄잘리》로 1913년 아시아에서는 최초로 노벨 문학상을 수상하였다. 그의 작품 경향은 초기에는 유미적이었으나 아내와 딸의 죽음을 겪고 종교적으로 변모하였으며, 동·서 문화의 융합에 힘쓰는 한편 교육과 독립 운동에 헌신하였다. 현재는 간디와 더불어 인도의 정신적 지주로 숭상을 받고 있다. 타고르가 우리 나라를 소재로 쓴 작품으로 〈동방의 등불〉, 〈패자(敗子)의 노래〉가 전해진다.

〈아기 도련님〉은 인도의 사생관(死生觀)과 주인에 대한 하인의 끝없는 충성심을 잘 나타낸 작품이다. 라이챠란은 주인집 아들 아누쿨의 하인으로 들어와 아누쿨을 위해 온갖 헌신을 다하였고 아누쿨이 결혼하자, 그 부인에게도 온갖 정성을 다한다. 또 아누쿨이 아들을 낳자 그 아들을 돌보는데 헌신을 다한다. 말하자면 하인

라이챠란은 2대에 걸쳐 하인으로서 자신의 역할을 다한다. 그러나 라이챠란이 아누쿨의 아들을 데리고 강가로 나왔다가 잠시 한눈 파는 사이에 아누쿨의 아들을 잃어버리고 만다. 라이챠란은 결국 아누쿨의 집에서 쫓겨나 고향으로 돌아오지만 죄책감으로 늘 괴로워하다가 자신의 아내가 아들을 낳자 이 아들이 주인집 아들의 환생이 아닌가 생각하게 된다.

여기서 인도인들의 사생관을 잘 알 수 있다. 아들을 잃어버린 주인집과 아들을 얻은 자신의 운명의 엇갈림은 하인으로서의 충직함과 결합하여 라이챠란은 자신의 아들을 주인의 아들처럼 귀하게 키운다. 이런 라이챠란의 행위는 주인과 하인의 계급 의식이 하나의 자연질서처럼 자연스럽게 받아들이는 인도인의 사상적 특성을 이룬다. 결국 라이챠란은 자신의 아들을 아누쿨에게 주고 사라진다. 이 작품은 운명애가 지극한 인도인들의 의식을 종교적 차원에서 바라본 작품이라 할 수 있다.

〈삶이냐 죽음이냐〉는 삶과 죽음의 경계선 상에 있는 인간의 모습을 그린 종교적 의미의 작품이다. 과부 카담비니의 삶은 오로지 죽은 시동생의 아들을 사랑하며 살아가는 것이 유일한 낙이었다. 그녀에게는 친정이나 시가 쪽에 어떤 피붙이도 남아 있지 않았기 때문이다. 이러한 그녀에게 사랑의 의미는 "혈연을 주장할 권리는 없고 다만 사랑을 주장할 권리밖에 없다. 사랑이라는 것은 사회가 인정하는 어떤 문서상의 권리를 증명할 수 없을 뿐더러, 또 그것을 증명하기를 원하지도 않는다. 사랑은 다만 정열로 인생의 불확실한 보화를 사랑할 뿐이다."라는 작가의 설명대로 오로지 순수한 사랑을 그녀는 시동생의 아들에게 쏟지만, 그러나 어느 날 갑자기

심장이 멈춰 버린다. 사람들은 모두 죽었다고 생각하며 그녀를 장사 지내지만 하인들이 화장을 하기 전, 카담비니는 다시 깨어나 살아난다. 그러나 현실적 삶 속에서 그녀는 죽은 것과 다를 바가 없음을 확인한다. 왜냐하면 그녀가 집으로 돌아간들 그곳에서 자신의 삶을 사랑하여 인정해 줄 사람은 아무도 없기 때문이었다. 말하자면 집안의 식구들은 그녀의 죽음을 오히려 환영할지도 모르기 때문이다. 그래서 그녀는 집으로 돌아가지 못하고 옛친구를 찾아가지만 그녀에게서도 삶을 인정받지 못한다. 처음에는 반가워하는 친구가 시간이 지날수록 그녀를 냉대하기 시작하였다. 여기서의 죽음은 진정한 사랑이 전제하지 않은 삶은 죽음과 다를 바가 없다는 것을 의미한다. 카담비니는 자신은 사랑을 받지 못하지만 자신이 사랑했던 시동생의 아들을 찾아 집으로 다시 돌아간다. 그러나 집안 식구들 중 그녀를 반기는 사람은 시동생의 아들을 제외하고는 아무도 없었다. 그리고 그녀의 삶을 인정하는 사람도 없었다. 결국 그녀는 우물에 자신의 몸을 던짐으로써 자신이 살아 있음을 역설적으로 증명할 수밖에 없었다.

이 작품은 인간의 삶과 죽음의 경계는 사랑하거나, 사랑을 받거나 혹은 서로 사랑하는 관계 속에서 갈라짐을 보여주는 타고르의 사상을 형상화한 작품이다.

6. 토마스 하디의 〈아내〉와 〈아들의 거부권〉

〈테스〉의 작가 토마스 하디(1840~1928)는 조지 엘리엇이 세상을 떠난 뒤 영국의 가장 위대한 작가로 손꼽히는 작가이다. 그는 무

려 14편의 장편소설과 4권의 단편집과 8권의 시집과 2편의 서사극
시를 창작하였다. 그는 가장 영국적인 작가로 일컬어지는데 그것
은 그의 작품 내용이 영국의 수려한 자연 풍광으로 가득 차 있기
때문이다. 특히 그의 고향인 도세트 주 웨섹스의 자연을 작품 속
의 배경으로 환치시켜 영국인의 영원한 고향이 되고 있다. 뿐만
아니라 그의 사상은 인생의 비극상이 무엇인가를 계시하였고 인
간의 고뇌와 인종 밑에 허덕이는 공동 운명체에게 따뜻한 인정을
아끼지 않았던 작가이기도 하였다.

〈아내〉는 온유한 마음을 가진 여자와 질투심이 많고 오만한 마
음을 가진 여자의 사랑이 어떻게 운명을 바꾸어 놓는지를 보여주
는 작품이다. 에밀리는 전자에 속하고, 조안나는 후자에 속하는 인
물이다. 친구 관계인 이들에게 선장 졸리프가 나타남으로써 이들
의 운명은 갈리게 된다. 졸리프는 에밀리를 사랑하지만 소극적인
에밀리의 성격으로 인해 에밀리와 결혼하지 못하게 된다. 한편 조
안나는 졸리프를 사랑한다기보다 친구 에밀리에 대한 질투로 졸
리프에게 적극적으로 접근하여 결혼하게 된다. 이들이 결혼한 후
에밀리 역시 홀아비인 상인과 결혼하여 조안나의 가게 맞은편에
살게 된다.

그러나 조안나의 결혼 동기는 사랑이 아니라 질투에서 비롯되
었기 때문에 그로 인한 고통이 점차 현실적으로 나타난다. 가난은
오만한 조안나에게 참지 못할 고통이며, 특히 맞은 편에 살고 있
는 에밀리의 부유함에 대한 질투는 자신을 끝없이 괴롭힌다. 조안
나에게는 남편 졸리프에 대한 사랑이 없기 때문에 그녀의 관심은
오직 남에게 보여줄 수 있는 어떤 사랑을 원하지만 그러나 그럴

수록 조안나는 더 깊은 질투의 함정에 빠져들게 된다. 그럼으로써 조안나의 고통은 가중된다. 이런 조안나의 고통을 해소해 주는 것은 남편 졸리프가 배를 타고 나가서 돈을 벌어오는 것이다. 그러면 그것으로 자신의 과시욕을 부릴 수 있기 때문이다. 그래서 남편은 배를 타고 돈을 벌어 오지만 그것으로 부족하여 그 다음에는 더 많은 돈을 벌기 위해 남편과 두 아들이 배를 타고 떠나게된다. 하지만 그들은 결국 돌아오지 않고 그것으로 인한 고통으로 조안나는 반미치광이가 되고 만다.

이에 비해 에밀리는 홀아비인 남자와 결혼하였지만 주어진 현실을 수용하면서 행복을 만들 줄 안다. 그녀에게 사랑이란 반드시 남녀간의 에로스적 사랑만을 의미하는 것이 아니다. 에밀리는 주어진 현실 속에서 남과 비교하지 않고 자신의 삶 그 자체를 사랑할 줄 아는 지혜를 가지고 있다. 그렇기 때문에 자기의 사랑을 뺏어간 조안나를 원망하지 않고 오히려 질투로 인해 자신의 삶을 황폐화시키는 조안나에게 연민의 정을 가질 수 있었던 것이다. 사랑하여 결혼한다는 것은 중요한 것이지만 그 사랑이 어디에서 연유한 사랑인지를 되돌아보는 지혜가 필요함을 이 작품은 보여주고 있는 것이다.

〈아들의 거부권〉은 계급과 제도가 인간의 순수한 인간성을 어떻게 파멸시키는가를 잘 보여주는 작품이다. 소피는 목사 집의 하녀였지만 목사 부인이 죽고 난 후 20세 연상인 목사와 결혼함으로써 트와이코트 부인이 되었다. 소피는 남자라면 누구나 사귀고 싶어할 만큼 매력 있는 여자지만 한 사람의 숙녀로서는 부족한 점이 많았다. 그것도 목사의 부인으로서의 교양은 더욱 부족하였다.

소피는 목사와 결혼 후 아들을 낳고 살다 목사가 죽고 난 후 아들을 훌륭한 신사로 키운다. 그러나 아들은 커가면서 어머니의 무식함과 교양 없음을 눈치채고 어머니를 간섭한다. 특히, 한때 소피에게 청혼했던 정원사 샘을 우연히 만나고 소피는 그와 재혼하고 싶어하나 아들은 가문의 명예와 제도, 계급을 들어 어머니의 재혼을 극구 반대하여 결국 좌절되고 말뿐만 아니라 외롭게 살다 결국 죽음을 맞이한다. 소피의 장례식이 지나갈 때, 샘은 정장을 하고 그녀의 죽음을 망연히 바라볼 뿐이다.

이 작품은 전통과 가문, 명예를 존중하는 영국에서의 비인간적 제도를 정면으로 비판한 작품이다. 태어나면서 신분이 정해졌던 당시 영국의 제도에서 소피의 파격적인 신분 상승은 오히려 그녀의 자연스런 삶을 옭아매는 족쇄였던 것이다. 소피가 목사의 청혼을 거부하지 못한 것은 목사 신분에 대한 존경과 거부할 수 없었던 신분 제도에서 온 것이었지 목사를 사랑했기 때문이 아니었다. 말하자면 소피는 사랑을 거부할 수 없이 선택된 것이다. 그러나 문제는 목사가 죽고 난 후 자신의 의지에 따라 재혼하려 해도 결국 아들의 거부로 인해 좌절당한다는 것이다.

어머니의 재혼에 대한 아들의 거부는 당시 영국의 제도적 모순을 고발하고 있는 것이다. 이 작품의 말미에 "어머니가 성실한 채소 장수(샘의 직업)와 결혼해서 소박하게 산다고 해서 그로 인해 피해를 본다거나 하는 일은 없을 것이다. 하지만 아들이 받은 교육은 그러한 인간애를 모조리 말렸으며 아들을 옹졸한 사람으로 만들어 버리고 말았다."란 작가의 말은 이 작품의 주제를 한 마디로 보여주고 있는 것이다.

7. 투르게네프의 〈밀회〉와 〈산 송장〉

투르게네프(1818~1883)는 19세기 중반 러시아를 대표하는 작가이다. 그는 지주계급의 붕괴와 그로 인한 사회적 혼란상을 보이던 시기에 철학적 관점에서 그것을 작품의 주제로 삼은 진보적 작가이기도 하다. 그의 작품에는 특유의 러시아적 우수가 깔려 있는데 그것은 단순한 개인적 반응이 아니라 인간 본질의 비극성을 바탕으로 슬라브 민족의 우수를 그렸지만 한 민족의 특수성에 머물지 않고 인간에 대한 보편적 애정을 바탕으로 하고 있다는 점이 다른 작가와는 구별된다.

〈밀회〉는 순수한 영혼을 가진 한 처녀가 세상사에 닳아빠진 한 남자의 내심을 모르고 그와의 이별을 슬퍼하는 안타까운 모습을 1인칭 관찰자의 관점에서 그린 작품이다.

이 작품은 아름다운 숲을 배경으로 하고 있다. 이 숲과 너무나도 잘 어울리는 처녀의 눈물은 아름답다. 그 아름다움의 배경은 처녀의 순정(純情)이다. 그러나 이 처녀의 순정과는 정 반대되는 약간 경망스런 한 사내의 등장으로 화자는 인간의 추악함을 본다. 순수함을 왜곡시키는 이 사내의 추악함은 이 처녀의 모습과 대비적으로 잘 나타난다. 누구를 진정으로 사랑한다는 것은 아름다운 것이다. 그러나 우리는 그 순수한 사랑을 인간의 교만과 세상사의 관심으로 더럽히는 때가 있는 것이다. 사내는 처녀가 사랑으로 전해주는 꽃다발을 들고 "이것저것 냄새를 맡아보고 거만한 표정으로 생각에 잠긴 듯 하늘을 바라보며 꽃다발을 손가락으로 빙글빙글 돌리기 시작하였다. 그런 사나이를 바라보는 여자의 슬픈 눈망울 속에는 두려움이 깃들어 있으면서도 몸과 마음을 다해 신처럼 숭배하고 복종하겠다는 사랑이 담겨 있다."라는 화자의 설명은 인간과 인간 사이의 진실이 통할 수 없는 슬픈 단면을 우수 어린 시각으로 조명하고 있는 것이다.

〈산 송장〉은 한 아름답고 젊으면서도 활달한 여인이 불의의 사고로 불구의 몸이 되어 사랑하는 사람과 결혼도 하지 못하고 7년간을 꼼짝없이 누워지내는 이야기이다. 여기서 우리가 주목해야 할 것은 작가는 이 여인을 '산 송장'이란 제목을 달고 있지만 그러나 역설적이게도 이 여인은 주위 사람들이 '산 송장'으로 인식하는 것과는 달리 오히려 건강한 사람들보다 더 생생하게 살아 있다는 점이다.

화자는 7년 전 춤을 잘 추고 아름다웠던 이 여인이 외따로 떨어진 창고에서 전신마비에 걸려 꼼짝없이 누워있는 것을 보고 깜짝 놀란다. 그러나 이 여인과 대화를 통해 이 여인이 자신의 불행을 무엇으로 어떻게 극복하고 더 건강하게 살아 있는지의 비밀을 알아낸다. 그것은 비록 전신은 마비가 되어 있지만 무엇보다 그녀는 감성을 통해 자연과 교감하고 인간을 따뜻하게 이해한다는 점이다.

"저는 단지 제가 살아서 숨쉰다는 사실에만 신경쓸 뿐예요. 저는 눈을 떠보기도 하고 귀를 기울여 보기도 해요. 꿀벌이 윙윙거리며 날아다니는 소리도 들리고, 비둘기가 지붕 위에서 꾸꾸거리는 소리가 들리기도 해요. 그리고 암탉은 병아리를 데리고 빵 부스러기를 주워먹는 소리도 들리고, 참새와 나비들이 신나게 날아오르는 소리도 들리고, 암튼 참 재미있어요."라는 이 여인의 대화에서 우리가 짐작할 수 있는 것은 첫째, 어떤 형태로든 살아있다는 사실을 고마워하는 운명애를 이 여인이 가지고 있다는 점. 둘째, 감성을 통해 남들이 느끼지 못하고 있는 세계를 안다는 점이다. 이것이 이 여인으로 하여금 산 송장이 아니라 누구보다 건강하게 살아 있다는 것을 증명하는 것이다. 따라서 그녀는 남들이 보지 못하는 하늘 나라를 볼 수 있는 것이다. 그녀의 죽음은 결코 비참한 것이 아니라 오히려 그녀를 '산 송장'이라고 말하는 사람들의 생각에 대해 우리 자신을 되돌아보게 하는 그 무엇이 있다.

혜원 세계문학 시리즈

잇고 사는 것들,
잃어버린 것들에 대해
새롭게 의미를 부여하고
젊은이들의 순수한 마음에 오래도록
풍부한 자양분이 될 세계의 명작들!

1. 부활 / 톨스토이
2. 좁은 문 외 / 앙드레 지드
3. 아Q정전 외 / 노신
4. 대위의 딸 외 / 푸슈킨 · 톨스토이
5. 채털리 부인의 사랑 / 로렌스
6. 폭풍의 언덕 / 에밀리 브론테
7. 귀여운 여인 외 / 체홉
8. 첫사랑 · 전날밤 / 투르게네프
9. 데미안 · 싯타르타 / 헤르만 헤세
10. 파우스트 / 괴테
11. 젊은 베르테르의 슬픔 외 / 괴테
12. 햄릿 외 / 셰익스피어
13. 마지막 잎새 외 / 오 헨리
14. 성 · 변신 / 카프카
15. 보바리 부인 / 플로베르
16. 주홍 글씨 외 / 호돈
17. 테스 / 토머스 하디
18. 신곡 / 단테
19. 여자의 일생 외 / 모파상
20. 적과 흑 / 스탕달
21. 검은 고양이 외 / 포우
22. 제인 에어 / 샬로트 브론테
23. 개선문 / 레마르크
24. 무기여 잘 있거라 외 / 헤밍웨이
25. 실낙원 · 복낙원 / 밀턴

26. 안네의 일기 / 안네 프랑크
27. 보물섬 외 / 스티븐슨
28. 그리스 로마 신화 / 토머스 불핀치
29. 골짜기의 백합 / 발자크
30. 성채 / 크로닌
31. 나나 / 에밀 졸라
32. 일리아드 / 호메로스
33. 오딧세이아 / 호메로스
34. 닥터 지바고 / 파스테르나크
35. 누구를 위하여 조종은 울리나 / 헤밍웨이
36. 죄와 벌(상) / 도스토예프스키
37. 죄와 벌(하) / 도스토예프스키
38. 대지(Ⅰ) / 펄 벅
39. 대지(Ⅱ) / 펄 벅
40. 셰익스피어 4대 비극 / 셰익스피어
41. 어린 왕자 · 야간 비행 / 생텍쥐페리
42. 이방인 · 페스트 / 알베르 카뮈
43. 분노의 포도 / 존 스타인벡
44. 백경 / 허먼 멜빌
45. 카라마조프가 형제(상) / 도스토예프스키
46. 카라마조프가 형제(하) / 도스토예프스키
47. 바람과 함께 사라지다(상) / 마거릿 미첼
48. 바람과 함께 사라지다(하) / 마거릿 미첼
49. 생의 한가운데 / 루이제 린저
50. 백년 동안의 고독 / 마르케스

51. 천국의 열쇠 / 크로닌
52. 가시나무새 / 콜린 맥컬로우
53. 달과 6펜스 외 / 서머셋 몸
54. 레 미제라블(상) / 빅토르 위고
55. 레 미제라블(중) / 빅토르 위고
56. 레 미제라블(하) / 빅토르 위고
57. 셰익스피어 희극선 / 셰익스피어
58. 지와 사랑 / 헤르만 헤세
59. 위대한 유산 / 디킨스
60. 안나 카레니나(상) / 톨스토이
61. 안나 카레니나(하) / 톨스토이
62. 데카메론(상) / 보카치오
63. 데카메론(하) / 보카치오
64. 오만과 편견 / 제인 오스틴
65. 타고르 선집 / 타고르
66. 초당 / 강용흘
67. 아에네이스 / 베르길리우스
68. 멋진 신세계 / 헉슬리
69. 세계의 신화 전설 / 하선미 편
70. 전쟁과 평화(상) / 톨스토이
71. 전쟁과 평화(중) / 톨스토이
72. 전쟁과 평화(하) / 톨스토이
73. 동물농장 · 1984년 / 조지 오웰
74. 인간 요건 · 사랑의 종말 / 그레이엄 그린
75. 성채 / 생텍쥐페리

76. 춘희 · 카르멘 / 뒤마 피스 · 메리메
77. 인형의 집 / 입센
78. 에덴의 동쪽(상) / 존 스타인벡
79. 에덴의 동쪽(하) / 존 스타인벡
80. 유리알 유희 / 헤르만 헤세
81. 천로역정 / 존 버니언
82. 어머니 / 막심 고리키
83. 구토 외 / 사르트르
84. 장 크리스토프(상) / 로맹 롤랑
85. 장 크리스토프(하) / 로맹 롤랑
86. 완전한 기쁨 · 다니엘라 / 루이제 린저
87. 올랜도 / 버지니아 울프
88. 체호프 4대 희곡 / 체호프
89. 말테의 수기 / 릴케
90. 심판 · 유형지에서 / 카프카
91. 이지와 감정 / 제인 오스틴
92. 중국 현대 단편선 / 루쉰 외
93. 검찰관 · 외투 / 고골리
94. 위대한 개츠비 / 스콧 피츠제럴드
95. 첼카쉬 / 막심 고리키
96. 돈 키호테 / 세르반테스

✽계속 간행됩니다✽